犬がいた季節

伊吹有喜

双葉社

犬がいた季節　目次

装画　金子　恵
装幀　小川恵子（瀬戸内デザイン）

第1話

めぐる潮の音

昭和63年度卒業生

昭和63（1988）年4月～

平成元（1989）年3月

シロー、シローという声に応えて尻尾を振ると、いつも頭を撫《な》でてもらえた。大きな手のときもあるし、小さな手のときもある。

好きなものはミルク。小さな手がくれるパン。

毎日、夕方になると、小さな手がパンをミルクにひたして食べさせてくれる。

今日もそれを楽しみに寝ていたところ、突然、あたりが暗くなった。

不安になって吠えてみた。ところが何の反応もない。それから身体がずっと揺れ続け、気が付くと今度はまぶしい光のなかにいた。

「ごめんね、シロ。うちじゃやっぱり飼えなくて」

嗅《か》いだことのない匂いと風に身体が震える。それでも聞き慣れた声に勇気づけられ、いつものように尻尾を振った。

「悪く思わないでね。お前は賢いから、自分で安全なところに行けるだろ。優しい人に拾ってもらいな。ね、シロ」

シロと呼ばれて、再び尻尾を振る。走っていくその人についていくと「シッ、シッ」と声がした。

「ついてくるな！　お前はもう自由なんだよ、ほら！　これあげる！　取っておいで！」

投げられたボールを追いかけた。それをくわえて戻ると、いつもみんなに喜ばれる。必死で追いかけ、ボールをくわえた。

振り返ったが誰もいない。あたりを走り回ったが、嗅ぎなれた匂いもない。

地面を嗅ぎながら歩いていくと、大きな物音がした。すさまじい勢いで、目の前をたくさんの黒い輪が転がっていく。

その音が消え、無数の黒い輪が動きを止めたとき、無我夢中で走った。しかし、どこまで行っても、あの匂いも声も見つからない。

歩き疲れてよろめいたとき、身体が宙に浮いた。

「おいおい、危ねえな、この犬、線路に入ろうとしてるぞ」

「子犬？　子犬にしてはちょっと大きいかな」

女があごの下をくすぐった。その手のやわらかさに、わずかに尻尾を振る。

「おっ、ここハチコウか。ちょうどいいや、ここに入れとけ」

「たしかに安全」

地面に下ろされると、大勢の人の匂いがした。そのなかに、なつかしい匂いがかすかにある。

奥に進むにつれ、それはますます濃くなっていった。

（パンのニオイ……）

英語と数学の成績は悪くない。あと少し他の教科も頑張れば、もう一ランク上の大学が狙える。

担任の先生がそう言っている。

その「あと少しの頑張り」ができない。制服のスカートのひだを見ながら塩見優花《しおみゆうか》は思う。

夏休み前には苦手科目を克服するための計画表を作った。休暇の約四十日間を十日刻みで四つに分け、基礎養成、復習、応用力養成、総仕上げと名付けたその表は、我ながらほれぼれするほどの出来だった。

＊　＊　＊

しかし予定は未定。計画通りには運ばない。

三日目までは計画通りにできた。四日目に寝坊をして、その日はだらだら過ごしてしまった。

五日目に遅れを取り戻そうとしたが、気分がのらない。

六日目の夕方、台所でアイスを食べながらぼんやりしていたら、勉強しないのなら店を手伝ってほしいと祖母に言われた。

そこで、自宅一階にあるパン屋の手伝いをしたところ、その日だけのつもりが夏休み中、祖母の代わりに夕方からレジを手伝うことになってしまった。さらに計画は遅れ、夏休みが終わった今、宿題以外にやりとげたのは完璧な計画表を作ったことだけだ。

いや、違う。店のせいじゃない。

家の手伝いをするという名目で、自分は勉強から逃げていたのだ。

なぜ逃げているのか——。自分にそう問いかけたとき、先生の声がした。

「こら、塩見。ちゃんと聞いてるのか？」

「聞いてます。……いいんです、先生。私、高望みはしません。家から通えて無理なく入れる大学で十分」

「塩見は欲がないいな」

予備校主催の全国統一模試の成績表を担任が差し出した。

「では志望校は変更なしで。気が変わったらいつでも相談してくれ」

職員室を出て、優花は成績表に目を落とす。

校内順位、九十八番。全国順位は見る気にもなれない。

三重県四日市《よっかいち》市、近鉄富田山《とみだやま》駅のとなり。八方向に光が広がる八稜星《はちりょうせい》が校章の八稜高校、通称「ハチコウ」は県内有数の進学校だ。学区内にある五十近くの中学校で成績上位を占める生徒の多くはここに集まる。そして入学と同時に大半が悟る。

世の中、上には上がいる。同じような好成績をあげてきた生徒のなかでは、自分は思っていたほど優秀でも特別でもない。むしろ凡庸だ。

成績表を小さく畳み、優花はスカートのポケットに突っ込む。

大学入試は志望校の知名度と偏差値が上がるにつれ、全国から優秀な受験生が集まり、しのぎを削る。そんな激戦を勝ち抜くなんて無理だ。たとえ入学できてもきっと高校以上に自分の凡庸さに絶望する。だから今で十分。失敗が怖い。何者でもない自分に絶望するのはもういやだ。

背伸びはしない。肩の力を抜いて、自分らしくいられる場所がいい。

鎖骨にかかる髪をゴムで結わえながら、優花は美術部の部室に向かう。

夏休み前まで部長を務めていた美術部は、現在、体育祭に使う看板を制作中だ。しかし美術部といいながら、この部に美術が得意な生徒はほとんどいない。

この学校の生徒は全員、放課後の部活動を義務づけられているが、美術部の活動はゆるやかだ。体育祭と文化祭に看板を作ること以外は、一年に一つ作品を仕上げるか、名古屋で行われる美術展を見てレポートにまとめるだけでいい。それも原稿用紙二枚で済むので、優花を含めほとんどがレポート組で、放課後はただちに帰宅。いわゆる帰宅部だ。

そのなかでもごく少数、熱心に作品づくりに取り組む部員がいる。

美術系大学の志望者か、絵やイラストが好きな生徒たちだ。彼らはそれぞれ部室のなかにお気に入りの場所を持ち、そこに席をもうけて絵を描いている。

昔は校舎だった木造平屋建ての部室棟に入り、優花は一番奥の部屋の前に立つ。

「おいおい、コーシロー」

よく通る男の声が響いてきた。美術の教員で、部の顧問でもある五十嵐聡《いがらしさとし》の声だ。

バリトンの美声で恰幅《かっぷく》がよく、髭をたくわえた風貌から、五十嵐は音楽の教師と間違えられるが、教職の傍《かたわ》ら二年に一度、市内のギャラリーで個展を開く現役の油絵画家だ。

驚いたな、と五十嵐の陽気な声がする。

「コーシロー、お前、ずいぶん小さくなっちゃって」

「お手！　おっ、お手ができる。伏せ！　あっ、伏せもできる」

「コーシロー先輩、どこまでもデキる男」

楽しげな声に優花は首をかしげる。

コーシローこと早瀬光司郎《はやせこうしろう》は東京の美大を目指している無口な同級生だ。部室にいるときはいつも近寄りがたいほど真剣に絵を描いており、ふざけているのは珍しい。

彼は中三の二学期に優花の家の近くに引っ越してきた。最寄り駅が同じなので通学時によく見かけるが、そんな自分でさえ、彼と親しく話をしたことはない。

軽く咳払いをして優花は部室に入る。

「みんな、ちょっと騒ぎすぎ。廊下に声が漏れてる。特に先生」

「まあ、そう言うな」

五十嵐が照れくさそうに笑い、優花を手招いた。

「塩見も見てみろ、驚くぞ」

「私、看板作りの手伝いに来たんですけど……あれ？　犬？」

五十嵐に近づくと、早瀬光司郎の席に白い犬がいた。まだ小さくて、なぜか砂まみれだ。

「どうしたんですか、この犬？　先生の？」

「俺のじゃないよ。藤原《ふじわら》から連絡受けてさ」

「部室に来たら、光司郎の席にこいつがちょこんと座ってたんだ」

チェッカーズの藤井《ふじい》フミヤのような長めの前髪をした藤原貴史《たかし》は生徒会長で、生徒会の役員を三期務めている生徒だ。気さくで成績が良く、誰とでも気兼ねなく話をする彼は、男女の間ではほとんど交流がないこの学校ではたいそう目立つ。

藤原が白い犬の前にかがむと、頭を撫でた。

「塩見さんも呼んでみな。コーシローって呼ぶと、こいつ尻尾を振るんだよ」

試しに「コーシロー」と呼びかけると、尻尾を振りながら優花の手を舐《な》めた。むくむくとした白い毛と垂《た》れた耳が愛らしい。

「ほんとだ。すっごく尻尾振ってる。どこのコだろう?」

「それがわかんなくて。なあ、高梨《たかなし》」

藤原の言葉に、美術部の新部長、高梨亮《りょう》がうなずく。丸っこい目をした彼は絵を描くよりも、美術史のほうに興味があるらしく、部室でいつも画集や歴史書を広げている。

「僕らも困ってて。とりあえず相談しようってことで、五十嵐先生に来てもらったところです」

「相談されてもなあ」

五十嵐が白い犬を抱き上げ、背中を撫でた。

「犬のことはよくわからん。用務員の蔵橋《くらはし》さんにも連絡したんだが、なかなか来ないな」

「遅くなりました」

品の良い声がして、灰色の作業服を着た蔵橋が現れた。きれいな白髪の蔵橋は声も物腰も柔らかく、五十嵐とは仲が良い。

「すみません、五十嵐先生。電球の取り替えに時間がかかりまして」

五十嵐が抱いている犬を見て、蔵橋が目を細めている。

「これがその犬ですか。可愛いコだ。どれ……オスですね。プードルとダックスフントあたりが掛け合わさったような」

「雑種ってことですかね」

「おそらく。これ、ボクちゃん。ちょっと口を開けてごらん」

蔵橋が上あごを押さえると、犬は素直に口を開いた。

「抵抗なく口を開けますから、ある程度のしつけもされていますね。子犬の域を出て、そろそろ大人になりかけたあたり」

「飼い犬ってことか。迷ってきたのかな」

「あるいは捨てられたか」

蔵橋が犬の口から手を離した。

「どうしてこんなに砂まみれなのかわかりませんが、しばらく保護してやったほうがいいかもしれません」

「じゃあ飼い主を捜すか。貼り紙でも作ろう」

よし、とうなずき、五十嵐が声を張った。

「誰かポスターを描いてくれ。白いふかふかの毛の犬を八高で預かってますって」

ええっ、と抗議の声が部員たちの間からあがった。

「なんだよ、お前ら一応美術部だろうが。清香《さやか》、お前が描け」

「私が？　ですか？」

一年生の赤井《あかい》清香が不安げな顔をした。

「擬人化したワンコなら描けるけど、本格的な犬を描くってのは、ちょっと無理が……」

「本格的な犬ってどういう犬だ？　いいから描いてみろ」

えー、と言ったあと、赤井が隣にいる男子生徒に目を向けた。

「笹山《ささやま》君は美術の先生志望だよね、笹山君が描きなよ」

「いや、あの……」

笹山が五十嵐をちらちらと見ながら言い淀む。

「あまりに難しいんで、最近志望を変えて。僕、国語の先生になろうかと」

ちょっと待て、と五十嵐が犬を床に下ろした。

「お前、国語の先生も難しいぞ」

「夏休みにいちおう美大の予備校に行ったんですけど、もうむっちゃ、うまい奴ばっかで。光司郎先輩が大量にワラワラいる感じ？」

それは怖い、と上がった声に、「だろ？」と笹山が応じる。

「美大志望なんて言ってた自分に恥じ入ったよ、俺は」

「先生、文字だけじゃだめですか」

部室の棚にあった画用紙を取り、優花は「迷い犬」と大きくフェルトペンで書く。

「これに『写ルンです』で犬の写真を撮って、貼りましょう」

「なんだ、その適当に書いた字は」

五十嵐が大きなため息をつき、額《ひたい》に手を当てた。

「せめてレタリングをしてくれ。繰り返すけど、ここは美術部なんだから。塩見、お前は元部長だろ」

「くじ引きでなった部長に期待されても……」

先生、と声がする。眼鏡をかけた、あまり見かけない一年生男子部員だ。

「塩見元部長が描いたポスターでは我が校の恥。看板作りにおいて、塩見先輩はまったく戦力になっていません」

「それならあなたが描いてよ。そもそも私の選択授業、音楽ですから」

「描いてもいいですけど」

ちらちらとこちらを見ながら、一年生が言う。

「レタリングは得意ですよ。でも時間がかかるんで。犬のポスター描くヒマあったら、単語のひとつも覚えたいというか」

再びため息をつき、五十嵐が首を横に振った。

「いいから誰か、さくさくっと『迷い犬います』ってポスターを描いてくれ」

誰のものかわからないが、ささやき声が聞こえてきた。

（先生が描いたら早くない？）

（完璧だよね！）

「もう俺、いやだ、お前らと話をするの。光司郎、光司郎はどこだ？」

五十嵐の足元で犬が尻尾を振った。

「お前じゃないよ、人のほう。昨日も授業にいなかったけど、どうかしたのか」

「あいつ、お祖父《じい》ちゃんが死にかけ……」

おっと、と慌てて藤原が前髪をかきあげた。

「容態が悪いんで、病院に詰めてるって話です」

「それは知らなかった」

五十嵐の表情が曇り、声が沈んだ。

尻尾を振っていた犬が、急にあたりをおどおどと見上げたあと、うずくまった。何かにおびえているような様子に、優花は犬を抱き上げる。

犬が身をすり寄せてきたので、そっと背を撫でた。

震えているのか、手のひらにかすかな振動が伝わってくる。

可哀想に、と蔵橋が犬の頭を撫でた。

「このコ緊張してる。飼い主に早く返してやらなきゃ」

五十嵐が再びため息をつき、頭を掻《か》いた。

「しょうがないな。とりあえず俺がワープロで貼り紙作って貼っておくか」

先生、自分の手で描かないの？　と女子の声がした。

「やかましい。先週新しいのを買ったばかりなんだ。使わせてくれよ」

犬の居場所を作るように指示すると、五十嵐が部室を出ていった。


コーシローと呼ばれると尻尾を振る白い犬は、美術部の部室の一角にケージが設けられ、保護されることになった。

それから一週間、美術部の生徒たちは手分けをして近隣の施設や店に、迷い犬のポスターを貼った。しかし飼い主は現れない。

十日目の月曜日、校長から犬の保護はひとまず終わらせ、飼い主が見つかるまで預かってくれる人を探すようにと言われた。そこで今度は受け入れ先を校内で募ったが、誰も名乗り出ない。

九月末の放課後、近鉄名古屋線を四日市駅で「湯《ゆ》の山《やま》線」に乗り換え、優花は家へと帰る。

四日市は東は伊勢《いせ》湾、西は鈴鹿《すずか》山脈のふもとまで広がり、東西に幅広い。沿岸部は古くから東海道の宿場町として栄えてきた。

昭和三十年代には臨海部に日本初の石油コンビナートが誘致され、それを皮切りに次々と埋め立て地に第二、第三のコンビナートが設けられた。高度成長期には大気汚染による公害が生じたが、二十年以上に及ぶ取り組みの結果、昭和六十三年の今、空気はきれいになっている。

東の都市部に比べ、湯の山線が向かう西の地域は水田と里山が広がるのどかな場所だ。終点の湯の山温泉駅は御在所岳《ございしょだけ》のふもとにある。その山麓《さんろく》に広がる豊かな丘陵地は長年、名古屋に通勤する人々のベッドタウンとして開発されてきた。

高角駅《たかつの》で電車を降り、黄金色《こがね》に色づいた稲穂のなかを優花はゆっくりと歩く。

祖父が興《おこ》した「塩見パン工房」は一生吹山《いっしょうぶきやま》と呼ばれる里山のふもと、高速道路沿いに広がる水田地帯にある。

そのせいか店が面しているこの一本道は、舗装はされているが車の通りが少ない。一本道の東側には中学校、西側には高速道路の高架があり、そこをくぐった先は大規模な住宅街が広がっている。

家に帰ると、店のほうから祖母の声が響いてきた。

「優花、帰ってきたん?」

工房と自宅をつなぐドアから、白いブラウスに小麦色のエプロンをつけた祖母が顔を出した。

「遅かったじゃないか」

「ごめんね、電車一本乗り遅れて」

「早くしておくれ。もう部活はしてないんやろ?」

部活がないのは、受験勉強をするためだ。しかし、夏休み中に始まった夕方の手伝いは、なかなかパートのスタッフが決まらないので今も続いている。

「着替えたらすぐ代わる。もうお祖母《ばあ》ちゃんはあがってもいいよ」

三階の自室で店の制服に着替え、画用紙とペンを持って優花は一階に下りる。

階段脇の工房をのぞくと、背中を丸めて父がスポーツ新聞を読んでいた。

夜明け前から働いているパン職人の祖父と父は、夕方のこの時間には仕事を終えている。二人の補助をしている祖母も朝が早いので、夕方はいつも疲れて不機嫌だ。

店に入ると、パートの相羽静子《あいばしずこ》がお客を送り出しているところだった。

「ごめんね、相羽さん、一人にして」

大丈夫、と言いながら、相羽がずり落ちてきた銀縁の眼鏡を直した。

「それより優花ちゃんも受験で大変だね」

「早く誰か決まってくれるといいんだけど。相羽さんのおかげで助かってる」

近所の住宅街に住む相羽は、中学生の息子が帰ってくる四時には家に帰りたいとのことで、これまでは三時でパートを終えていた。しかし、あまりに人手不足なので、今月からは週に三日、五時まで勤務時間を延長してくれている。

「応援してるよ、ほら座って」

レジ脇のテーブルに相羽が椅子を置いた。

今年、高校を受験する相羽の息子は八高を希望しているとのことで、いつも優しい。祖母といるときは許されないが、相羽と働くときは客がいない間に参考書を広げさせてもらっている。

「ありがとうございます、でも今日はポスターを描いてていいですか？　犬の里親募集の。……そうだ、相羽さんち、ワンちゃん飼いませんか？」

「うち、息子は飼いたがってたけど、夫が動物苦手で」

「そっか。うちも祖母が苦手で。食べもの屋でけだものを飼うなんてって言うんです」

「毛とか臭いとか気になるのかもしれないね」

店内に流れているラジオから、パワフルな女性の歌声が流れてきた。浜田麻里《はまだまり》の「Heart《ハート》 and《アンド》 Soul《ソウル》」だ。

英語の「魂」と韓国の首都の名前をかけたこの曲は、十七日から始まったソウルオリンピックのＮＨＫ中継のテーマ曲だ。

シンクロナイズドスイミングの解説を聴きながら、優花は画用紙に「ワンちゃんの里親募集」と大きくペンで書いた。

しばらく眺めてから、鉛筆で犬の絵を描いてみる。

真剣に書いたのに、犬とも狐とも猫ともつかぬ生き物になってしまった。

ため息をついたとき、遠くから鳴き声のようなものが聞こえた。

「相羽さん、何か鳴いてる？」

ラジオのボリュームを下げ、相羽は耳に手を当てた。

「何も聞こえないけど……」

「また猿が下りてきたのかな」

空前の好景気の訪れとともに、鈴鹿山脈のふもとには多くのゴルフ場が建設されている。そのせいかこのごろ山を追われた猿が近所に下りてくる。

ラジオから大きな歓声が沸いた。その歓声の底に、また何かが聞こえた。

子どもの泣き声にも思え、優花は窓を開ける。

朱色に染まった夕焼けのなか、稲穂が揺れている。その先の道に小さなものがうずくまっていた。

「あっ、相羽さん、あれ、子ども？」

子ども？　と聞き返し、相羽が落ちてきた眼鏡をあげた。

「あっ、そうみたい。えっ、どうしたんだろ？　泣いてるの？」

「私、ちょっと行ってきます」

店を出て走っていくと、一本道の先で子どもが顔を伏せていた。かたわらには小さな自転車が倒れている。

「どうしたの、ボク？　転んだ？　自転車で」

幼稚園か小学一年生ぐらいの小さな男の子が涙をぬぐった。

膝をつき、優花は子どもと目線を合わせる。

「大丈夫？　痛かったでしょう」

顔をぬぐう手を止め、男の子が優花の顔をまじまじと見た。

不審そうな表情に、優花はあわてて背後の店を指さす。

「おねえちゃんはね、あそこのパン屋さんの子。おいでよ、手当てしてあげる、おうちはどこ？」

「だい……じょうぶ」

かぶりを振って子どもは立ち上がろうとしたが、よろめいている。

その前に座り、優花は背中を差し出す。

「よし、おねえちゃんがおんぶしてあげる」

振り返って「ね？」と微笑《ほほえ》みかけると、子どもは立ち上がった。

歩き出した男の子の隣に並び、優花も足を進める。子どもが見上げてきたので手を出すと、小さな手がしっかりと握ってきた。

怖がっているのだと気付き、優花もその手を強く握る。

店に入ると、相羽は接客中だったが、レジの脇に救急箱が出してあった。子どもをレジ横の椅子に座らせ、優花は膝の傷を消毒する。

絆創膏を取ろうとして立ち上がると、子どもと目が合った。

「大丈夫？」

子どもがじっとこちらを見たあと、横を向いた。その目が今度は机の上の画用紙に注がれている。

「これ……いぬ？」

絆創膏を手に取りながら、優花もポスターに目をやる。

「嬉しいな、犬ってわかる？」

「い、ぬ？」

「おねえちゃんたちの学校にね、可愛い犬がいるの。ボクんち、よかったら犬を飼わ……」

子どもが顔に手を当て、再び泣き始めた。

「どうしたの？　傷が痛い？」

「いだぐ、ない」

肩を震わせ、子どもが泣いている。

「寂しい？　怖い？　大丈夫だよ、すぐにおうちに連絡してあげる。パン食べる？　クッキー好き？」

店の奥の扉が開き、祖母が入ってきた。

「何を泣かせてるの、優花。こんな小さい子を」

「泣かせたわけじゃないけど……」

「もういい。相羽さんから話は聞いたから、奥でご飯を食べといで。かわいそうに、早く手当してやらんと」

ため息をつきながら、祖母が子どもの膝に絆創膏を貼った。

「このぼうやのうちはどこ？　電話番号は聞いたん？」

「あっ、まだ……」

祖母が再びため息をついた。

「勉強はできても、優花はこういうことにまったく気が回らん」

貼ろうとしていた絆創膏をポケットに突っ込み、優花は外に出る。

子どもの自転車を店の駐輪場まで引いていきながら、夕闇を見上げた。

たしかに自分はどこか疎《うと》いのかもしれない。

でも、祖母が言うほど勉強ができるわけじゃない――。

二階のキッチンに上がると、両親と祖父が夕食をとっていた。

優花、ご苦労様、と言って母が立ち上がり、味噌汁を温め始めた。

「相羽さんから内線があったけど、子どもがケガしてるんだって？」

「自転車で転んだみたい。お祖母ちゃんが連絡先を聞いてる」

味噌汁をすすった父が、「俊子《としこ》」と母を呼んだ。

「おふくろだけじゃ心配だ。あとで行ってやって」

「優花のごはんをつけてから」

「いいよ、それなら自分でやる。というか、もう一回、店へ戻るよ」

「いいのよ、優花は座ってて」

布巾《ふきん》で手を拭くと、母が一人分の食事の用意を始めた。

祖父が開いたこのパン工房は、昔は中高生や近所の常連客を相手に細々と営まれていた。それが十五年前に父の発案で石窯《いしがま》を導入してバゲットや食パン、惣菜パンに力を注ぎ、イートインコーナーを設けたことで、住宅街のファミリー層が足繁《あししげ》く来店するようになった。

三年前には六つ年上の兄も家業に加わり、営業や配送を担当している。市内の飲食店に石窯で焼いたパンと菓子を卸《おろ》す仕事も請け負い、工房の仕事はますます拡大していた。

それなのに母は今も工房の経理と家事を一人で行い、空いている時間は店の接客もして、休む暇がない。

母が味噌汁とご飯を食卓に置いた。

「優花、この前の模試の結果はどうだったの？　お母さん、見せてもらってないけど」

「あまり良くなくて」

「良くなくても結果はちゃんと見せて」

そうだ、と祖父が音を立てて味噌汁をすすった。

「試験だってタダじゃない。親が金を出してるんだから、結果ぐらい見せろ、食べる前に」

仕方なく三階に上がり、母に模擬試験の結果を見せた。母が悲しげに首を横に振る。

「優花、だんだん成績が下がってるね。一年生のときは校内順位はもっと上だったのに。やっぱり……」

店の手伝いが、と母が言いかけるのを察し、優花は声を張る。

「単純にね、一年生のときと違って、みんな頑張ってるから」

「優花だって頑張ればいいじゃない。やっぱり店の……」

黙々と食事をしていた父が食卓に箸を置いた。

「俊子、そんなにガミガミ言うな。また頑張ればええやん」

「そうだ。勉強ができてもパン種《だね》はふくらまん。おい、バサロをやっとるぞ」

祖父がテレビのボリュームを上げた。背泳で金メダルを獲った鈴木大地《すずきだいち》選手が、バサロ泳法の話をしている。

お茶を飲みながら、父もテレビに目を移した。

お父さん、と母の声に非難の響きがこもった。

「優花は受験生なんだから、もっと勉強に専念させてあげて」

「俺もそうしてやりたいんだが、すまんな。来る人来る人、おふくろと相性が悪くて辞めていく。相羽さんとはおふくろ、仲良くやれるのに」

「急がなくてもいいだろう。家族が働く分には銭はかからん」

本当にそうなのだろうか？

食事を口に運びながら、優花は黙って考える。

祖父は兄には給料を出している。その給料があるから、兄はこの家を出て部屋を借り、派手な車を乗り回して仕事をしている。

自分や、そしておそらく母や祖母には報酬は出ていない。しかし、長男の兄だけは別だ。

「うーっす」とも「おーっす」ともつかぬ挨拶をして、兄がキッチンに入ってきた。

父と祖父も似たような挨拶を返している。

「お母さん、これ、処理しといて」

母に請求書を渡すと、兄が食卓に置かれた模試の結果を見た。

「へえ、これが優花の成績？　なんじゃこれ。校内順位、九十八番。あーあ、中学では一番でも、ハチコウに行けばお前もただの人やな」

「しょうがないでしょう」

母がなぐさめるように言い、兄の前にお茶を出した。

「たくさんの子が来るんだから。五十校から一番が集まったら、誰かは五十番になるのよ」

しかし自分はその五十番にも入っていない。奥歯を噛みしめたとき、兄が笑った。

「カリカリすんな、優花。いいんだよ、これで。ガリ勉の女なんてちっとも可愛くない。男ってのは自分よりできる女は嫌いだ」

そんな男はいらない。さらに奥歯に力がこもった。

「やめなさい、勇《いさむ》。そんな言い方しないの」

母が険しい目を兄に向けた。

「まあ、俊子さんは賢いからな」

祖父が音を立ててお茶をすすった。

「うちで一番賢いのは金庫番の俊子さんだ。わしらはただの兵隊、働きアリだ」

「そういう言い方はやめようや」

父が、祖父の前にあるテレビのリモコンを取り、さらにボリュームを上げた。

商業高校を卒業後、製菓用品を扱う店の経理部にいた母は、働きながら簿記の学校に通い、簿記一級の資格を取った人だ。父が望む石窯を設置するために資金繰りをしたのも、イートインコーナーを作ろうとアイディアを出したのも母だと聞いている。

母がいなかったら、この工房はここまで大きくなっていない。

それなのに祖父も祖母も、最近では兄までも母に強く当たる。

かきこむようにして食事をして、優花は立ち上がる。

「私、お祖母ちゃんと代わってくる。お母さん、ゆっくりしてて。夜の店番も私やるから」

「いいのよ、優花。あなたは勉強しなさい」

「店番しながら単語を覚えてる」

祖父が大きくうなずいた。

「そうだ、優花。勉強なんてどこでだってできる。机の上で勉強するのがすべてじゃないぞ。俊子さん、お茶」

母が大きな音をたて、椅子から立ち上がった。呼応するように優花も席を立つ。ついでに祖父の前のリモコンをひっつかんで大きな音量のテレビを消した。

驚いたのか、祖父が目を泳がせている。少しだけ気分がすっきりした。


店の前の一本道で泣いていた子どもは、迎えに来た若い母親と一緒に帰っていった。近くの住宅街に住む子どもで、近所の里山に一人で出かけた帰りだという。

パートの相羽が帰ったあと、店番をしながら、優花はポスターの制作を続ける。

ラジオから八時の時報が流れてきた。そろそろ店じまいの時間だ。

犬の絵に色を塗り終え、優花は店の窓をすべて開ける。

稲穂の上を夜風が心地よく渡ってきた。夏の間はうるさいほどだった蛙《かえる》の声は消え、かわりに鈴虫の声が響いている。

床をモップでひととおり拭いたあと、外を眺める。

一本道のはるか向こうに、自転車のライトが見えた。

窓を閉め、優花は特価になったパンの棚に近づく。

祖父自慢のチョココロネと照り焼きチキンのサンドウィッチを店の袋に入れた。それから棚を見回し、ピンクのアイシングがかかった花のクッキーを入れようとして手を止める。考え直して、犬の形のクッキーを入れたところで店の扉が開いた。

紙袋をレジ台の奥にしまい、「いらっしゃいませ」と優花は声をかける。

大きなボストンバッグを肩に掛けた早瀬が店に入ってきた。

木曜日のこの時間に来る客はいつも決まっている。コーシローの名前の元になった男、美術部の早瀬光司郎だ。

挨拶をしても、彼は軽く頭を下げるだけだ。いつも無表情で三割引きになった食パンを持ってレジに来て、会計が終わると足早に立ち去る。

早瀬が食パンを持ってレジに来た。しまいこんでいた紙袋に手を掛け、優花は声をかける。

「あのう、早瀬君」

財布を手にした早瀬が不審そうな目をした。その視線の先に描きかけのポスターがあるのに気付き、あわてて優花は紙を裏返す。

「それ」と早瀬が小声で言い、ポスターを指さした。

「あの犬？」

「よくわかったね。色を塗ったらさらに変になっちゃって……」

早瀬が一瞬目を閉じた。おかしなものを見てしまったという表情だ。

「そんな、絶句しないでよ。笑ってくれたほうがまだ傷つかない」

早瀬は週に三回、名古屋の美大専門の予備校に通っているらしい。聞いた話では美大のなかでも最難関の、東京藝術大学を志望しているそうだ。

早瀬が前髪を軽くかき上げた。顔立ちが整っているせいか、この人の仕草や表情はどこか冷たく見える。

「それ、どこかに貼るの？」

「駅、とか？　でもだめだね、この出来では」

「急ぎ？」

「ちょっとだけ」

「ちょっとって、どれぐらいなのかわからない」

実のない返事をとがめられた気がして、急ぐ理由をあわてて優花は言い添える。

「週明けに、ワンちゃんをどうするかって校長先生と話をするから、それまでに里親を見つけたくて。だから急ぎ。私はポスターの係なの。藤原君は生徒会で餌《えさ》代や予防注射の募金活動を始めてる。いっそ学校で飼えないかって署名運動をしようって話も。すごいよね、藤原君は」

「それぐらいやるさ、あいつなら」

苦々しげな口調で、早瀬は東京の難関私大の名前を挙げた。

「藤原はあそこの推薦入学を狙ってるから。生徒会の役員をずっと務めているのもそれ狙いって噂だ。そういう活動をしておくと選考のときに有利になるらしい」

「それだけじゃないと思うよ。だって署名運動なんかしたら、学校から鬱陶《うっとう》しがられて推薦もらえないかもしれない」

「うまく立ち回るさ、あいつなら」

「早瀬君って、そういうことを言う人なんだ、すごく意外」

反論するかと思ったが、早瀬がうつむいた。

チョココロネとサンドウィッチを入れた袋を優花は早瀬に差し出す。

「これ、よかったら持っていって。あのワンちゃん、私たちがふざけて呼んだせいで、すっかり早瀬君の名前になっちゃって。……昨日も一年生に声かけられてたね」

「『こら、コーシロー！』って呼ばれて振り返ったら、あの犬が粗相してたよ。それで『コーシロー、こんなところで小便するな』って言われた」

「ほんと、ごめん」

小さく手を合わせ、優花は袋を早瀬に押しつける。

「これ、ささやかだけどお詫《わ》び」

「いい、別に」

早瀬が袋を手で押し戻した。「遠慮しないで」と優花は再び差し出す。

「いいの、どうせ捨てちゃうから。食パン以外もうちのパン、結構いけると思うの。祖父と父が毎朝丁寧に仕込んでいるから」

「本当にいいって」

財布から食パン分の硬貨を出すと、早瀬がトレイの上にきっちりと並べた。

「いつも特価品しか買わないからって、食うに困ってるわけじゃないよ」

「そんなふうに思ってないけど」

「画材なんだ、消しゴム代わり」

「食べるわけじゃないんだ」

そうだよ、と小声で言うと、早瀬が食パンをつかんだ。

「あっ、待って、早瀬君、袋、袋」

ドアを開け、早瀬が店を出ていく。あとを追ったが、自転車を立ち漕ぎして、早瀬は走り去っていった。


コーシローの里親になってくれる人は週末になっても現れなかった。

月曜日の放課後、顧問の五十嵐と用務員の蔵橋に案内され、校長がコーシローを見がてら部室に来た。生徒会長の藤原が起《た》ち上げた「コーシローの世話をする会」のメンバー十六人とともに、部室の椅子を集め、優花は話し合いの席を設ける。

部室の隅では、早瀬が制服の上着を脱ぎ、カーキ色の作業服に腕を通していた。着替え終わると席に座り、今度はゴミ箱を引き寄せ、その上で黒い棒をナイフで熱心に削っている。

早瀬の邪魔をしないように声をひそめ、ここ二週間、犬の里親を探したが見つからないと、藤原が校長に説明をした。

藤原の話を補足するように、犬の飼育に詳しい蔵橋が、コーシローは捨て犬の可能性が高いという話を続けた。

ケージのなかで眠っているコーシローに蔵橋が目をやった。

「あのコはここに来たときは砂まみれでした。もしかしたら海に捨てられて、そこから歩いてきたのかもしれません」

鈴鹿山麓にある中学出身の女子が不思議そうに聞いた。

「あれ？　海って、ここから近いんですか」

「近くはないがな」

五十嵐が駅の方角を指さした。

「まっすぐに行ったらそのうち出てくる。校歌にもあるだろう、『めぐる潮の音』って。ただその間に近鉄とＪＲの線路が走っているし幹線道路もある。この犬にとっては、かなりの距離だな」

席の後方から男子の声がした。

「そんな距離を必死になって、こいつは八高まで歩いてきたってことですよね」

校長が、声がした方に語りかけた。

「しかし君、捨て犬だとしたら、いくら待っても飼い主は現れないぞ」

藤原が校長に向かって手を挙げながら、周囲を見回した。

「みんな、発言するときはちゃんと手を挙げて。先生にまず自分の名前を名乗ろうや。僕は生徒会長の藤原、藤原貴史です」

よく通る声で堂々と名乗ると、藤原がなめらかに話し出した。

「実は近所で何人か里親に名乗りを上げてくれた人もいたんです。でも実際にコーシローを見ると、みんなやめてしまう。子犬ならいいんだけど、こいつ、ほとんど成犬になりかけてるから。中途半端に大きくなった犬って、いまいち情がわかないらしいんです」

「それもあって捨てられたのかもな」

五十嵐が腕を組む。校長がためらいがちに口を開いた。

「では、引き取り手がないとなると、最終的には保健所のほうに連絡を」

待ってください、と優花は手を挙げる。

「三年生の塩見優花です。まだ、これから引き取り手が現れるかもしれません」

塩見さん、と校長がおだやかな目をこちらに向けた。

「この犬はこれからさらに大きくなっていく。成犬になったら、いよいよ里親は出てこないだろう。たとえば、塩見さんの家では飼えないの？」

「うちは家で食べものを扱っているので、動物は飼えないって言われて」

藤原が再び手を挙げた。

「すみません、藤原です。校長先生、よろしいですか。僕ら『コーシローの世話をする会』では、このまま八高で飼えないかって意見が出ています。餌代や予防注射代などのカンパを集めました。家からペットフードやトイレグッズを持ってきてくれる人もいます」

「藤原君の家では飼えないのか？」

校長の問いかけに、藤原が一瞬、言葉に詰まった。

「妹にアレルギーがあって。それ以前にうちの親、犬が大嫌いなんです」

「生徒のなかにもアレルギーを持っている人がいる。そこへの配慮は？　それから仮にこの犬が誰かを噛んだら、その責任は誰が負うんだ？」

用務員の蔵橋が「おとなしいコです」とコーシローを見た。

「無駄吠えもしないし。ずっと大切にされてきたんでしょう。人を信頼しています」

うちで飼うことも考えたんですが、と五十嵐が校長に語りかける。

「ペット禁止の住まいでしてね。管理組合にもかけあったんですが、駄目でした。引き続き我々も里親を探しますから、それまで学校に置いてやるってのは無理ですかね？」

「私立ならそれもできるだろうが、うちは公立だからね。前例がない」

校長がスーツのポケットをさぐって煙草《たばこ》を出した。すぐに思い直したような顔で再びポケットに戻す。

「それに今回の一件で、八高に捨てたら面倒を見てもらえると、犬や猫をどんどん捨てていかれたらどうするんだ？　そもそも自分たちでは飼えないから、学校で飼おうという発想がおかしくないか。安易でしょう」

安易という言葉に、優花はケージのなかのコーシローを眺める。

生後間もない可愛い子犬だったら、引き取ってもらえたのだろうか。

外に目をやると、窓ガラスに自分の姿が映っていた。

子どもではないが、大人でもない。飛び抜けて優秀ではないが、まったくできないわけでもない。

中途半端な存在。コーシローは自分とよく似ている。

言葉が口をついて出た。

「安易かもしれませんが」

全員の視線が集まり、優花は言葉に詰まる。深く息を吸い、もう一度同じ言葉を繰り返した。

「安易かもしれませんが、では、学校に迷い込んできた犬を見て見ぬふりをして、見殺しにすればよかったんでしょうか。私たちは、どうするべきだったんでしょう？　どうすることが、安易ではないやり方なんでしょうか」

「難しい質問だ」

そう言ったきり、校長が考えこむ。それから皆が黙った。

沈黙に耐えきれず、優花はうつむく。

言いすぎた気がする。しかも何の解決にもならないことを言ってしまった。

突然、部屋の隅から拍手のような音がした。

その音に勇気づけられ、優花は顔を上げる。

イーゼルの前にいる早瀬と目が合った。まっすぐな眼差しでこちらを見ている。

小気味よい音を響かせ、彼は指で紙を弾いていた。

指先を布で拭きながら、「ちょっといいですか」と早瀬が立ち上がった。

「三年生の早瀬光司郎です。僕はその犬とはまったく関係ないんですけど……」

早瀬がケージに近づき、眠っているコーシローを抱き上げた。

「正直、それほど愛着もない。でも勝手に僕の名前をつけられたあげくに保健所で殺処分。それは非常に気分が悪い」

目覚めたコーシローが早瀬の肩に前脚を置き、首筋の匂いを嗅いでいる。愛着はないと言うわりに、優しくその背を撫でると、早瀬が校長にコーシローを差し出した。

意外にも手慣れた様子で校長が受け取り、小さなため息をもらす。

「早瀬君、保健所に引き渡したらすぐに殺処分になるわけではないよ。無事に里親が見つかるケースもある」

そうかもしれませんが、と早瀬が校長の前に立つ。

「公立の小学校でうさぎや鶏を飼っているのに、どうして公立の高校で犬を飼ってはいけないんですか?」

「それはそうだな」

五十嵐が何度もうなずき、校長に顔を向けた。

「小学生でもちゃんと飼育してますからね。八高の生徒なら、それはきちんとやれるでしょう。ハチコウに犬。しゃれもきいてる、なあ、コーシロー」

「僕に言ってるんですか、それとも犬?」

両方だ、と五十嵐が手を伸ばし、校長からコーシローを受け取った。

「いかがでしょう、生徒が責任持って面倒を見るなら、しばらくの間、美術部の部室の一角を提供してもいい。顧問の私はそんなふうにも考えるんですが」

「前例がない」

五十嵐に抱かれたコーシロ－が、校長のもとに戻ろうとしている。その様子を見ながら、校長が言葉を続けた。

「しかし……いいでしょう。飼い主が現れるまで飼育を許可する。ただし、他の生徒や学校側に迷惑をかけるようなことがあれば、即座に新たな対応を検討するが」

先生、と藤原が手を挙げた。

「つまり、それってOKってことですか。……言い直しますね。コーシロ－に居場所を提供していただけるということですか」

「そういうことだ。至急、世話人の窓口を決めて私に報告するように」

校長が立ち上がり、全員を見回した。

「責任とは何か。命を預かるというのはどういうことか。各自、身をもって、それを考えていきなさい」

校長の許可を得て、コーシロ－は美術部の部室で暮らせるようになり、「コーシロ－の世話をする会」の世話人の代表は、生徒会の執行部が兼任することになった。

十月の初め、優花はパンの包みを抱え、美術部の部室をのぞいた。

菓子パンを渡そうとした日から、早瀬は店に来なくなった。さらにここ数日、学校を休んでいる。九月の初めに危篤になった彼の祖父はその後、体調を持ち直したが、下旬に入ってから再び病状が悪化しているそうだ。

今日は久しぶりに早瀬は登校しており、放課後も作業服姿でイーゼルに向かっていた。険しい顔をして、しきりと紙を指で弾いている。

おそるおそる優花は早瀬に近づく。

美女の頭部の石膏《せっこう》像を前に、早瀬は熱心に手を動かしていた。

「早瀬君、少しいい？」

まぶしそうに目を細めて、早瀬が手を止めた。

「あのね、少し長い話なんだけど……」

隣の椅子の背にかけた制服をつかんで乱暴に放り投げると、早瀬がその場所を指し示した。座れという意味らしい。

隣の席に座ると、絵を見られたくないのか、早瀬がイーゼルの位置を変えた。

「ごめんね。集中しているところに。ただ、この間のお礼とお詫びが言いたくて」

「何かしたっけ？」

「校長先生と話をしたとき、助け船出してくれた」

「助け船って。クラシックな言葉だね」

「でも本当にそうだった。気分が沈んで溺れかけてた。ありがとう」

早瀬がかすかに笑った。その作業服の胸にオレンジ色の糸で名前の縫い取りがある。

「早瀬君の作業服って、それ、絵を描くための特注品?」

早瀬が胸の縫い取りを見た。

「祖父のお古だよ。コンビナートで働いていたときの」

「お祖父《じい》ちゃんは大丈夫?」

わからない、と早瀬がつぶやく。

「わからないから、毎朝、潮の時間を調べてる」

「満潮とか干潮とか?」

早瀬はうなずくと、左胸の縫い取りにそっと触れた。

「干潮の時間に人の魂は身体を離れるらしい。だから九月からずっと、毎朝、新聞で時間を確認してる」

「今日の干潮の時間は……」

「もう越えた」

弱々しげに早瀬が微笑む。

「それなら安心だね」

イーゼルに手を伸ばした早瀬が途中でやめ、優花を見た。

「何?　私、変なこと言った?」

別に、と早瀬が目を伏せた。

「お詫びってのは？」

これ、と優花は持ってきたパンを自分の膝に置く。いつも早瀬が買っている食パン二斤《きん》だ。

「あれからうちに来てくれないでしょう。気になってて」

「祖父のことで忙しいから」

「私の言い方が悪かったからだと思って。捨てるって言ったけど半分嘘。サンドウィッチのチキンはばらして、お弁当のおかずになるの。チョココロネはおやつ。自分が毎日売れ残りを食べているから、気軽にすすめちゃった。ごめんね、それで」

膝の上のパンに優花は目を落とす。

「これ、よかったら使って。ここに置いとく」

机に置くと、早瀬がパンを見た。

「絵の道具にされてもいいのか？　家の人が朝から作っているのに」

「これはね、本当に処分するパン。他に利用もできなくて。だから使ってもらったほうがいい。早瀬君がここに来るのはいつだっけ」

「火曜と木曜」

「じゃあ、売れ残りがあったらこの席に置いておく」

どうして？　と早瀬がたずねた。どうしてって？　と優花は口ごもる。

「同級生だし。パンが消しゴムになるなんて初めて知ったし。どうやって使うの？」

「消しゴムというか」

早瀬がイーゼルの向きを変えると、今まで描いていたものが見えた。

黒一色で描かれた美女の石膏像に優花は目を瞠《みは》る。ずいぶん描き込まれているのに、石膏像の白さや艶《つや》がはっきりとわかる。

「わあ、不思議、黒いのに白く見えるよ」

「そう見えないと困る。そう描いているんだから」

「すっごい不思議。なんでそんなことできるの？」

早瀬が左手で黒い棒を取り、絵を描き始めた。

左利きなんだ、と、優花は線を描く指先に見入る。

早瀬が困った顔になり、すぐに手を止めた。親指と人差し指で円を作り、人差し指でキャンバスを弾いている。

「それは何？　この前もそうやってパンパン弾いていたね」

「木炭だから。こうすると余分な粉が落ちる」

「どうして粉を落とすの？」

早瀬が小さなため息をもらした。

「描きなおそうかと」

「間違えたってこと？　パンはどこでどうやって使うの？」

早瀬が食パンの白い部分をつまむと指先で練り合わせた。そのパンを描いたばかりの線にこすりつける。線がするすると消えていった。

繊細な動きをする早瀬の大きな手を、優花は見つめる。

関節が少し骨張っているが、長くてきれいな指だ。その指先が木炭で灰色に染まっている。

居心地悪そうな声がした。

「そんなに見ないでくれる？　描きにくいよ」

「指、結構黒くなるんだね」

早瀬が自分の手のひらを見て、軽く拳《こぶし》を握った。

「お金、払うよ」

いい、と椅子から立ち上がると、早瀬と目が合った。

「本当にいい。もらってくれて助かるぐらい」

「ただってわけには」

「それなら、そのうち早瀬君の絵をちょうだい。ちゃんとしたものじゃなくていい。むしろそっちのほうがいいかな。早瀬君が有名になったら自慢する」

足元のカバンからスケッチブックを出し、早瀬が数枚の絵を取り外した。その絵をくれるのかと思ったが、スケッチブックごと差し出した。

「これ」

ページをめくると、鉛筆でコーシローの絵が描かれていた。芝生で気持ちよさそうに眠っている姿だ。

「可愛い！　これ、くれるの？　すっごい嬉しい」

次のページはコーシローが部員と遊んでいる姿。三ページ目はおすわりをしている姿だった。そのあとにはまだ描かれていない白紙がたくさん残っている。

「早瀬君、白い紙がまだいっぱい残ってる」

「何かに使って。計算用紙とか」

「こんなきれいな紙、計算用紙になんてできないよ」

「いいから」

強い口調でスケッチブックを押しつけ、早瀬は再びイーゼルに向かった。しかし、すぐに困った顔になり、また紙を弾いている。

「ごめん、お邪魔してるね。おじ……」

祖父の回復を願う言葉を言いかけ、優花は黙る。

それが望めないから、彼は毎朝、潮が干く時間を怖《おそ》れているのだ。

「ありがとう、ゆうかりん。彼氏ができたら言ってね。協力するから！」

大晦日《おおみそか》の夜、電話越しに中学時代のあだ名を呼ばれ、優花は笑う。

受話器を置いて階段を上がると、二階のリビングから光ＧＥＮＪＩの「パラダイス銀河」が流れてきた。

祖父たちが見ている紅白歌合戦の中継だ。

一昨日、仕事を納め、今朝から祖父と父はのんびりとこたつでお酒を飲んでいる。

今年は入院中の天皇陛下の容態がおもわしくなく、秋の終わりからさまざまな行事が自粛されている。大晦日の恒例、NHKの紅白歌合戦も自粛で取りやめるのではないかと言われていたが、例年通りに始まった。

優花、と、キッチンでおせちを詰めていた母が声をかけた。

「雅美《まさみ》ちゃんと遊びに行くの？」

「行く。今年も鐘《かね》ついてくる」

「仲がいいね」

幼馴染みの雅美とは中学に入ってから毎年、二人で大晦日に除夜の鐘をつきに行っている。この日から元日にかけて、地元の寺では境内《けいだい》で大きな篝火《かがりび》をたき、参拝者に鐘をつかせてくれる。しかし今年は同じ高校の彼氏と、雅美は遊びに行くらしい。高校最後の年の思い出づくりをするそうだ。親には言いづらいので、一緒に除夜の鐘をつきに行くという口裏合わせを今頼まれた。

ワン、と小さな犬の鳴き声がした。

リビングから「おーい」と祖父の声がする。

「優花、吠えてるぞ」

「聞こえてるって。お母さん、上にいるね」

三階の自室に上がり、優花はケージからコーシローを出す。

年末年始は学校に立ち入れないので、当初は用務員の蔵橋がコーシローを家で預かってくれることになった。ところが蔵橋がインフルエンザにかかってしまった。

そこで店が休みの間は、この家で預かることにした。学校に立ち入りができる四日からは、「コーシローの世話をする会」のメンバーが毎日、美術部に通って世話をする予定だ。

「コーシロー、『そろそろだよ』って言ったんだね。違う？」

軽く優花の手を舐めると、コーシローが窓に向かって走っていった。

「当たったのかな、違うのかな。ま、いいか。来たら呼んでね」

のんびりと窓の下に横たわったコーシローに声をかけ、優花は英語の参考書を広げる。

秋の終わりから全国模試の順位が飛躍的に上がってきた。

火曜と木曜の放課後、美術部の部室にパンを運ぶようになってから、急に勉強に身が入るようになったからだ。売れ残りのパンを早瀬に渡しながら、一言二言会話を交わし、彼の絵を眺める。

そのあとは部室でコーシローの歯を磨いてやったり、散歩をさせたりしてから学校を出る。

家に帰ると、店番をしながらひたすら英語の構文を書いて覚えた。入試に向けて毎日実技の練習を続ける早瀬を見ていると、自分も手を動かしたくなる。

びくっと身体を動かし、コーシローが急に起き上がった。

窓の下で狛犬《こまいぬ》のように座り、何かを聞きとろうとしている。

時計を見上げ、優花は窓際に近づく。

九時十七分。いつもならあと少しで、自転車に乗った早瀬が塩見パン工房の前を走っていく。

名古屋の予備校に行った日は、いつも九時半近くに早瀬は店の前を通る。十二月に入り、夜の店番を免除された日から、その姿を見るのが日課になった。時折、早瀬がこの建物を見上げることがある。そんな日はむしょうに嬉しい。

カーテンの隙間から、優花は家の前の一本道をのぞく。大晦日の今日、予備校は休みだろう。早瀬は通らないかもしれない。

それでも、コーシローの様子を見ると、彼が近づいている予感がする。

街灯に照らされた道を見ながら考えた。

早瀬は、除夜の鐘をつきに行ったことがあるだろうか。

東京に進学したら、彼はこの街に帰らず、年末は友だちとスキーや海外旅行に出かけるのかもしれない。友人の兄たちがそうしているように――。

(高校最後の年の思い出づくり)

そう語った雅美の声がよみがえる。

「コーシロー、早瀬君が来たら教えて」

落ち着かない思いで再び優花は学習机に向かい、目の前に飾ってある早瀬のスケッチブックに手を伸ばした。

何も描かれていない紙を一枚ちぎる。

ペンを握ってしばらく悩んだが、ゆっくり丁寧に一字一字を書いた。

除夜の鐘をつきにいきませんか。

ＹＥＳなら立ちこぎ、ＮＯなら座って。

一本道の端にある中学校の自転車置き場を待ち合わせの場所に指定し、「夜の十二時」と時間を書いた。はやる気持ちを抑え、厚手のその紙で飛行機を折る。

早瀬は現れないかもしれない。その場合は雅美との口裏合わせのために出かけ、家の周りをコーシロージと一緒にジョギングしてくればいい。

コーシローが立ち上がり、激しく尻尾を振った。何度も飛び上がり、窓によじ登ろうとしている。

「コーシロー、もしかして、もしかして！」

紙飛行機を持ち、優花は窓際に立つ。

コーシローを抱き上げ、再びカーテンの隙間から外をのぞいた。

遠く、田んぼのなかの一本道をゆらゆらと、自転車のライトが近づいてきた。

街灯の下を通ると、暗がりのなかに紺色のコートを着た早瀬の姿が浮き上がる。まるで一瞬スポットライトが当たっているかのようだ。そのライトを浴びるたびに彼の姿は大きくなり、目の前に刻々と近づいてくる。

雨の日もみぞれが降る日も、画材を入れた大きな荷物を自転車に積み、彼はまっすぐにこの道を走ってきた。

その姿を見ているだけで勇気がわいてくる。そして、自分も頑張ろうと心に強く思う。

自転車のチェーンのきしみが聞こえてきた。

規則的なその音とともに、早瀬が家の前にさしかかろうとしている。

コーシローが遠吠えをし、彼が三階を見上げた。

片手でカーテンを開け、優花は窓を解き放つ。

夜の冷気が部屋に流れ込む。

驚いた顔の早瀬に微笑み、まっすぐに紙飛行機を投げた。

彼の胸に投げたつもりの紙飛行機は風に乗り、刈り取りを終えた田んぼの方角へふわりふわりと飛んでいく。

左腕で抱いていたコーシローが、今度はせわしなく吠えた。

紙飛行機に目をやった早瀬が自転車のスタンドを立て、追いかけていく。軽く飛び上がってつかむと、紙飛行機を広げて背を向けた。

街灯が早瀬の背中を照らしている。

紙飛行機をコートのポケットに突っ込み、早瀬が自転車に戻ってきた。

スタンドを上げ、サドルに座る。自転車は静かに走り出した。

ＮＯだ。

そうだよね……。

その瞬間、早瀬がすっと立ち上がった。自転車はどんどん加速していく。

サドルに腰をかけず、早瀬はそのまま田んぼのなかを一気に駆け抜けていった。

遠ざかっていく背中をコーシローと見送ったあと、優花はベッドに倒れ込んだ。

「YESだ、YESだ、OKだ、コーシロー！」

うつぶせになった顔を横に向けると、コーシローがのぞきこんでいた。

「コーシロー、私、早瀬君と……」

その先のことを考えたら、顔が猛烈に熱くなってきた。

照れ隠しにコーシローを両手で抱え上げてみる。白いセーターの袖が目に入った。

「いやだ、毛玉だらけ、恥ずかしい！　こんなので、さっき早瀬君の前に出たんだ」

勢いよくベッドから起き上がり、優花はクローゼットを開ける。

「コーシロー。ねえ、何着ていったらいいと思う？」

白いダッフルコートはどうだろう？　去年買ってもらったが、汚れるのが怖くてほとんど着ていない。

コートを羽織ると、見上げているコーシローが白い尻尾を振った。

「気に入った？　じゃあ、これ着ていこう。白でおそろいだ」

白のコートの下には、黒いタートルネックのセーターと赤いタータンチェックのスカートはどうだろう？

チェックのスカートを穿いてみた。短すぎず長すぎず、悪くない。

続いて黒いセーターを着ようとしたとき、母の声がした。

「優花、下におりてこない？　お父さんが呼んでる。お兄ちゃんも来たよ」

「もうちょっと勉強する」

「お父さんから大事な話があるの。下りておいで。おそばもそろそろ茹であがるから」

二階に下りると、祖父母と父がこたつに入り、兄はソファに座ってテレビを見ていた。

母が食卓に座っていたので、その隣に優花は座る。

おう、優花、と兄がビールを軽く掲げた。

「お前も軽く飲むか？」

母が「優花にはまだ早いから」と兄をたしなめた。

「ちょっとぐらい、いいやろう？　お母さんは頭が固いな、まあ、いいや。でも優花、なんだ？　お前、飲んでもないのに顔が赤いぞ」

「えっ、うん、そうかな」

手のひらをうちわのようにして、ひらひらとあおぐと、三階からコーシローの吠える声が聞こえてきた。

兄が舌打ちをした。

「うるせえな。いつまで預かるんだよ」

「三日まで。ごめん、やっぱ上にいる。コーシロー、一人で寂しがってるんだと思う」

いや、優花、と父が声をかけた。

「進路の話をしよう。忙しくて話ができんかったが、三者面談のことはお母さんから聞いとるから。犬、二階に連れてくるか。たしかに寂しそうな声や」

京都でパン職人の修業をした父は、くつろいでいると、どこのものとも言えないやわらかな方言になる。

祖父は「頼りない」と言って、その話し方を嫌うが、今日は黙ったままだ。

父が三階を見上げて、祖父母に声をかけた。

「なあ、今日ぐらい、犬をここに連れてきてもいいやろう？　優花のために」

祖父が無言で首を横に振り、祖母がはっきりと顔をしかめている。

「やだやだ、けだものと一緒だなんて。あの犬が来てから、優花が獣臭い」

「そんなに臭《にお》う？　お祖母ちゃん」

気をつけているのだが、やはり臭うのだろうか。

母が牛乳をコーシロー用の器に入れた。

「ワンちゃんはおなかすいてるのかな。ちょっと見てきます」

器を持った母が三階に上がっていった。

「じゃあ、先に話をしていよう。優花、頑張ったなあ」

昨日、母に渡した模試の結果を、父がこたつの上に出している。

今回の模試から国立大学の志望校のランクを上げ、戦前からの歴史がある名門校を入れた。その大学の合格判定はB。前からの志望大学はすべてA判定。一学部だけ志望校に入れている東京の難関私大の結果もB判定だ。

父が祖父に模試の結果を渡した。

「ほらお祖父ちゃん、ここ。ＡＢＣＤＥの五段階だよ。優花は前まではＢやＣばっかりやったのに、ほとんどＡとＢ。早稲田もＢ判定になってる。前はＤだったのに」

「私、もしかして早稲田も受かるかも。文系三教科だけなら、結構いい線いくんだ」

「見ても、さっぱりわからん」

祖父が模試の判定表をこたつに放り投げた。

「早稲田？　男ならともかく、女の子が東京の私立に行ってどうするんだ」

「別に私、行くなんて言ってないやん。でも……受けるだけ受けてみてもいい？　記念に」

「行きもしない大学を受けてどうするんだ」

「どこまでやれるのか見たいっていうか。わかってるよ、お祖父ちゃん。家から通えるところしか行けないって」

模試の結果に優花は目を落とす。

「でもさ、普通、孫の成績が上がったら、ほめてくれたって……」

「お前は人にほめられたくて勉強してるのか」

「そうじゃないけど」

「お祖父ちゃん、優花にそんなにつらく当たらんでも。お父さんは立派やと思ってるぞ、優花のこと。鼻が高い。お祖父ちゃん、ほら飲んで」

徳利《とっくり》を持ち上げ、父が祖父の杯に酒を注いだ。勢いあまってこぼれた酒を祖父が口から迎えにいき、チュッとすすった。

「ああ、しみる……。いいか、優花。ちょっとばかし勉強ができるからって、テングになったらいかんぞ」

父さん、と言ったあと、父が「お祖父ちゃん」と言い直した。

「優花はテングになんてなってへん」

「なったらいかんって注意しとるだけだ」

祖父がうまそうに酒を飲むと、口元をぬぐった。

「いいか、世の中には学校の勉強なんかより、もっと大事なモンがある。お兄ちゃんを見てみろ。中学、高校と荒れてたけど、今じゃこの家の長男としてしっかりうちの商売を支えてる。勇、ほら、お前も一杯飲め」

「俺、ポン酒《しゅ》よりビールのほうがいいんだけど。まあいいか」

兄が祖父の隣に座り、酒を飲み始めた。

祖父、父、兄の男三人が並んで飲む姿を嬉しそうに眺めていた祖母が、みかんをむき始めた。

「ほら、優花はおみかん食べな。肌がきれいになるから」

食べたくはないが、祖母がむいてくれたみかんを黙って口にする。奥歯で噛みしめるようにして食べると、冷たい汁が口のなかに広がっていった。

おいしいやろ、と祖母が言い、優しく目を細めた。

「東京でしょぼしょぼ一人でご飯を食べるより、一家そろってみんなで食べたほうがうまいに決まってら」

そりゃそうだ、と祖父がうなずいた。

「何はなくとも家が一番。みんなで食べればなんだってうまい」

三階からコーシローの吠え声が聞こえた。母が「静かに、静かにね」となだめている。

階下を必死で気遣うその声に、怒りがこみあげてきた。

「そうかな?」

みかんの薄皮を口から出し、優花はティッシュにくるむ。

「みんなで食べるとおいしいって思ってるの、お祖父ちゃんとお祖母ちゃんだけだったりして。そりゃ楽しいよね。いつもご飯食べながら、私やお母さんに言いたい放題言って」

祖母がため息をついて、首を横に振った。

「おお、こわ。誰に似たのか、角が立つことを言う」

「どうしてお祖父ちゃんもお祖母ちゃんも、お兄ちゃんばっかりほめて、私には嫌みを言うの?」

「こらこら、優花、お祖母ちゃんも」

祖母が何か言おうとしたのを父が制した。

「カッカしない、大晦日なんだから。楽しくやろうや。優花が角が立つこと言うだって? 誰に似たかって、それは明らかにお祖母ちゃん似だ。みんな黙ってや。お父さんは優花と進路の話をするんやから」

「お父さん、俺、その話の前に優花に言いたいことがある。お兄ちゃんばっかりほめてって、優花、お前はほめられるようなこと何かしたか？　自分で稼いだこともないくせに記念受験だなんて、金遣うことばっかり言って」

「そんな言い方ないでしょう。お兄ちゃんだって高校生のときは稼いでなかったやん！」

おっ、オリンピックの選手が出とる、と祖父がテレビのボリュームを上げた。

今年を振り返る映像のなかに、ソウルオリンピックで活躍した日本選手が映っている。

「高校球児もそうだが、スポーツ選手ってのは実に清々《すがすが》しい。見ろ、優花。額に汗して励んだ奴らは、みーんないい顔しとる」

「お祖父ちゃんは、どうしてスポーツ選手はほめるのに、勉強に励んでる孫には嫌みを言うの？勉強を頑張る子もスポーツを頑張る子も一緒じゃない」

兄が日本酒をあおると、杯をソファテーブルに打ちつけた。

「可愛くねえな。いいか、優花、教えといてやるよ。社会に出れば勉強ができるのと頭がいいってのはまったく別モンだからな。納品先にもおるわ。いい大学出てても、まったく使えねー奴」

「その人、単にお兄ちゃんとそりが合わないだけなんじゃない？　それに言うほど私、賢くないですから。うちのレベルが低いだけ」

祖父の猪口《ちょこ》に酒をついでいた父が手を止めた。

そうやな、と父が寂しそうに笑った。

「お父さんは中卒やし。お祖父ちゃんも小学校しか出とらん。鳶《とんび》が鷹《たか》を生んだようなもので、優花の気持ちはなかなか理解してやれんかもしれん……」

「違う、そんなつもりで言ったわけじゃ……」

テレビの音がやけに大きな音で響く。父がリモコンを手に取り、テレビを消した。

階段を下りてくる足音がして、母がリビングに入ってきた。

「どうしたの、静かになって。テレビは？」

祖母が二つ目のみかんを手荒くむきだした。爪が引っかかったのか、わずかにしぶきが上がっている。

いやね、と祖母が口をとがらせた。

「優花がどうしても東京に行くって言うから」

「そんなこと言ってない！」

あなた、と母が非難するような目で父を見た。

「きちんと話してくれるって言ったのに」

「そうなんだよ、優花」

父がこたつのわきから封筒を出した。

「お父さんは東京の大学を受けるのは賛成や。その話をしたくて呼んだのに、みんなが茶々入れるから」

えっ、と声をもらして、優花は父の顔を見る。

父が封筒から「受験生の宿」と書かれているパンフレットを出した。

「お母さんに詳しく話を聞いてな。優花のその、希望学部、そいつの試験日も調べて、昨日、受験生用のホテルも取ってきた」

交通公社のロゴが入った封筒を開けると、新宿のホテルの予約票が入っていた。

「お父さんからのお年玉や。新幹線の回数券も入れといたぞ」

「なんで回数券……」

「受かったら部屋探しとか、しなくちゃならんやろ。だめならお母さんと東京ディズニーランドに行けばいい。無駄にはならんよ」

兄が鼻を鳴らすと立ち上がった。

「なんだよ、昔っからお父さんは優花に甘い！」

「勇には車を買ってやった。優花は車の代わりに大学へ行くんや。この話はこれでおしまい。みんな、優花がくじけるようなこと言うな」

父からもらった封筒を両手で持つと、涙がこぼれ落ちた。

「お父さん、ありがとう……ありがとう」

「泣かんでいい、ほら、テレビまた見るか」

リモコンを取り、父がテレビの電源をつけた。祖父はごろりと横になり、祖母は不機嫌そうにみかんを食べている。

紅白歌合戦は終わり、「ゆく年くる年」が始まっていた。

場の空気を変えるかのように、母が明るく言った。

「優花、ほら、そろそろ待ち合わせじゃなかったっけ？」

涙を拭いながら、優花は立ち上がる。

二階の洗面所で顔を洗い、部屋に上がってコートを着た。

鏡を見ると泣いたせいで目が腫《は》れ、髪がぼさぼさだ。ブラシで髪を梳《と》かし、リップクリームが入った小さなポーチと小銭入れをポケットに収める。

犬のリードを手にすると、外に行くことがわかったのか、コーシローが跳ね回った。なんとかつかまえてコーシローを抱き、優花は一階に下りる。

「コーシロー君も一緒なの？」

「えっ……」

階段を下りてきた母に聞かれ、思わず手にしたリードを床に落とした。

母がリードを拾い、コーシローの首輪に付けている。それが人ではなく、犬のことを指しているのに気付き、あわてて答えた。

「も、もちろん。一緒に連れていくよ」

顔を見られないように母に背を向け、優花は黒いスエードのチロリアンシューズを下駄箱から出す。背後から小さな声がした。

「記念受験だなんて言ってないで、優花、受かっておいで」

振り返ると、母がコーシローのリードを渡してくれた。

あかぎれで荒れたその指に、答える声が小さくなる。

「たぶん無理。日本中から受験生が来るんだもん。それに万が一、万が一だよ、受かったら……

私が東京に行ったら、お母さんは一人で大変だ」

母は首を横に振った。

「ちっとも大変じゃない。お母さんがこの家を出たら困るのはみんな。お母さんが本気で怒ったら誰もかなわないんだ。でも怒らない。お母さんには帰る家がないから」

満州で生まれた母は引き揚げのときに両親と姉を亡くし、子どもがいない伯母夫婦のもとで育った。その伯母夫婦も今は亡く、他に頼れる身内はいない。

「でも優花は違う。優花には帰る家がある。お母さんが守ってるこの家だ。だから優花は本気を出していいんだ。お父さんもお母さんも応援してる」

母がコーシローの前にかがみ、頭を撫でた。

「コーシロー君とよーくお参りしておいで」

「えっ、うん」

母が早瀬のことを知っている気がして、答える声が小さくなった。

「……おいで、コーシロー」

外に出ると、吐く息が白い。かじかんだ手を息で暖めながら、優花は星空を見上げる。

東京の大学を志望校に入れたのは、力試しのつもりだった。祖父に言った言葉は嘘じゃない。

それなのに東京行きの切符をもらったとき、涙が止まらなかった。

この街に不満があるわけじゃない。

家族がきらいなわけでもない。

それなのに心ははやる。知らない街に行ってみたい——。

本気を出していいのだと、母は言った。

軽く首を横に振り、優花は駆け出す。

失敗するのが怖い。受かっても、絶対、自分の凡庸さに絶望する、わかってる。

ああ、と声が漏れた。

高らかに一声吠えると、隣のコーシローが前に走り出た。

それでもいいから、行ってみたい、東京へ——。

だけど……。

そんなつもりはなかったのに、父を傷つけてしまった。

「ああ！」

暗がりのなかを、真っ白な犬が駆けていく。その背に導かれるようにして夜の道を走った。

道の向こうに、早瀬と待ち合わせをした中学校が近づいてきた。

息が切れ、足がもつれた。急に長く走ったせいか、喉の奥に血のような味がこみあげる。

足を止め、優花は道に膝をつく。

その拍子に手からリードが落ちた。コーシローは止まらず、まっしぐらに駆けていく。

「あっ、コーシロー。待って、戻って、コーシロー」

追いかけようとしたが、立ち上がれない。地面に手をつき、優花は呼吸を整える。

必死の思いで立ち上がると、はるか先の校門の前に早瀬が出てきた。

コーシローが立ち止まり、振り返った。舌を出し、荒い息をついているが、ちぎれんばかりに尾を振っている。

「いいよ、先に行ってて、コーシロー」

白い矢のように、コーシローが早瀬に向かっていく。早瀬が膝をつくと、まっすぐにその胸に飛び込んだ。

その姿に一瞬目を閉じる。犬の素直さがうらやましい。

コーシローのリードを持ち、早瀬が立ち上がった。黒いウインドブレーカーと同じ色のジーンズを穿いている。

学校にいるときとあまり変わらぬ黒っぽい服装だ。とっておきの白いダッフルコートを着てきた自分が急に恥ずかしくなってきた。

早瀬がコーシローとともに駆けよってくる。

乱れた息を整えながら、ゆっくりと優花も早瀬に向かって歩いた。

大丈夫か？　と心配そうな声が聞こえた。

「コーシローを捕まえなきゃと思って出てきたけど、塩見、転んでなかったか？」

「ごめん、なんか変なところ見せて。転んではないよ。コーシローと走ったら息が切れちゃって。で、よろめいただけ」

ためらいがちな口調で、早瀬がたずねた。

「何か……あった？　家の人に叱られたとか」

「叱られたわけじゃないけど、ただ……進路のことでいろいろ。なんか、いろいろ、あるよね、本当に」

早瀬の胸のあたりから、ふわりと良い香りがした。よく見ると、制服と色は同じだが、黒いジーンズは脚が長く見えて大人っぽい。

髪に手をやりながら、優花はうつむく。

本当はきれいに髪をブローしたかった。セーターも着替えるつもりが時間がなく、毛玉だらけの白いセーターのままだ。

恥ずかしさのあまり、言葉がぶっきらぼうになった。

「あの、じゃあ行こうか」

「除夜の鐘もいいけど」

早瀬が鈴鹿の山の方角を見る。山肌に点々と輝く光は、御在所岳の山頂へ向かうロープウェイの鉄塔のあかりだ。

「……高いところに登ってみん？」

普段は方言を話さない早瀬のなまりに、なぜか顔が熱くなってくる。

コーシローの前にかがみ、優花はその背を撫でる。

「ロープウェイに乗るん？　まだ動いてないんちゃう？」

御在所岳の山頂から初日の出を見ると、伊勢湾に昇る太陽が見られる。よく晴れていれば、富士山も遠くに見えるそうだ。

動いていないね、という返事にそっと見上げると、早瀬の顔に柔らかな笑みが浮かんでいた。

「元日は朝の五時ぐらいからだって聞いた。それにちょっと遠い。歩ける山にしよう」

「それ、どこ？」

早瀬が目の前の里山を指差す。

二十分ほどで登れるその山の頂上には、桜の木々に囲まれた毘沙門天《びしゃもんてん》と七福神のお宮がある。

中学時代に写生やマラソン大会でよく訪れた場所だ。

「この山？　近すぎて、知ってる人に会いそう」

「少し離れた所に、夜景が見える場所があるんだ」

「危なくない？」

大丈夫、と早瀬もかがみ、コーシローの頭を撫でた。二人がかりで撫でられるのが嬉しいのか、コーシローの尻尾が小刻みに揺れている。

「コイツもいるし道は舗装されている。街灯もある。それに今夜はお宮で篝火が焚かれて、甘酒とおでんの振る舞いがある」

「早瀬君、食べものにつられてない？　それに今夜はどこでも甘酒を振る舞っているよ」

早瀬がコーシローを撫でる手を止めた。その顔が寂しげで「うそ」と明るく笑った。

「食べものにつられてるのは私。毎年、お寺で甘酒飲んでる」

「甘酒が好き？」

「好き！」

本当は、それほど甘酒が好きではない。だけど思いを込めて、好きだと言った。

じゃあ行こう、と早瀬が立ち上がり、里山に向かって歩き出した。

山の斜面に沿い、なだらかな弧を描きながら、道は頂《いただき》に向かっていく。ゆっくり歩いたが、まったく会話がはずまないうちに山頂に着いてしまった。

時計を見ると零時半近く。大きな篝火に照らされ、広場は明るい。お宮に参拝に来た人々が、笑顔で新年の挨拶をしている。

「この広場の先にもう少し視界が開けるところがあるよ」

ベンチに座って振る舞いを食べたあと、来た道とは違う道を早瀬が指差した。

その指先に、森の奥へ向かう一本の道がある。月の光に照らされ、道は白々としていた。

行こう、と早瀬に声をかけられ、優花は立ち上がる。

「待って、その前にちょっと手を洗ってくる。おでんの汁がついちゃった」

広場のトイレに行き、優花は髪を整え、コートのポケットからポーチを出す。このなかにはリップクリームと一緒に、取っておきの口紅が入れてある。

従姉《いとこ》からもらったクリスチャン・ディオールのリップスティックは、チベットという綴《つづ》りで「ティベ」と読む。青と紺色の六角形のケースがきれいで、大切にしてきたものだ。

そっと唇に引いてみた。青みがかったピンクに唇が染まる。蛍光灯の下で、その色は不健康そうに見え、あわててティッシュでぬぐう。

ため息がこぼれた。従姉にはよく似合っていたのに、自分にはまるで似合わない。

代わりに色付きのリップクリームを塗り、早瀬のもとに急ぐ。

葉が落ちた大きな桜の木の下で、早瀬はコーシローの耳のうしろを撫でていた。

広場のざわめきをあとにして、二人と一匹で歩き出す。

夜空を見上げると、大きな月がかかっていた。黙っているのが気まずく、いつもより陽気な声で言ってみた。

「月、明るいね。なんか、すごくきれい」

早瀬が足を止め、月を見上げた。

「潮の話、あれは嘘だったよ」

「潮の話って?」

「引き潮の話」

早瀬が再び歩き出した。普段なら並んで歩くのは照れくさいが、コーシローがいると自然に肩を寄せ合える。

穏やかな声が響いてきた。

「月の引力に引かれて、潮は満ち干きを繰り返す。同じように人の身体のなかにも潮がある。血潮っていうだろ。人は満潮のときに生まれて、干潮のときに死ぬらしい。そう聞いたけど、干潮とはまったく関係ない時刻に祖父は死んだ」

そうだったの、とあいづちを打ったきり、何も言えずにしばらく歩く。

十月の終わりに早瀬の祖父は他界した。クラスと美術部を代表して葬儀に参列すると、八高の制服を着た早瀬が、小柄な母親を守るようにして弔問客に頭を下げていた。

　コーシローが道端の草の匂いをかぎ始めた。早瀬が歩調を緩める。

「いい道だろう？　考えごとをするときによく来るんだ」

「私、生まれたときからここ育ちだけど、こんな道知らなかった」

「祖父から教えてもらった。塩見より祖父のほうがこの町暮らしの年季が入ってるよ」

　早瀬の声が少し明るくなった。それにつられて声がはずむ。

「私、行動範囲が狭くってね。学校、家、学校、家。時々本屋さんに行って本見てレコード買って……最近はCDか。その繰り返し」

「何聴いてるの？」

「BOØWY好きだったの、解散しちゃったけど。今は氷室京介《ひむろきょうすけ》の『FLOWERS《フラワーズ》 for《フォー》 ALGERNON《アルジャーノン》』ってアルバムをよく聴いてる。早瀬君は何聴いてるの？」

「特にこれってのは。『アルジャーノンに花束を』って本は読んだ……こっちだよ」

　道をはずれると、突然視界が開けた。

　足元にたくさんの光の粒が瞬《またた》いている。それはどこまでも広がり、はるか遠くに山々の暗がりが見えた。

「ここ、結構高い場所なんだね」

「道、全然下ってこなかっただろう。頂上のお宮とほぼ同じ標高だよ。昔、ここにあった山を崩して開発したのが足元の住宅街」

眼下に整然と広がる光は、大規模に開発された住宅街のあかりだった。その一角を早瀬が指差す。

「あのあたりが僕の家。目の前、はるか遠くは岐阜県の養老《ようろう》山地。左手はわかるよね、鈴鹿山脈。今日は空気が澄んでいるから、光がくっきり見える」

「日によって違いがあるの？」

ある、と早瀬が優しく答え、コーシローを抱き上げた。

「空気の澄み方で瞬きが強かったり、にじんで見えたり。特に昼間は時間によって景色の色合いが変わってくる。光の量や差しこむ角度が違うから。そこをとらえて……つまんないね、こういう話」

決まり悪そうに早瀬が途中で話を止めた。

「全然つまらなくないよ。光をとらえてどうするの？　絵に描くの？」

そんなところ、と気乗りしない声で早瀬がコーシローを地面に下ろした。

「早瀬くんは光を司《つかさど》るって名前、そのまんまだね」

「死んだ父親が写真館をやっていて」

祖父の代から、と早瀬が夜空を見上げた。

「写真は光を司るからって、光司郎。ちなみに父親の名前は光を治めるで、光治《こうじ》。塩見の名前の由来は？」

「優花？　四月生まれだから。本当は『さくら』って名前にしたかったらしいけど、同じ名前の子が近所にいたから、『優しい桜色の花』で『優花』」

「優花の花は桜の花なんだ」

「秘密だよ……っていうほど秘密じゃないけど」

「桜を見たら思い出すよ。塩見もこの場所、秘密だよ」

「早瀬君、小学生みたいなこと言ってる」

笑いながら早瀬の背中を軽く叩くと、かすかに柑橘《かんきつ》系の香りがした。

「いい香り。これはポーチュガル？」

夜景を見ていた早瀬が振り返った。

「なんでわかる？」

「昔、兄がつけてた、高校生のときに。彼女と会うときは必ず」

何の香りもつけていない自分が恥ずかしくなり、優花は胸のあたりまで伸びた髪に触れる。かすかに甘い香りがした。昨夜、髪を洗ったときにティモテのコンディショナーをたっぷりつけたおかげかもしれない。

顔を上げると、早瀬と目が合った。照れくさくて、思わず目を伏せる。

そっと指で唇に触れると、かさついていた。リップクリームを塗ろうと、ポケットに手を突っ込む。ところが早瀬の目の前では、それを出して唇に塗りにくい。

ああ、とため息がこぼれ、優花はコーシローの前にかがむ。

「……なんか、うまくできないな」

何が？　と早瀬がたずねた。

「いろいろ。大学生になったらきちんとしなきゃ。でもそれまでは仕方ないよね……ちゃんとできなくても。お洒落《しゃれ》も何もかも今は我慢だよね。入試に集中しなくちゃ」

しばらく黙ったのち、「そうだね」と早瀬がぽつりと言うと、優花に背を向けた。

「あと少しで共通一次だもんな。塩見はどこを受けるの？」

「地元の大学をいくつか。でも一校だけ東京の私立を受けることにした。絶対受からないと思うけど、記念受験」

「記念受験ができるなんて、塩見はやっぱりお嬢様だね」

「そんなのじゃないよ、全然。さっきもその話でもめてたところ。……早瀬君は全部、東京？」

早瀬が東京の美術大学と地元の大学の教育学部の名を挙げた。

「二校だけ？　私立はどこを受けるの？」

「受けない。国立だけだよ。父が遺してくれたものは予備校の費用に充《あ》ててしまったし、祖父の年金ももう入らない。……本当につまらない話だね。行こうか。コーシローがあくびをしてる」

夜景に背を向け、早瀬が足早に歩き出した。そのあとをコーシローがついていこうとした。

あわてて優花もリードを持って立ち上がる。

「つまらなくない。それって、すごく大事な話だよ」

「塩見には実感わかないだろう」

元の道に戻った早瀬が、街灯の下で手袋をはずすと、差し出した。

「冷えてきたから」

「いいよ。早瀬君のほうが、むっちゃ指、使うやん」

なごませたくて方言を使ったが、早瀬は笑わない。

「美大は共通一次はそれほど考慮されないんだ。すべては二次の実技しだい。でも塩見が受けるところはそうじゃないだろ、風邪引くな」

コーシローのリードを奪うと、足早に早瀬が歩き始めた。そのあとを追いかける。

美術の教員を志望していた笹山から聞いたことがある。

早瀬が志望している美大は国内最高峰、そして最難関学部で、試験は三日間に亘《わた》る。彼らの実技試験は半日や二日間かけて、一つの作品を仕上げていくのだという。

通常の入試では隣の学生の答案を見ることなど絶対にない。ところが美術系の実技の試験では、他の受験生が制作している作品の進展がつぶさに見えるそうだ。自分の作品の仕上がりが遅かったり、他人の作品の出来が素晴らしいと心を削られ、自滅することも多いという。

長時間、素手で殴り合いをするような試験だと、笹山は言っていた。

少し古びたウインドブレーカーの背中が前を行く。

この人は、最高峰を目指して全国の受験生と競うんだ——。

いつだって本気。決して手を抜かないこの人は、どんな戦いをするのだろう。

早瀬の手袋に残るぬくもりが指先に伝わってきた。その熱は全身を駆けめぐり、身体の奥底を熱くする。

胸の鼓動が速くなった。

この高鳴りは身体をめぐる潮の音。血潮の満ち干きは、鼓動の響き。

早瀬の頭上に大きな月が輝いている。

この星の引力に引かれて、潮は満ち干きを繰り返す――。

「早瀬君」

早瀬が足を止めた。振り返ると思ったが、背を向けたままだ。

その背中に手を伸ばしたい。伸ばして、広い背に顔を埋めたい。

「早瀬君……」

呼びかけた声が湿り気を帯びた。そんな自分をごまかしたくて、わざとふざけて言った。

「ごめん、なんでもない。ちょっと……つまずきそうになっただけ」

ため息のように、早瀬が大きく息を吐いてうつむいた。

「そろそろ帰ろう、塩見」

もう帰るの？　本当はそう言いたい。それなのに唇から出たのは「そうだね」という素直な声だった。

「帰ろっか。コーシローも眠そうだし」

コーシローを間に挟み、何も言わずに二人で山を下りた。肩を並べて歩いたが、さっきよりほんの少し距離が離れた気がする。

道は中学校の前に出た。家へ続く一本道の手前で、早瀬が足を止める。

「ここから先は一人で行きなよ。僕といたら家の人に叱られる」

「早瀬君は、これからどうするの？」

「塩見が無事に家に着くまで見送ってる」

早瀬が足元にかがみ、コーシローを撫でた。眠くなってきたのか、コーシローの反応がおとなしい。

一本道の途中で振り返ると、校門の前に早瀬は立っていた。

家の前で再び振り返ったときには姿を消していた。それでもどこかから見守ってくれている気がして、ほてった頰を優花は両手で押さえる。

甘くほろ苦く、手袋からかすかにポーチュガルの香りがした。


一月に入って今上《きんじょう》天皇が崩御し、昭和六十四年は七日間で終わった。数日後に共通一次が迫っていたので、その頃の記憶は薄い。

一月の終わりから関西を皮切りに私立大学の試験が始まった。早稲田大学の入試は二月の終わり。国公立大学の受験の折には、早稲田の合否はわからなかった。

しかし終わってみると、私立は早稲田大学も含めてすべて合格。国公立大学二校からも合格通知を受け取ることができた。

東海地区でも指折りの国立大学に合格し、家族は喜んだ。ふだんは苦言ばかりを言う祖父母もそのときだけはほめてくれた。嬉しかったが、そこに進学することをまったく疑わない二人の前にいると苦しい。

家から通える名門国立大に進むか、東京の有名私大に行くか。

この地方での就職を考えるのなら、地元の大学にいたほうが有利だ。

わかってはいるが、東京の大学に行きたい気持ちが抑えられない。

家族に打ち明けると、祖父は即座に反対し、祖母は一体何が不満なのかと泣いた。

不満などない。ただ、行ってみたいだけだ。

そんな答えでは誰も納得しない。そう思った。しかし、父母が後押しをしてくれ、東京行きが決まった。

三月中旬、期限ぎりぎりに入学手続きを終えたあと、父と一緒に上京して住まいを探した。

望みはかなったが、これからかかる費用を思うと、うしろめたい。

朝一番に大学の生協で部屋の斡旋《あっせん》を受け、四軒を内見して二つ目に見た物件に決めた。アパートの一階が大家の自宅で、部屋に電話が引けるまで呼び出しをしてくれることが決め手だ。

電話の加入権を購入するには七万円近くかかる。父は権利を買ってくれると言ったが、アパートを借りたり、生活用品を揃えたりするのに、自分の予想以上に高額な費用がかかってしまった。せめて電話ぐらいは、自分でアルバイトをして引くつもりだ。

生協での手続きを終え、大家のもとに挨拶に行くと夕方になっていた。引っ越しの荷物を入れる相談をしたあと、二人で最寄り駅に向かう。

新宿行きの電車は出たばかりだった。

東京は便利だ、と父はつぶやき、ベンチに座った。

「一本乗り逃してもすぐにまた来る。でも、もう少し学校に近ければよかったな。東京は家賃が高くて」

「都心より静かでいいよ」

そうだな、と父が答え、立ち上がった。

「ここが、これから優花が暮らす街か……」

線路沿いの看板の向こうに、どこまでも家が密集して続いている。見慣れた山の景色も、水田を渡る風もない。ときおり波のように聞こえる響きは海ではなく、幹線道路を行き交う車の音だ。

その波のような響きの合間に、小さな声がした。

「優花、お祖父ちゃんとお祖母ちゃんのこと、悪く思わんでくれ」

「わかってるけど……」

「二人とも優花が憎いわけじゃない。ただ、朝から晩まで工房で働いてると息が詰まってきて、ガス抜きしたくなるんや。言えばすっきりするから言うだけ言わせ、度が過ぎたら釘を刺す。あとでお母さんには心から謝る。気弱なお父さんの処世術や。お母さんはわかってくれてるけど、優花はつらかったやろ」

頼りなくてすまん、と父はつぶやいた。

父にそんなことを言わせるのがつらくて、優花はうつむく。

近くに学校があるのか、部活の練習らしき声が風に乗って聞こえてきた。

すまんな、と父が再び言った。

「お父さんの上には実は姉さんが二人いてな。小さい頃に疎開先で死んだ」

初めて聞く話に、優花は隣の父を見る。

黄砂で薄くくもった空を父は眺めていた。

「そんな話、初めて聞いたよ。お父さんが一番上なのかと思ってた」

「お父さんは小さかったから、優花のお祖母ちゃんと一緒にいた。でも、その日のことをよく覚えてる。小さな骨箱をふたつ抱えて、手放さなければよかったって、お祖母ちゃんは泣いてた。一番上の子に優花は似てるらしい。よく気が利く、可愛い子で」

「気が回らないっていつも怒られてるけど」

「お父さんも岐阜の叔父さんも、子どもの頃によく言われた」

「お祖母ちゃんは単に疲れて怒りっぽいのかと思ったよ」

それもある、と父が言い、足元に目を落とした。

「終戦の翌年、お祖父ちゃんが南方から帰ってきた。小さな娘の最期を聞いて、お祖父ちゃんも泣いた。あとにもさきにもお祖父ちゃんが人前で泣いたのを見たのはそのときだけだ」

「でも、戦争でひどいめにあったというなら、お母さんだって。なのにお祖母ちゃんは……」

「お母さんは親はなくとも、伯母さんのもとで高校にも行けた。お父さんは中学を出たらすぐに、お祖父ちゃんにこの道に入れられて。……お祖母ちゃんはそのあたりがモヤモヤして、強く当たってしまうんやろう」

でもパン屋、いい仕事だ、と父は笑った。

「お父さんは気が弱いから、きっと外ではうまくやれん。パン屋を継げと言ったお祖父ちゃんの判断は正しい。でも優花は違う。子どもらには、自分ができなかったことをやらせてやりたい。お父さんもお母さんもそう思っとる。だから、お父さんは全力で、優花が望むところへ行かせてやる。お前が頑張り屋なことは、家族みんながわかっとるよ」

「でも、お祖母ちゃん……もう口をきいてくれない」

「女の子を手放したら、生きて帰ってこない気がして怖いんや。理屈やない。ただ、怖いんだ。うまく言えないから、ああなる。戦争は人の心をいびつにするよ」

口をきいてくれないくせに、今朝、家を出るとき、祖母は母と一緒に道に出て、いつまでも見送ってくれた。弁当だと祖父から渡された包みには、受験日のときと同じくカツサンドが入っていた。

電車が通過するというアナウンスが流れた。

轟音《ごうおん》をたてて、電車が目の前を通過していく。

ホームが静かになったとき、大学生協から受け取った封筒を父が眺めた。

「『祝　平成元年度　新入生』。昭和は終わったんやな。平成は優花たち、戦争を知らない子どもたちの時代や」

三月の下旬、美術部顧問の五十嵐とコーシローに会うため、優花は八稜高校に向かった。

「コーシローの世話をする会」は卒業式のあと、「引き継ぎ式」をした。コーシローは次の代の三年生が中心となって世話を続け、新会員として、この春入ってくる新入生を勧誘する予定だ。卒業後は会のOGとしてコーシローを支えるつもりだった。しかし、東京に進学を決めたので、これからはなかなか会いには来られない。

コーシローが好きな骨形のガムを持って部室に入ると、藤原貴史がコーシローのブラッシングをしていた。

その横で早瀬が「コーシローの世話をする会」、略してコーシロー会の日誌に鉛筆を走らせている。

藤原がブラシを軽く振った。

「おう、塩見。早稲田にしたんだって？　東京にはいつ行くの？」

「明日だよ。藤原君、もしかしてパーマかけた？」

藤原の前髪はふっくらと盛り上がって横に流れ、光ＧＥＮＪＩの諸星和己《もろほしかずみ》の髪形に似ている。

前髪の毛先を、藤原が軽く指で弾いた。

「わかる？　パーマもかけたし、色も軽くした。あとはほら」

藤原がポケットから定期入れのようなものを出した。

「車の免許も取った」

昨年のうちに慶應義塾大学への推薦入学が決まった藤原は、二月の間に自動車学校に行くと言っていた。

「よかったね、無事に取れたんだ」

「そんなに難しくはないぞ。塩見、東京でドライブしよう」

「忙しいからいいや、ごめんね。免許取り立てなんて怖いし」

「流れるように断られたよ。早瀬」

鉛筆を動かす手を止めず、しみじみと早瀬が言った。

「藤原、お前って本当にチャラいな」

「フットワークが軽いって言え。学年に一人は俺みたいなのは必要だって。全員が全員、早瀬みたいな奴ばっかりだったら、同窓会なんて百年たっても開かれない」

「描けた、替われ」

早瀬が立ち上がると、入れ替わるように藤原が机に向かった。

「何描いてるの、二人とも」

藤原の手元を優花はのぞきこむ。

コーシロー会の日誌は、この学校で犬を飼うことを許可してくれた校長が贈ってくれた五年連用日記だ。そのフリースペースに、座っているコーシローの絵が描かれていた。

「わあ、可愛い。むちゃくちゃ可愛い！」

「さすが早瀬。頼んだら、ささっと描いてくれたよ」

「で、藤原君は何を書くの？」

「せっかく五年使える日誌だからさ、卒業式が終わったら、その年の代表者が一言書くっていうのはどうかと思って。一番印象に残ったことを書くんだ。塩見は何?」

「さよなら昭和、ようこそ平成、とか?」

「なんか普通やな、平凡というか、凡庸というか」

藤原が少し考えたあと、人差し指を軽く振った。

「じゃあ、これでどうだ? 何はさておき『コーシローが八高に来たこと』」

「まずはそうだよね。どう? 早瀬君」

「それもおおいに普通で平凡だけど、絵には合うな」

早瀬がコーシローの背にブラシをかけ始めた。

藤原が大きな字で「昭和六十三年度卒業生」と書いたあと、自分の名前を書いた。

「藤原君、『代表』って書かなきゃ」

「俺、ちょっと照れてきた」

何を今さら、と早瀬が言った。

「早く書け。塩見が来たから、五十嵐先生のところに行くぞ」

藤原がコーシローの絵の下に書かれた早瀬のサインを指でなぞった。

「せかすなよ。早瀬のサインって格好いいな。でも読めないぞ。しょうがない。ちゃんと俺が『早瀬』って大きく書いといてやるわ」

早瀬の絵の下に「美術部　早瀬光司郎　画」と書いたあと、藤原が自分の名前に「代表」と書き添えた。

さて、と言って藤原が立ち上がった。

「俺、用事思い出した、そろそろ行くわ」

「おい、先生のところには？」

「お前ら二人で行ってこい。じゃあな。早瀬、グッドラック！」

映画「トップガン」のトム・クルーズのように親指を立て、藤原が出ていった。

「何がグッドラックだ。でも……あいつがいないと急に静かになるな」

「早瀬君、実は藤原君と気が合うんじゃない？」

まさか、と言ったあと、早瀬が口ごもった。

「でも、まあ、悪くはない奴だ」

早瀬が再びコーシローの背にブラシを当てた。

静かな部室に春の光が差し込んでいる。その下で、早瀬はコーシローの白い毛を梳《す》き続けた。

気持ちよさそうにコーシローが目を閉じている。穏やかな光に包まれ、同じ響きの名を持つ一人と一匹は幸せそうだ。

絵が描けたなら、この一瞬を永遠に残すのに。

藤原が座っていた席に腰掛け、優花は早瀬とコーシローを見つめた。何も言わず、早瀬は手を動かし続けている。

ここに来る前に見た、各大学の合格者名を貼り出した掲示板のことを優花は思い出す。早瀬の名前はどこにもなかった。

おめでとう、と小さな声がした。

「塩見は明日移動か。藤原は今夜、車で行くそうだ。家族みんなでドライブがてら」

「早瀬君は……」

「残念ながら。でも絵はあきらめないよ」

「じゃあ、来年、東京で会えるね」

ぱたぱたとコーシローが尻尾を振った。早瀬は黙ったまま、ブラシを動かしている。

「そうだ……早瀬君の手袋、ずっと借りてた。ごめん」

「いいよ、別のがあるから」

大晦日に借りた早瀬の手袋は受験の間、ずっとお守り代わりに持っていた。おかげでリラックスして、すべてがうまく運んだ。でも、その分、早瀬の運を奪ってしまったような気がした。

「ごめんね、早瀬君。ちゃんと返す……送るよ。お手紙も書く」

いい、と早瀬が首を横に振る。

「引っ越しするんだ。まだ住所は決まってないけど」

「じゃあ、決まったら教えて。これ、私の連絡先。なくしたら店の誰かに伝言してくれても」

東京の住所を書いたメモに、早瀬が目を落とした。

「東京都練馬《ねりま》区。東京の人になるんだな」

「いいのかな、って思う。親に負担をかけてまで行って、何ができるんだろう。都会のできる子ばっかりのなかで、何がやれるのかとか」

「何がやれるのかわからないから、行くんだよ」

不意に涙が転がり落ちた。不思議そうにコーシローが見ている。

「ごめん……あれ？　どうして、泣いてるんだろ」

まっすぐな早瀬はいつだって、迷う背中を押してくれる。

「私ね、早瀬君。ずっとコンプレックスがあって。何の取り柄も才能もない。だから勉強を頑張ってみたけど、やっぱり怖くなる。本当に普通で凡庸で」

「あんないい大学に受かっておいて、凡庸なんて言ったら殴られるぞ。でも、わかる。そういう問題じゃないんだよな」

コーシローが近づいてきて、足元にすり寄った。その前に座り、優花は背中を撫でる。

早瀬がブラシについた毛を紙で取っている。

「似たことをときどき考えるよ。他の人の作品を見てると」

「早瀬君も？　早瀬君が凡庸なはずないやん」

「どこまでいっても上には上がいる。でも、凡庸だろうがなんだろうが、自分にあるものを信じて磨いていくしかない。それに」

早瀬が壁際の棚の前に行き、コーシローのブラシをカゴにしまった。

「塩見が凡庸っていうのなら、その凡庸ってのは、すごくいいものだと思うよ。コーシローもそう思うだろ？」

コーシローが早瀬のもとに駆け寄った。かがんだ早瀬がその背を撫でている。

「『そう思う』だってさ」

微笑む早瀬の隣で、コーシローが嬉しそうに尻尾を振っている。

「早瀬君、ありがとう……ありがとう」

早瀬が服についた毛を軽くはらった。

「コーシローもきれいになったし、美術室に行こう。先生が待ってる」

行くぞ、とコーシローに声をかけ、早瀬が扉を開けた。

その背に声をかける。

「早瀬君、今年は忙しいだろうけど……」

すべてが終わったらまた会ってくれる？

そう続けたいのに、断られるのが怖くて言い出せない。

楽しげに吠えながら、コーシローが駆けていく。流星のように走っていくその犬を、早瀬は追いかけていった。

＊　＊　＊

シオミさんと呼ばれる優しいその人は、人のコウシロウによると、ユウカという名前もあるらしい。

八稜高校の横を流れる十四川《じゅうしがわ》の岸辺で、犬のコーシローは桜並木を見上げる。

小さな用水路のようなこの川の両岸には、等間隔で桜が植えられている。散歩に連れてきてもらうたびに花の香りが濃くなるのが楽しく、寝床の次に、今、コーシローが気に入っている場所だ。

ユウカとはこの花のことだと、人のコウシロウが言っていた。

他の生徒がいると素っ気ないのに、一人になると彼はたくさん遊んでくれて、ユウカの話ばかりする。

花の香りに混じって、淡く、パンの匂いがした。

（ユウカさんのニオイ……）

人のコウシロウの指も、席の周りも同じ匂いに包まれている。それがたまらなく好きだ。

二人はさきほどまでイガラシと建物のなかにいたが、コーヒーを飲んだあと、この桜並木にやってきた。

コーヒーの匂いとともに、イガラシの声が降ってきた。

「塩見。学校に来たら準備室にも顔を出せ。またコーヒーをご馳走してやる」

「先生の秘蔵のコーヒー、おいしかったです」

「俺が手ずから焙煎《ばいせん》したからな。まずいはずがない。なあ光司郎」

「先生の『手ずから』には時々、はずれがあります」

「早瀬にはもう飲ませてやらんぞ。……じゃあな、塩見。元気でな」

コーシロー、とユウカが目の前にかがんだ。

日差しを浴びて輝く長い髪から、花の香りがする。

「コーシロー、元気でね。私のこと、忘れないでね」

優しく頭を撫でてくれたあと、ユウカが立ち上がった。しばらく歩いてから振り返り、人のコウシロウに手を振った。

「早瀬君、来年、東京で！」

コウシロウが手を振る。桜の花を見上げる人々のなかに、ユウカの姿はまぎれていった。

「言わなかったのかい？」

イガラシの太い声がした。

「教育学部に補欠合格したから、地元の大学に行くって話」

「言いませんでした」

「どうして？」

「彼女はこれから大学でいろいろな人に出会うから」

身体がふわりと浮き上がり、コーシローはあたりを見回す。人のコウシロウに抱き上げられていた。

イガラシがポケットから煙草を出し、火を点けた。

「あと一年頑張れば、君なら来年、東京に行けると思うけどね。あの大学は二浪、三浪の人間だって普通にいるところなんだから」

「いいんです、これで」

コウシロウがきっぱりと言う。

「最初からそう決めていました、浪人はしないと。地元に残れば、仕送りの負担を母にかけずにすむ。教職に就けば奨学金の返還も免除されます」

「美術の教員も悪くはないがね」

イガラシが煙草をふかした。桜の枝にコウシロウが手を伸ばし、花を見つめている。

「僕は塩見さんに悪いことをした。彼女の家で売れ残りの食パンを買っていたら、他のパンをただでくれようとした日があったんです。いやな断り方をした。ほどこしを受ける気がして」

コウシロウが黙る。その顔を舐めると、頭を軽く撫でられた。

「生活に困ってるわけじゃない。そんな感じのことを言った。でも、本当は困ってた。食パンを使うときはなるべくけちって、残りを母と食べていました。それが……恥ずかしくて」

「俺も若い頃は似たようなものだったよ」

「でも、みじめで。それだけじゃない。彼女の前に出ると焦《あせ》ってしまう。どうしたらいいのか……触れたら、壊れてしまうような気がして」

若いな、とイガラシが笑った。

「青い春の季節だ。まあ、とりあえずちょくちょくコーヒー飲みに来い。いつでも待ってるぞ」

軽く手を振り、イガラシは校舎へ戻っていった。

人のコウシロウに抱かれたまま、コーシローは桜並木を見上げる。

枝に手を伸ばし、コウシロウが鼻先に花を近寄せてくれた。

「ほら、忘れるなよ、コーシロー。これが優花さんの花だよ」

彼女の前では「シオミ」とぶっきらぼうに呼ぶのに、自分の前では「ユウカさん」と彼はいつも優しげに言う。

これでいい、とコウシロウがつぶやいた。

「ただ、何もかも……もっと自分が大人だったらと思うよ」

そっと枝を元の位置に戻し、コウシロウは桜を見上げた。

「本当に、本当に、好きだったんだ」

第2話

セナと走った日

平成3年度卒業生
平成3(1991)年4月〜
平成4(1992)年3月

この学校で暮らす前、いつも同じ人から餌をもらっていた記憶がある。

今となっては顔も姿も思い出せないが、当時は誰かに「シロ」と呼ばれていた。

それからこの場所に来て「コーシロー」という名前をもらった。ここでいつも絵を描いていた人と同じ名前だ。その人の指先と、いつも優しい「ユウカさん」は、かすかに同じ匂いがした。香ばしいパンの匂いだ。

八稜高校の部室棟の一角で、コーシローは朝の餌を食べる。

ここでは食べものをくれる人が毎日違う。その顔ぶれも年ごとに変わっていく。今年は十人の生徒が毎朝交代で現れ、食事やブラッシングなどの世話をしてくれる。

ドッグフードを食べ終え、コーシローは目の前の生徒の顔を見上げる。

今日の担当はホッタサツキ。十人の生徒たちを束ねている男子だ。

「コーシロー、もういいのか？」

いいです、という意味をこめ、サツキに尻尾を振ってみせる。

「じゃあ、今日も行くか」

返事代わりに再び尻尾を振り、コーシローは八稜高校の正門に向かう。

ユウカと人間のコウシロウが消えたあと、サツキはここにやってきた。のんびりした話し方と広い額《ひたい》、太くて垂れ気味の眉毛がおおらかな雰囲気の子だ。

サツキが現れた年の夏、骨の形のガムを持って、ユウカがここに来てくれた。

嬉しかったが、しばらく姿を見せてくれなかったことが寂しくて、素直に甘えられなかった。

サツキのうしろに隠れてユウカを眺めていたら、「忘れられちゃったか」と彼女は寂しげに言い、帰っていった。

その翌年の夏も彼女は来た。今度はガムと一緒に布製のおもちゃを持ってきた。その噛み心地があまりに良くて、つい、おもちゃをくわえて中庭のつつじの下に走ってしまった。そこで存分におもちゃを噛んでいるうちにユウカは姿を消していた。

三回目の夏。とうとうユウカは来なくなった。そこで、ようやく気が付いた。

十四川の桜のつぼみの匂いがすると、この場所から去って行く子どもたちがいる。彼らは二度とこの場所に現れない。夏になるたびに会いに来てくれたユウカは特別だったのだ。

(会いたいなあ、ユウカさん)

今度、あの匂いを感じたら、まっさきに彼女のもとに走って、全身で喜びを伝えたい。

だから、どこにいてもユウカの匂いを探している。

八高の校門の脇に座ると、生徒たちが登校してきた。

「おはよう、コーシロー」

男女、さまざまな声が振ってくる。尻尾を振って応えながら、コーシローはなつかしい気配を探す。

耳をくすぐる優しい声と、頭を撫でてくれた小さな手。そこからこぼれる、おいしそうな匂い。人間のコウシロウやイガラシに抱き上げられると肩も胸も固くてごつごつしているが、ユウカに抱き上げられると、どこもかしこも柔らかい。そして長い髪からは、いつも甘い香りがした。

ユウカと似た匂いが一瞬する人たちは、生徒のなかに何人かいる。だけど彼女とはどこか違う。

続けざまに大きな音がした。

チャイムと呼ばれるこの音がすると、用務員室のクラハシのもとへ行く時間だ。昇降口の近くにあるその部屋に行こうとして、コーシローは立ち止まる。

ユウカの匂いがする。

たまらなく食欲をそそるその匂いは、彼女のカバンからよく香っていた。

下駄箱に走っていくと、床に置かれたカバンから香ってくる。

（ユウカさん？）

期待をこめて見上げると、眼鏡をかけた男子がいた。

（ねえねえ、ユウカさん、知ってる？　ねえ、知ってる？）

返事はなく、目の前にスリッパが落ちてきた。ユウカとは似ても似つかぬ匂いだ。それなのにたまらなくなり、反射的にそのスリッパをくわえる。

布の嚙みごたえが気持ちいい。

しびれるような快感に身をゆだね、コーシローは走り出した。

＊　＊　＊

──ホームルーム開始、十分前の予鈴が鳴った。

いつもなら用務員室の前に、コーシローが現れる時間だ。それなのに今日は現れない。

何かあったのだろうか。

校舎のあちこちを見回しながら、堀田五月は昇降口に向かう。

朝の餌を食べると、コーシローは校門の脇に座り、登校する生徒たちを眺めている。予鈴を聞くと、今度は用務員室の蔵橋のもとに行き、昼過ぎまでそこにいるのが日課だ。

昇降口に着くと、生徒たちが靴からスリッパに履き替えていた。

八稜高校の上履きは生徒が各自で用意するスリッパだ。靴や制服のスカート丈には厳しい決まりがあるのに、この学校はなぜか上履きだけは指定のものがない。

そのおかげで夏は涼しく、冬は暖かい素材のものを履けるが、各自が好みの色柄のスリッパで歩く姿は、家にいるようで緊張感がない。

校門の周辺を見にいこうと考え、五月はスリッパから靴に履き替える。

下駄箱の向こうから「こら！」と男子の声がした。

「待て、コーシロー！」

青いスリッパをくわえた白い毛の犬が走っていく。垂れぎみの耳と、むくむくとした白い毛。この学校で暮らす犬、コーシローだ。

銀縁の眼鏡をかけた男子が靴下のままコーシローを追いかけていく。同じ三年生の相羽《あいば》隆文《たかふみ》だ。

ちょい待ち！　と声をかけ、五月は相羽の腕をつかむ。

「ああなるとコーシローは手に負えない。そろそろチャイムが鳴るよ。教室に入って。スリッパはあとで俺たちが責任持って捜してくる」

「サッチャン先輩、これ」

コーシロー会の後輩が紙スリッパを差し出した。

この学校の生徒会が代表を兼任する「コーシローの世話をする会」、略して、「コーシロー会」の会員は紙スリッパを自分の下駄箱に常備している。

コーシローが誰かのスリッパをくわえて逃げたときは、まず紙スリッパを被害を受けた生徒に渡しておき、始業や授業に差し障りがない時間に、会員たちで捜すためだ。

紙スリッパを相羽に渡し、五月は拝むようにして軽く手を合わせる。

「相羽、ごめん。とりあえずこれを履いていて」

またか、と相羽が苦々しげに言い、紙スリッパを手にした。

コーシローの姿はすでにない。普段はおっとりしているのに、犬の本能なのか、獲物をくわえたときのコーシローは驚くほど足が速い。

「ごめんな、必ず取り返してくるから。でも、万が一ボロボロになっていたら、コーシロー会の部室に、といっても美術部の部室だけど」

知ってる、と相羽が会話を途中でさえぎった。

「これで三度目だから」

「だよね……じゃあまた、あそこでスリッパ選んで。先週、ＯＢが新しいスリッパたくさん寄付してくれたから、いろいろあるよ」

黙って紙スリッパを履くと、不愉快そうな足音をたてて相羽は歩いていった。


昼休みにコーシロー会のメンバーで捜したところ、相羽のスリッパは中庭のつつじの木の下で見つかった。それほど嚙まれてはいないが、土で汚れていたので、やはり新しいスリッパを放課後に選んでもらうことにした。

相羽を待ちがてら、美術部の部室の隅にあるコーシロー会の部室で、五月は日誌を開いた。

この会では三年生のうちの一人が、この「コーシロー日誌」の担当になるならわしだ。

五年連用日記という、五年分をまとめて一冊にした日記帳を開くと、筆で書かれた文字がまず目に飛び込んでくる。

「責任とは何か、命を預かるとはどういうことか、各自が身をもって考えるように　昭和六十三年　八稜高校校長」

角張った無骨《ぶこつ》な字で書かれた言葉は、コーシローがこの学校で暮らすことを許可した、一代前の校長のものだ。この会の初代会長、藤原貴史にこの日記を渡し、代々記録を書き続けていくようにと校長先生は伝えたのだという。

最初の年の昭和六十三年から平成元年にかけては、会長の藤原が主に日誌を書いていた。日誌の最後にある十八ページ分のフリースペースを見ると、「昭和六十三年度卒業生　代表藤原貴史」とあり、「この年一番印象に残ったこと」として、「コーシローが八高に来たこと」を挙げていた。

その横に子犬の絵が描かれており、下には「美術部　早瀬光司郎　画」とある。

「平成元年度卒業生」の書き手は、五月が入学した年に三年生だった高梨亮だ。美術部部長も兼任していた彼によると、子犬の絵を描いた早瀬光司郎はコーシローの名付けのもとになった人で、超絶に絵がうまかったのだという。

高梨は日誌の最後に「この年一番印象に残ったこと」として、コーシローの成長の早さを挙げ、賢そうな顔をした成犬のコーシローと自分の姿をマンガ風に描いていた。

「平成二年度卒業生」は、生徒会書記だった女子が書いていた。

ブラスバンド部だった彼女は最終ページにコーシローの写真を貼り、「この年一番印象に残ったこと」として、高校野球の地区予選の応援で、プリンセス プリンセスの「Diamonds《ダイアモンド》」を演奏したのが最高の気分だったと書き、「プリプリ最高！」と締めくくっていた。

平成三年、一九九一年十月。半年後に「平成三年度卒業生」となる、四代目の書き手は五月だ。

十月初めのページを開き、「今日もコーシローがスリッパをくわえて逃げた。（3A　相羽隆文君の）」と書き、五月はため息をつく。

国立文系クラスにいる相羽は学年一優秀な男だ。口数が少なく、たまに話す言葉は冷ややかで、たいそう近寄りがたい。

この学校だけではなく全国レベルでも彼は優秀で、全国統一模試の成績優秀者が掲載される冊子の常連だ。名字がア行なので、並みいる同点の優秀者のなかでも、いつもほぼ筆頭の位置に名前が挙げられている。

同じ学年でも私立理系クラスの五月とはまったく接点がなく、スリッパの一件がなければ在学中、話すこともなかった相手だ。正直、苦手で気が重い。

コーシローが部室に入ってきて、五月の足元に座った。

見上げた顔が申し訳なさそうに見えたので、耳のうしろを掻くようにして撫でてやる。

「『やっちまった』って顔だな。コーシロー、お前はいいコだもんな。ときたまいいコちゃんをやめたくなるんだろうなあ」

開け放した部室の扉から、今度は相羽が入ってきた。

さっそく寄付されたスリッパを入れた段ボール箱を出し、五月は相羽にすすめる。

ずり落ちてきた眼鏡を指で上げると、相羽がスリッパを選び始めた。

コーシローが相羽の隣まで歩いていき、彼を見上げている。何かを聞きたげな様子だ。

「なんでコーシローは相羽のスリッパばっかり狙うんだろう。心当たりある？」

「ない」

「足からフェロモンでも出てるのかな」

相羽は答えず、スリッパを選んでいる。くだらぬ話には付き合いたくないという風情《ふぜい》だ。

コーシロー、と呼びかけ、五月は膝を二回叩く。こっちに来いという意味のジェスチャーだ。すぐにコーシローが戻ってきた。

「お前、次の獲物でも狙ってるのか。スリッパ嚙まずにガムを嚙め。ほら」

骨の形をした犬用ガムをコーシローに差し出すと、嬉しそうに嚙み始めた。

紺色のスリッパを手にした相羽が振り返った。

「前から思っているんだが、どうして放し飼いなんだ？　きちんと紐でつないでおくべきだ」

「俺らが入学したときには、すでにコーシローは校内フリーパスの状態で……。何か事情があったのかな。そのあたりは知らないけど。でもスリッパの他には悪さをしないよ。糞尿《ふんにょう》も俺たち気を付けてるけど、あまり粗相をしない」

「そういう問題じゃないだろう。昼間はどこにいるんだ？」

「午前中は用務員の蔵橋さんについて回っている。午後は美術準備室の五十嵐先生のところ。夕方はここに戻ってくるか、そうじゃなかったら当番が五十嵐先生のところに迎えにいってる」

「結局、蔵橋さんと五十嵐先生の厚意に甘えているだけじゃないか」

「そう言われると苦しいけど……でも一応、生徒会役員の選挙のときにさ、コーシローの飼い方について信任投票してるだろ。今回も圧倒的多数で現状維持が決まったから、様子を見させてよ。こいつがのんびりしているのを見るのが好きって意見も多いんだよ」

納得いかない様子で、相羽が手にした紺色のスリッパを差し出した。

「これにする」

「値札とタグを切る。少し待って」

タグを切り終えると、今日受け取ったばかりの模試の結果を思い出した。相羽は今回も成績優秀者として、全国の受験生の最上位のグループに名を連ねていた。

スリッパを渡しながら、五月は相羽に笑いかける。

「相羽、今回の模試も名前が出てたな。一体、どういう勉強をすると、そんなにできるんだ？」

「よく聞かれるけど、わからん」

「無意識のうちに効率のいい勉強してるってことかな」

そうじゃなく、と相羽がまたずり落ちてきた眼鏡を上げた。

「質問の意味がわからない。試験に出る範囲が決まってて、教科書に出ていることしか出てこない。もしくはせいぜい応用問題。どうやって間違えるんだ？　すべて前もってわかってるのに」

「覚えたつもりでも忘れるじゃないか」

「忘れなければいい。高校レベルの試験なんて必ず筋道通った答えがある。全問正解は難しくても、近いところに寄せるのは誰でもできるんだよ」

「そうは言うけど簡単じゃないよ」

新しいスリッパを履くと、相羽が紙スリッパを手に持った。

「これは処分していいのか？」

どうぞ、と答えた声が硬くなる。

尻尾を振るコーシローを無視して、相羽は部室を出ていった。

コーシローに餌をやり、寝床を整えてから、五月は学校を出た。

校門を出てすぐのところにある駅から電車に乗ると、十五分で市内のターミナル駅、近鉄四日市駅に着く。

近鉄百貨店とマクドナルドの間の通路から交差点を渡り、女子高生が集まるファッションビル、鈴丹《すずたん》の前を通って一番街商店街に向かう。アーケードを備えたこのあたりは車が入らず、ゆっくりと歩いて買い物ができる県下有数の規模を誇る商店街だ。買い物客でにぎわうジャスコの前を通り、さらに奥へ進むと、この街でもっとも大きな書店、文化センター白揚《はくよう》が現れる。

今日はモータースポーツの専門誌「auto sport《オートスポーツ》」の発売日だ。

二人の兄の影響で中学時代からレースに興味があったが、今、夢中になっているのはF1グランプリだ。

四年前の一九八七年、十年ぶりにF1グランプリが日本、それも隣の町にある鈴鹿サーキットで行われることになった。

しかも日本人として初めて、中嶋悟《なかじまさとる》がドライバーとしてフル参戦をする。それ以来、毎号「auto sport《オートスポーツ》」と「Racing on《レーシングオン》」を欠かさず熟読し、レースがある日曜日は茶の間のテレビの端子にイヤフォンを突っ込み、深夜にフジテレビの中継を見ている。

今日はポルトガルグランプリの速報も出ているはずだ。階段を駆け上がって売場に向かうと、八高の制服を着た男子が背中を丸めて雑誌を立ち読みしていた。

細長いそのシルエットは、数十分前に見たばかりだ。

隣に並ぶと、やはり相羽だった。マクラーレン・ホンダのマシンの写真に見入っている。

相羽の前にある雑誌を手に取りたくて、「あの」と声をかけると、わずかに横にずれた。しかし、目当ての雑誌は依然として相羽の前だ。

仕方なく、強引に手を伸ばす。

軽く頭を下げ、相羽が再び横に移動した。その様子に「悪《わり》ぃ」と声をかけると、相羽が顔を上げた。

眼鏡の向こうの目がわずかに泳いでいる。

「ごめん。驚いた？　取りにくかったから」

相羽が雑誌を閉じると、ベネトン・フォードのドライバー、ネルソン・ピケの顔のアップが目に入ってきた。グランプリ速報「GPX」の表紙だ。

好きなの？　と聞いて、雑誌を指差すと、「えっ？　まあ、そんなところ」と返事が戻ってきた。

「含みのある言い方やな。もしかして二輪のほうが好き？」

ニリン？　とつぶやいた相羽が、すぐに言葉を続けた。

「ああ、いや、四輪？　のほうが」

「へえ、意外。相羽がレースを見るなんて」

雑誌を棚に戻すと、相羽が足早に去っていく。

「えっ、あれ？　いいの？　おーい、こっちの棚にも速報あるぞ」

声をかけたが、相羽は振り返らない。楽しんでいるところを追い払ってしまった気がした。

相羽が立ち読みをしていたグランプリ速報は写真が充実していた。なかでも相羽が見ていた写真はその号で一番迫力があり、見入ってしまう気持ちがよくわかる。

その数日後、鈴鹿で行われる日本グランプリに出場するマシンが続々と日本に上陸してきた。毎年十月に入ると名古屋空港に到着したＦ１マシンの様子が、地元のメディアで華やかに取り上げられる。ここ数年の秋の風物詩だ。

しかし、レースのチケットは年々人気が高騰し、往復ハガキによる抽選で当たった人しか購入できない。今年はハガキを五十枚書いて送ったが入手できなかった。

今年は中嶋悟が引退を表明し、鈴鹿でのレースは最後だ。そのうえ昨年に続いて今回も日本グランプリでドライバーの年間チャンピオンが決定する。

王座を争っているのはマクラーレン・ホンダのアイルトン・セナと、ウイリアムズ・ルノーのナイジェル・マンセル。

ホンダは創業者の本田宗一郎《ほんだそういちろう》が二ヶ月前に亡くなっている。多くの思いが重なり、チケット獲得の抽選はさらに高倍率となった。来年は百枚、応募ハガキを書くつもりだ。

日本グランプリの開催を週末に控えた火曜の夜。『アイルトン・セナ　天才ドライバーの素顔』という本を五月は読み返す。

決勝の日曜日に全国統一の模擬試験が行われるが、勉強がまったく手につかない。

F1ドライバーたちが続々と日本に到着している。地上最速を競う男たちと、彼らを擁《よう》するチームが世界を転戦し、今、ここ日本に——家から車で一時間足らずの場所で呼吸をしている。

それだけで興奮してしまい、チケットがなくてもサーキットの周辺をうろつきたい心境だ。

「おーい、五月」

二番目の兄の声がした。自動車部品の工場で働いている兄は二十一歳。来月、バイクのツーリング仲間と結婚して、この家を出る。

「なーに、チイ兄ちゃん」

「佳奈《かな》から電話なんだけどさ、お前、F1に行く?」

あまりに軽い兄の口調に一瞬身体が固まった。意味がわかったとたん、五月は部屋を飛び出す。

「えっ、F1?　行くよ、行く行く!　行くに決まってるやーん!」

「佳奈がダチからチケット譲ってもらったんだって。シケイン前の指定席。お前が行くなら譲るって言ってる」

コードレス電話の受話器を耳に当てながら、テレビの前で兄が煙草を吸っていた。その前にすべりこむようにして五月は正座をする。

「な、な、何ぃ!　チイ兄ちゃん、それマジ?　本当に?　でもチケット代、払えるかな。兄ちゃん、しばらくお金貸して」

プレゼントだって、と兄が煙草の煙を吐く。

「未来の弟からカネなんて取れないよ、って佳奈が言ってる」

「いいの、本当にいいの？　佳奈さん、俺、もう、お姉ちゃんって呼んじゃう。佳奈姉ちゃん、ありがとう！」

調子いい奴、と笑いながら、兄が婚約者にその言葉を伝えた。

翌日、仕事から帰ってきた兄が佳奈からだと、チケットが二枚入った封筒をくれた。同封されたメモには「彼女と一緒に♡」とあった。

気持ちは嬉しいが、誘う彼女はいなかった。


木曜日の昼、昼食を手早くすませ、五月は相羽のクラスをのぞいた。

教室の隅で参考書を読みながら、相羽は一人でパンをかじっている。足元にはコーシローが丸まっていた。

あわてて教室に入り、相羽の席の前に立つ。

「悪《わり》ぃ、相羽。コーシローがまた何か困らせてる？」

別に、と言って相羽がコーシローを見る。

「パンが食いたいのかと思ったけど、そうでもないみたいだ」

「おいで、コーシロー」

コーシローを抱き上げると、不愉快そうに身体をよじった。しかし、強引にその身体を押さえこみ、歩き出したところで、思わず立ち止まった。

「おっと、コーシローを捜しに来たんじゃなかった。相羽、F1行く?」

はっ? と間の抜けた声で聞き返し、相羽がパンを机に置いた。

「今、なんて?」

「日本グランプリ」

「いや、行けたら行きたいが、チケットがない」

「それがあるんだ。行く? 行くならやる。コーシローのお詫び」

差し出された封筒の中を、相羽がちらりと見た。しかしすぐに封筒を突き返し、机に置いたパンを口に押し込むと立ち上がった。

「堀田、ちょっと外、行こう。外」

相羽に引っ張られ、五月はコーシローごと廊下に出る。

非常階段のドアを開けて外に出ると、勢い込んで相羽が言った。

「堀田、お詫びにやるって、お前、こんなプラチナ・チケット。これ、金を積んでも、なかなか買えんやつだぞ」

「金はいいよ。俺も、もらったものだから。ただ さ、決勝の日、模試の日なんだよね」

「知ってる、知ってるよ。わかってる」

「だから無理かなと思って」

「無理じゃない」

五月の顔をのぞき込むようにして相羽が答える。コーシローが相羽の匂いを嗅いでいるが、お構いなしだ。前傾したまま、相羽が言葉を続けた。

「っていうか、いい。この際、模試は捨てる」

「えっ、いいの？」

「こっちの決勝はまだ先だ」

大学入試を決勝と言われると、勉強への意欲が上がりそうだ。

コーシローを床に下ろし、五月はポケットから封筒を出す。

「じゃあ、あらためてこれ渡しとく」

チケットを出した相羽が、「ホログラムが入っている」とつぶやいた。チケットにはマクラーレン・ホンダのマシンの写真が入り、その下には鈴鹿サーキットのコースを描いたホログラムが虹色の光を放っていた。

弾かれたように、相羽がチケットから顔を上げた。

「これ、決勝だけじゃなく、金曜の予選からもＯＫなんだ」

「そうだよ、三日間通しのチケットだもん。だから俺、明日の朝から行く。学校さぼるけど、内緒にしてな」

「俺も行く」

はっ？　と教室で相羽が出したのと同じ、間の抜けた声が出た。

「相羽が学校さぼるの？」

「いい、一日ぐらい。ものすっごい至近距離でセナが見られるかも。チャンピオン決定の瞬間も。こんな機会はめったにない。絶対に行く」

よかった、と、五月は非常口のドアに手をかける。

「それなら明日、現地で会えるかもな。じゃあな。行くぞ、コーシロー」

「ちょっと待て」

コーシローを相羽が抱き上げた。

「相羽、毛！　白い毛が付くぞ、ほら、よこせ」

「そんなのどうでもいい」

黒い詰襟《つめえり》の制服に毛が付くのも構わず、相羽はがっちりとコーシローを抱えている。

「それより、堀田はどうやって行くんだ？」

「ケッタ」

「はっ？　自転車？」

相羽の眼鏡の奥で目が大きく見開かれた。その顔に驚いたのか、なぜかコーシローも目を丸くしている。

「そんなに驚かなくても……。うち、山のほうだからさ、四日市駅までバスで出て、そこから電車に乗ると、普通に行っても二時間半かかるんだよ。この週末は駅もバスも激混み。なかなか乗れないだろ」

「ヘリが出るぐらいだしな」

日本グランプリの時期には、名古屋空港からサーキットまでヘリコプターが運航される。有名人や資産家は渋滞を見ながら空からサーキットに入り、VIP席に行くという噂だ。

「それがさ、直線距離だと家からたった三十キロ。ミルクロードを車で行けば一時間切るんだ。そうなると、俺の場合、ケッタで走っていくほうが早い。二時間ちょっとで着くよ。相羽はどこに住んでるの」

相羽が住んでいる町は、鈴鹿へ向かう際に使うミルクロードと呼ばれる農道の沿線だった。彼の家ならサーキットまで二十キロ前後。おそらく一時間半で着く。

それを伝えると「一時間半か」と相羽が考えこんだ。

「楽勝だよ。山岳部の後輩に相羽と同じ中学の子がいるけど、その子、昔、サーキットの向かいにある『青少年の森』まで自転車で行ったって言ってた。女子が自転車で行くぐらいなんだから」

「そうか、ミルクロードか」

コーシローの背を撫でながら思案していた相羽が手を止めた。

「あのさ……それなら途中から俺も一緒に連れていってくれないか？」

「いいよ。でも俺、その日から泊まるけど、帰り道わかる？」

「どこに泊まるんだ？」

「野宿だよ」

相羽が再び目を見開き、コーシローがその顔の匂いを嗅いだ。

「野宿？　どこで？」

「サーキットにテント張っていいところがあるから、そこでテントを張る。ケッタ……自転車なら装備も運べるし」

なるほど、と相羽が感心したような声を漏らした。

「サーキットでキャンプをするわけか」

「あそこはホテルとサーキットが近いから、寝泊まりしてたら、セナが歩いているところなんかにばったり会えるかもしれん。ただ、風呂は銭湯か、最悪、テントで身体拭くか。8耐のときは水シャワーがあった気がするけど。……でも夏じゃないし、なんとかなるだろ」

「堀田は、バイクの8時間耐久レースも行ってるんだ」

「ほんのちょっとね。兄ちゃんたちが好きなんで」

あの……と、今度は遠慮がちに相羽が言った。

「それも、参加させてくれん？　その、野宿も。必要な物はなんだ？　教えてくれたらなんでも協力するから」

おお、いいよ、と言いそうになったが、五月は考える。

相羽と話をしたのは、コーシローの件をのぞけば、先日の本屋での一件だけだ。互いによく知らないのに、三日間も寝食をともにして大丈夫だろうか。

言葉を選びながら、五月は慎重に答える。

「相羽、俺と一緒だとイライラするんじゃないかな。俺、こういう雑な性格だし、お前もアウトドアは初めてだろ」

「足手まといか？」

「そういうこと言ってるんじゃないよ。気持ちはわかる。っていうか、三日間いちいち家に帰って寝とれんよな！」

小刻みにうなずき、相羽がずり落ちてきた眼鏡を上げる。その仕草に気持ちが舞い上がり、続く声が高ぶった。

「サッカー好きな連中、よく言うやん。応援席の自分らは十二人目のメンバーです……。なんじゃそれと思ったけど、わかる、今ならすげえわかるわ。俺も味わいたい、チームスタッフの気分。テントで寝ながら、入ったばっかかのピットクルーの俺が先輩にいびられて外で寝てるなんて想像するわけさ」

「その妄想にはまったくついていけんが、心情はわかる」

コーシローの背を撫でながら、相羽が力強くうなずいている。それを見た途端、さらりと言葉が出た。

「じゃあ行くか。ミルクロードで待ち合わせな」

金曜日の午前から始まるフリー走行は、各チームがサーキットに持ち込んだマシンを実際にコースで走らせ、さまざまな調整をする時間だ。

サーキットに入る門が開くのはおそらく九時あたり。平日のこの日から来ている人はまだ少ないが、より良い観戦場所を確保するため、七時半には現地に着いていたい。

午前四時半、まだ暗いなかを五月は自転車で走り出す。

ペダルを漕ぐたびに、ひんやりした夜の空気がうしろに流れていく。

二番目の兄、チイ兄ちゃんには本当のことを言ったが、親には入試に向けての特別強化合宿に参加すると嘘をついた。もっとも親も嘘だとわかっていたようだ。八高のジャージを着て、それらしい様子を取り繕ったのに、家を出るとき「危ないことはしないように」と母に釘を刺された。

夜明け前のミルクロードは時折、トラックを見かけるだけで、人も車もほとんど走っていない。岐阜との県境の員弁《いなべ》から菰野《こもの》、桜《さくら》へと向かうこの道は、鈴鹿山麓を南に向かって走っている。昔はこの周辺に多くの牧場があり、牛乳を積んだ車が行き交っていたことから付けられた名前だ。

一時間近く自転車のライトをつけて走ると、街灯の向こうに赤い鉄橋が見えてきた。

近鉄湯の山線の上を通過して桜町へと延びるその鉄橋は、急勾配の坂道だ。

立ち漕ぎでゆっくりと上り始めると、背中のリュックと荷台に積んだ装備の重みがずっしりとペダルにかかってきた。

ここから先はしばらく丘陵地帯だ。鉄橋を上りきると、今度は下り坂が始まる。それを数回繰り返すと、相羽と待ち合わせた場所に着く。

夜空が白み始め、濃紺から水色に変わっていった。

緑の森もその間にある町も水田の稲穂も、淡い水色に染まっていく。

長い坂の途中で息が切れ、五月は自転車を降りる。

自転車を押しながら、坂の中腹に来たとき、頂上の交差点に人影が見えた。リュックを背負い、自転車にまたがっている細長い男の影だ。荷台には段ボールと大きなボストンバッグが積んである。

時計を見ると、待ち合わせの時間までまだ三十分ほどあった。

頂上に向かい、五月は手を振ってみる。

「おーい、相羽？　おはよう」

水色の風景のなかで、エンジ色の八高のジャージを着た相羽が手を上げた。

「堀田、もう着いたのか。早いな」

「そっちこそ。すぐ行くで、ちょっと待って。この坂、きつくてさ」

坂の頂上に到着すると「飯食った？」と相羽がたずねた。

「出る前に軽くな。相羽は？」

「牛乳だけ飲んできた。朝飯、用意してきた」

相羽が尻ポケットから地図を出した。手元をのぞくと、銭湯やスーパーなどの書きこみがしてある。ミルクロードの途中を相羽が指差した。

「堀田、この地点で朝食はどうかな？　今からだと、そうだな、計算すると六時過ぎになると思う。……それにしても、ずいぶんでかい荷物だな」

これか、と五月は荷台を振り返る。

「装備の他にも、菓子や雑誌や、いろいろ入ってるから。今日は家の人に何て言って出てきたん？」

「模試に向けて、友だちと強化合宿をするって言ってきた」

「俺も似たようなこと言った。でも、まったく嘘でもないよ、ドライバーと生きた英語の勉強するかもしれん。さあ、行こう」

〝友だち〟と言われたのが照れくさく、五月は勢いよくペダルを踏みこむ。

道はすぐに下り坂になった。加速する自転車の勢いに気持ちもはやる。

思わず大きな声が出た。

「おお、下りは速いな。なあ、鈴鹿スペシャルってどんだけ速いんやろな」

ホンダはこの日本グランプリに向けて「鈴鹿スペシャル」という最高のエンジンを投入するそうだ。そのネーミングだけで、心がときめいている。

ワクワクする、と隣を走る相羽に声をかけた。

「F1の中継見てて、HONDAのマークがついているシャツ着て働いてる人を見ると、俺、むしょうに感激するんだ。相羽はF1のどこが好き？」

「迫力と音。あとは」

再び上り坂が現れた。相羽が立って自転車のペダルを漕ぐ。

「モータースポーツって、戦前からヨーロッパ人が楽しんできた……伝統あるもので。そんな欧州勢から見たら、地図のはしっこの……極東の国で作られたエンジンに乗った……同じく地図の端っこのブラジル人、アイルトン・セナが勝ち上がるなんて、あまり……面白く、ないだろう」

相羽の息が切れ、言葉が途切れた。会話のなかに、荒い息が混じる。

「……そんな、風当たり、強いなか……地上最速目指して、ひたすら走るってところ……猛烈に、泣けてくる」

「相羽、そういうこと考えて見てるんだ」

「浪花節《なにわぶし》っぽいかな」

「俺、浪花節を聴いたことがないからわからんけど、素直に感心しとる」

自転車を降り、相羽が押し始めた。続いて五月も自転車を降りる。

急勾配もつらいが、なだらかな上り坂も体力が削られる。

相羽が空を見上げた。淡い水色だった空は、東の方角だけがほんのりと赤みを帯びている。

もうひとつある、と相羽が言った。

「F1の好きなところ。世界の広さがわかる。最速三百キロの世界を見られるF1ドライバーは人類のなかでたった三、四十人。そのうちフル参戦している日本人は中嶋悟と鈴木亜久里《すずきあぐり》だけだ」

「でも中嶋、引退するんだな」

坂を上りきると、東の空に日が昇った。まばゆいほどの赤に染まった空の下、まっすぐに、長い下り坂が続いている。車も人もいない。貸し切りの道路のようだ。

夜明けの道のまんなかを、二人で一気に駆け下りた。感極まって、五月は叫ぶ。

「ナーカージーマー！　ナカジマー！」

「やめろ、恥ずかしい」

相羽がペダルを漕ぎ、追い抜いていった。その背中に再び叫ぶ。

「誰も聞いてないよ。この三日間、俺、きっと死ぬほど叫ぶ。恥ずかしいかもしれんけど、我慢してな」

清涼な朝の空気が頬を撫でる。相羽の自転車がさらに加速し、ゆるやかなカーブを曲がっていった。


相羽の計算より少し遅れたが、六時半を回ったところで、朝食をとる場所に着いた。

食事の前に、二人して名前の縫い取りがあるジャージの上だけを脱ぎ、トレーナーに着替えた。脱いだジャージを腰に巻き、相羽が昨夜買っておいたという照り焼きチキンが入ったサンドウィッチを食べる。

家の近所のパン工房のものだという。坂を下りながら中嶋コールをされたのが、よほど恥ずかしかったのか、相羽は黙っている。

沈黙に耐えかね、「うまいね」と話しかけると、「石窯で焼いているんだ」と返事が戻ってきた。手に付いたチキンのタレを草でぬぐいながら、そのパン工房に八高の卒業生がいると相羽が言った。とても可愛い人なのだという。

「ちょうど俺たちと入れ違いに卒業していった人なんだ。俺の母親が昔、そこでパートをしてて。顔だけじゃなく性格も可愛いんだって」

相羽が女子の話をするのは、モータースポーツを好むこと以上に意外だ。彼なりに気を遣っていることを感じ、五月は普段よりも明るい声を出す。

「顔も性格も可愛いって最強やな。年上か。芸能人でいったら誰に似てる？」

「山下達郎《やましたたつろう》のクリスマスイブの新幹線のＣＭ、覚えてるか？　少し前の、赤い服を着た女子が駅の構内を走っていく……名前を忘れた」

「相羽も忘れることがあるんやな」

年末になると、ＪＲ東海はクリスマス・エクスプレスと名付けたＣＭをテレビで流す。遠距離恋愛の恋人たちが新幹線を利用して、クリスマスイブに出会うというドラマ仕立てのＣＭだ。

少し前と聞き、五月は記憶をたぐる。

「うーん、牧瀬里穂《まきせりほ》？」

「そう、その子！」

手にしたサンドウィッチを揺らしながら、相羽がうなずく。

「笑った感じが似てる。すましてると、もっと似てる」

「それ、むっちゃ可愛いやん！　最高やーん！」

そうなんだよ、と誇らしげに相羽が言う。

「東京の大学に行ったんだけど、この間、店番してた。すごく洗練されてて、あれはとても元・八高生には見えない」

「東京の女子大生って、やっぱジュリアナ東京とか行くのかな。お立ち台？　なんか高い所に立って、扇子《せんす》振るの」

「そういうところには行かない人だと思う」

なぜか苛立《いらだ》たしそうに相羽は言うと、水筒の水を飲んだ。

再びあたりは静かになった。

ホウホウと、森の奥からフクロウの鳴き声が響いてくる。

相羽が軽く咳払いをした。その声に隣を見ると、決まり悪そうに「あのさ」と口を開く。

「お、おう、何？」

「この間……サッチャン先輩って呼ばれてたけど、変わったあだ名だな」

何を言われるのかと気構えたが、呑気な質問で五月は笑う。

「小学校のとき、うちに電話かけてきた子が、母親が俺のこと『サッちゃーん』って呼んだの聞いて以来、サッチャンなんだ。親友っていうのかな、気の合う友だちは池に『ボッチャン』て落ちたときのアクセントで呼ぶよ。相羽はなんて呼ばれてんの、家で」

「タカフミ」

「タカちゃんって呼ばれないの？」

「呼ばれない」

「友だちは？　中学のときはなんて呼ばれとったん？　タッちゃん？　タカヤン？」

「相羽」

あいづちを打ちながら、相羽がいつも一人でいるのを思い出した。進路のことで頭が一杯で、友人関係が薄くなりがちな学年だが、それ以前も相羽が誰かと親しくしているのを見かけたことはない。

「相羽は頭が良すぎて、話が合う人が少ないんだろうな。孤高の天才……おっ、なんだかセナっぽい」

「天才ではないよ」

不機嫌そうに相羽が言うと、立ち上がった。

「ほめたんだよ。なんか怒ってる？　おーい、相羽」

「先に行く」

腰に巻いたジャージをリュックに詰めると、相羽が自転車に乗った。

「待って、俺も行くよ」

尻についた土をはらい、五月もあわてて自分の自転車に乗る。

スピードを上げ、相羽が坂を下っていく。ジェットコースターのように下っていく自転車の背に五月は叫ぶ。

「アーイバー！　タカヤーン」

恥ずかしい、と言い返すと思ったが、相羽は黙ったままだ。坂を下りると、今度は力強い立ち漕ぎで上っていった。あとを追ったが、坂の途中で五月は自転車を止める。

「まずい、めまいがしてきた」

昨夜は日本グランプリ直前特集号の雑誌を読んでいて、興奮のあまり眠れなかった。今まで気を張っていたが、食後で緊張が緩んだようだ。

相羽の姿が見えなくなった。

再び大声で相羽を呼ぶ。しかし相羽コールをされていると思ったのか、戻ってこない。

「おーい、アイバー、タカヤーン、戻ってきてー、俺、やばーい」

助けて、と言ったら戻ってくるだろうか。声を出すのがつらくなったとき、坂の上に相羽が現れた。

「どうしたぁ、堀田ぁ」

「ごめーん、俺、少し休んでいく」

あと少し走れば、丘陵地帯は抜ける。しかし、一度休んだら、今までのペースで走り続けるのがつらくなってきた。この調子で休みながら行くと、午前のフリー走行には間に合わないかもしれない。

相羽が坂を下りてこようとしている。勾配がきついうえ、長い坂だ。

相羽を止めたくて、五月は大きな声で叫ぶ。

「相羽ぁ、そのまま先に行って。俺、ちょっと調子悪《わり》いから、ゆっくりあとを追いかけるわ。タマゴなんか買っていきながら」

「タマゴってなんだ？」

「エッグー、トリのエッグー」

知ってるよ、と相羽が腹立たしげに叫んだ。

「俺が聞きたいのは、なんでそんなものを買うのかって話」

「この三日間さ、メシ食えなくても、ポッケにゆでタマゴがあればいつでも栄養補給ができるだろ。家で茹でてくるつもりが、タマゴ切れててー。でも幸か不幸か、いや幸だ。この先に養鶏場があるんよ。そこのタマゴはめっちゃウマーイ。やばーい、叫んでたら気持ち悪くなってきた」

「何を言っとるのかわからんけど、午前の部ぅ、間に合うか？」

「わからん。いいから先行ってー。俺も、ぼちぼち行くよ」

「調子悪いって、どこが悪い？」

「めまいがする。考えてみたら、昨日ろくに寝てないんだ」

ずり落ちてきた眼鏡を上げ、相羽が腕を組む。坂の上でそんな仕草をされると、不甲斐《ふがい》ない奴と見下ろされているようだ。

わかった、と相羽が答えた。

相羽の姿が消えたのを見て、五月は路肩に腰を下ろす。脱いだジャージを頭からかぶると、大きな息がもれた。

全身から力が抜けていく。疲れと眠気が襲ってきた。

予選のタイムアタックは今日と明日の午後、午前のフリー走行のあと行われる。歩いていっても午後には間に合うが、このまま寝入ると、夕方まで眠ってしまいそうだ。

うとうとしていると、虫の羽音のような軽やかな音が聞こえてきた。それはしだいに大きくなっていく。

堀田、と声がした。

頭にかぶったジャージから顔を出すと、相羽の自転車が目の前にあった。

「うわ、相羽。なんで戻ってきた？　せっかく坂上ったのに」

肩で息をしながら、相羽が自分の荷物にかけた紐を外し始めた。

「荷物、全部、道の脇に置いて、貴重品だけ持って。予選見終わったら……ここに戻ってきて、回収」

「何だ？　何？　どういうこと？」

だからさ、と相羽が荷物から顔を上げる。

「最初っから見ようぜ、堀田」

「それは見たいけど」

「そうだろ。想像してみろ。鈴鹿に運ばれたマシンのエンジンに」

荷物を抱えたまま相羽が詰め寄ってきて、言葉を続けた。

「最初に火が入る音、聞きたくないか？」

「聞きたい！」

よーし、と相羽が自分の荷物を路肩に放り投げた。

「堀田の荷物と自転車もここに隠しとけ」

「誰かに持っていかれん？」

「そのときはそのとき」

「じゃあ寝袋だけ持っていこう。そうしたら最悪、どこでも寝られる」

ＯＫ、と答えると、相羽が五月の自転車を木立《こだち》の奥に運んだ。

「重っ……堀田、こんなのに乗ってたのか」

二人分の装備だもんな、と相羽がつぶやくと、リュックからノートを出した。夕方、必ず取りに来るとメッセージを書き、荷物の紐に挟む。

「歩けそうか？」

身体の力は抜けているが、めまいはおさまった。

手で膝を押さえつけるようにして、五月は立ち上がる。

「ゆっくりなら行ける。自転車、杖代わりにできるなら」

交代で自転車を押し、二人で長い坂を歩いた。上りきったところで、サドルにまたがった相羽が振り返る。

「乗れ！」

今度は二人乗りで坂を駆け下りた。

鈴鹿川へ向かう坂を下りたとき、彼方から爆音が響いてきた。

「あれ？　相羽、もうフリー走行、始まってる？」

背中越しに相羽の声が響いてきた。

「まだ、そんな時間じゃない」

空に抜けるように、再び爆音が轟《とどろ》いた。明らかにレース仕様のエンジンの音だ。

その音を聞いたときに思い出した。今回のレースにエントリーしたチームの数は多い。そこで予選に参加するための予選、予備予選が行われる予定だ。

「予備予選だよ、相羽」

「……ってことはゲート開いてるな」

「開いてるよぉ！　うぉー！」

思わず叫ぶと、「やかましいな」と相羽がつぶやき、自転車を加速させた。


八時過ぎにサーキットに着くと、すでにゲートは開いていた。

佳奈さんからもらったチケットのエリアはホームストレートの手前。カシオトライアングルと呼ばれるシケインの目の前だった。

さっそくその席に行くと、シケインの立ち上がりからグランドスタンドまで望める絶好の斜面が広がっている。あまりの嬉しさにガッツポーズをしてしまった。

決勝の日曜日の席のエリアは決まっているが、金曜と土曜はどのエリアからも観戦ができる。

今日のフリー走行は130Rと呼ばれる左コーナーが展開する場所から見ることに決め、二人でゆるやかな坂を上った。

自転車で走り続けたせいか、足がだるくて力が入りにくい。

一歩一歩、踏みしめるようにして、坂を上り続けると、遠くから爆音が響いてきた。

その音に励まされながら、必死で足を動かす。

顔を上げると、不意に視界が開けた。目の前にあった坂は消え、真っ青な空が広がっている。身体が震えるような爆音が鼓膜を揺らした。さらに進むと、足元に立体交差が現れ、鮮烈な真紅のマシンが走り抜けていく。その音と姿に身体がしびれた。

隣にいる相羽に思わず声をかけた。

「なあ、音が全然違う、全然違うな、フェラーリ、格好いい。テレビとまったく音のでかさが違う。あと響き！」

「身体に来る。腹に響くな」

むせび泣くような甲高《かんだか》い音が天から響いたと同時に、赤と白に塗り分けられた車が現れ、爆音とともにコーナーを曲がっていった。

息が止まるような爆音の衝撃に、五月は胸を押さえる。

「ホンダや、マクラーレンや。ついに見てしまった、生で。やばい、なんか身体に来る。胸が痛いんだかドキドキしてるんだか、わからん」

「あっという間だな」

しびれるような高音が空《くう》を切り裂き、続いて重低音の爆音が身体を揺らした。

再び、赤と白の車体が走ってくる。カーナンバー「1」。昨年度のチャンピオンが付けるそのナンバーは、アイルトン・セナが操るマクラーレン・ホンダMP4／6だ。

「ああっ、セナセナ、相羽セナ！」

「落ち着け、アイバセナって誰だ」

爆音とともに一瞬で過ぎさった空間を二人で見つめる。

感極まるような声で、相羽がつぶやいた。

「これがホンダミュージックか」

「キーンって感じの音がたまらんわ。音……V型12気筒の音、チョーかっこええ。相羽相羽、ウイリアムズ来た、五番や五番、マンセル来たー、マンセルー！」

「堀田、目がいいな」

「俺、視力にだけは自信あるんだ」

身体の右から左へ、爆音が吹き抜けていく。

音とスピードに夢中になっているうちに、フリー走行と予選はあっという間に時間が過ぎていった。

予選終了後、興奮さめやらぬ思いでサーキットをあとにして、今度は相羽と交代しながら、ミルクロードを二人乗りで再び走る。疲れているはずなのに足は元気よく動き、思ったより早くサーキットに戻ることができた。

自転車をキャンプエリアに停め、再びサーキットに入る。

第一コーナーを見にいくという相羽を引きとめ、五月はコースの真横にある観覧車を指さした。

「相羽、そっちもいいけど、まず観覧車に乗らん？　今年、できたばっかだって。ピカピカだ」

ずり落ちてきた眼鏡を上げながら、相羽がジュピターと呼ばれる赤い観覧車を見上げた。

「こういうものは子ども連れや女子と乗るもんだろう？　何が悲しくて男二人で乗るんだ」

「でも、上からコースが見えるよ」

「……しょうがないな」

気乗りしない返事のわりにいそいそと、相羽が早足で観覧車に向かっていく。

しばらく並んで、赤いゴンドラに二人で乗り込んだ。コースを見下ろす窓に張り付くようにして、相羽と外を眺める。

感心したような声が聞こえてきた。

「こうして見ると、ずいぶん高低差があるんだな。知ってたよ。うん、知ってたけどさ、データ的に。でも実際に見ると印象が違う」

観覧車から見ると、グランドスタンドがあるメインストレートはかなりの下り坂だ。

シケインを抜けると、マシンは最終コーナーの坂に入り、大観衆が待ち受けるグランドスタンドの前に下りていく。轟音とともに人々の熱狂の渦に舞い降り、チェッカーフラッグの祝福を受けるのだ。

すごいな、と思わず声が漏れた。第一コーナーの方角を見ると、サーキットの向こうに群青《ぐんじょう》色の海が見えた。

「相羽、海！　伊勢湾が見えるよ」

「ここ、本当にいいな。神の視点だ……だからジュピター。神の名が付いているのか」

夢中になっている相羽の隣を離れ、五月は向かいの窓から遊園地の方角を見下ろす。

大勢の客が外国人男性を取り囲んでいる。ファンに囲まれたロックスターのように男性は軽く手を振りつつ、颯爽《さっそう》と歩いていた。

「なああ、相羽、あれ、F1のドライバー……最近はF1パイロットっていうん？　どっちでもいいけど、あれ絶対そうやろ」

相羽が隣に立ち、遊園地を見下ろした。

「そのようだな。誰だ？　ここからじゃわからん。でも、ずいぶんファンがいるな」

「けっこう大柄？　背が高い。頭ひとつ抜きん出てる、あっ！　あれ」

サーキットの通路をスクーターに乗った男がのんびりと走っている。

「あのスクーターに乗ってる人、みんなが手を振ってるやん？　俺、聞いたことがある。ドライバーに移動用のスクーターを貸してるって話。たしかホンダのディオや。ヘルメットで見えんけど、あれも絶対F1関係者やで」

「誰だ？　ヘルメットかぶってるとわからんな」

「結構、小柄や。セナさんかも」

バリバリとリズミカルな轟音が空から降ってきた。

東京、名古屋の方面からヘリコプターが近づいてきた。

その音に呼応するように、サーキットの敷地からヘリコプターがふわりと一機、浮上する。

二機もヘリがいる、と相羽がつぶやき、窓に張り付いた。

「VIPが来た。もう一機は帰るのか。東京にメシでも食いに行くんだったりして」

「これも聞いた話やけど、えっとF1ドライバー？　F1パイロット？　F1の選手っていうのかな」

「ドライバーでいいよ、もうドライバーで」

「全員、空港から鈴鹿まではヘリで移動やって。そうだよな、セナやマンセルが近鉄特急の隣の席に座ってたらビックリするわ」

「隣はマネジャーが座ってるだろ」

冷静な口調で突っ込みながら、相羽がわずかに場所をずれた。ヘリコプターが見やすい位置を譲られたことに気付き、五月も窓に張り付き、二人で並んで外を見る。

「そりゃそうか。あと、他のスタッフはな、三重交通のバスをチャーターしたので名古屋空港から移動やって。俺らが社会科見学で乗ってた三交バスにマクラーレンやフェラーリのスタッフが乗ってるって親しみがわかん？」

「そういう話、どこから聞いてくるんだ？」

「うち、一番上の兄貴は畑を継いでるんだけど、趣味でときたま鈴鹿に走りに来てて。二番目の兄貴と婚約者は鈴鹿のホンダ関連の工場で働いているんだ。三人とも二輪のほうが好きなんやけどね、自分たちも乗るんで」

「彼女もバイク乗るんだ」

「乗る。『バリバリ伝説』って漫画、知っとる？　それの一ノ瀬美由紀《いちのせみゆき》ちゃんに似とる。グンちゃんの彼女のほうじゃないよ」

「よくわからんけど『みゆき』って漫画なら読んだことある。『タッチ』を描いてた人の」

「あぁ、あだち充《みつる》の。相羽も漫画を読むんやな」

「俺だって漫画くらい読むよ」

苛立たしげに言い、相羽は横を向いた。

その様子に、同じような言葉を自分も中学時代に言われ、疎外感を味わったことを思い出した。

「ごめん、言い方悪かった。話が合うなって言いたかったんや」

相羽は黙ったままだ。

観覧車から降りると、再びファンに取り囲まれている男が現れた。今度は女性のファンが多い。

「相羽、相羽。あれもドライバーやな。行ってみる？　サイン、プリーズ。違うな、キャナイハヴ ユア オートグラフ？　これで合ってる？」

「落ち着け」

相羽が冷ややかに言うと、腕時計を見た。

「悪いけど堀田のノリにはついていけない。俺は一人でいろいろ見てくる」

すっかり浮かれていた自分に気付き、「おう」と五月は短く答える。

しかし、答えた瞬間、反論の言葉が口をついて出た。

「だから最初に言うたやん、コーシローと一緒のときに。俺はこういう性格だから、相羽はイライラするぞって」

「覚えてる。だから、二時間後に決勝の席で待ち合わせだ。じゃあな」

細長いシルエットの相羽が坂を上っていく。

面倒くさい奴だという気持ちとともに、ほんの少し寂しさがこみあげる。

モータースポーツが好きな同年代に会ったのは、相羽が初めてだった。


日が落ちないうちに兄から教わったキャンプエリアで、五月はテントを張った。土曜日になればたくさんの人で賑わうこのエリアも、金曜日の今日はまだ人が少ない。

テントのなかを居心地よく整えたあと、待ち合わせの場所に向かう。

コースを見下ろす斜面の草地に、相羽は寝転んでいた。

「相羽、身体冷やすぞ。地面は結構冷たい」

「たしかに冷えてきた」

起き上がった相羽がサーキットの全体図を差し出した。

「あちこち見てきたら、ピットの裏のところにプレハブがあって、そこにスタッフが出入りしてるのが見えた。なぜか異様にそこに観客が集まってきてるんだけど、何かあるのかな」

「なんだろうな。ところで寝床を確保したよ。メシ食う?」

「俺、今日はここにいようと思う。コースを見ながら寝てみたい。寝ても覚めてもここの空気を吸っていたい」

「ここでずっと寝るの?」

薄闇のなかで、五月はあたりを見回す。一日ぐらいなら耐えられるが、金曜、土曜と二日続けてこの場所で寝るのはつらい。

「相羽、気持ちはわかるけど、夜になると寒い。多少なりとも屋根や壁があったほうがいいで。明日も明後日もある、体力温存せんと」

「いや、俺はここにいる。この場所を離れるんなら、あのプレハブのところに行く。堀田も見にいかん？」

「それならメシだけ一緒に食うか。食ったらまた好きにしたらいい。俺はテントで寝るよ。……メシだって、いやなら別に、俺と食わなくたっていいぞ」

ゆっくりと斜面を登っていくと、相羽があとを付いてきた。

黙ったまま二人で坂を下り、観覧車の前を通る。レストラン街の前にさしかかると、三人ほど人が立っていた。

「なんやろ、混んでるのかな。うまい店なのかな」

沈黙が気まずくて、相羽に話しかける。

うつむいていた相羽が顔を上げた瞬間、ヒュッと小さく音をたてて息を吸った。

「何、どうした？」

その視線の先を追ったとき、同じように息を呑んだ。

目の前に、食事を終えたらしき人々の集団がいる。その中央にアイルトン・セナに似ている男がいた。

「うわぁ、セナ？　セナセナ！　相羽、セナ！　あっ」

小声で叫んだ瞬間、彼らは移動していった。

「わあ……俺、目が合った。今度、ここでなんか食べよう。味の街？　あっ、なんか雑誌で読んだことある。カンパネラって店で……」

「落ち着け、恥ずかしい！」

鋭く言うと、相羽は走っていった。

「待って、相羽。ごめん。つい叫んでしまって。……失礼だったかな。でも聞こえないよ、たぶん。そんなに大きな声じゃなかったし……というか、ビックリするやろ！　普通、憧れのドライバーが目と鼻の先にいたら！」

恥ずかしい奴と一緒にいるのがいやなのか、相羽はどんどんスピードを上げていく。小走りでそのあとを追った。

追いかけながら、これが相羽の強さなのだと思った。

憧れの人の前に出てもそれほど舞い上がらず、冷静でいられる。

そんな男から見たら、自分はずいぶん子どもじみて見えるだろう。

それでも張られたテントを前にして、相羽は素直に驚いていた。珍しそうに外見や装備をしげしげと見たあと、今度はなかに入ったまま出てこない。

テントの前で湯を沸かしながら、五月はなかに声をかける。

「悪くないだろ？　結構広いし」

返事は戻ってこない。かまわず話を続けた。

「明日の土曜日は日本中から人が鈴鹿に来るよ。今頃、学校や仕事が終わった人たちが車に飛び乗ってさ、東名高速や名神を爆走してる」

「新幹線もな」

「そうだな、新幹線も。明日はここもオートキャンプの人たちでいっぱいだよ。きっと騒がしくなるから、明日こそあっちで寝ればいい。おい、聞いてる？」

返事は戻ってこなかった。

「もういいや、飯食うか。腹減ってるから、イライラするんだよな。チキンラーメンでいい？もしかしてカップヌードル派？」

「どっちもあまり食べない」

「そうか、ジャンクだもんな。俺はしょっちゅう食べてるけど」

リュックからカップのチキンラーメンを二つ出し、五月は封を開ける。香ばしいスープの匂いがして、腹が鳴った。

自分の腹の音に笑ってしまい、五月はテントのなかに明るく話しかける。

「俺さ、カップヌードル好きなんだけど、チキンラーメンどんぶり、チキドン、チキドン、チキドンドンってテレビで田村英里子《たむらえりこ》が宣伝してるの見ると、つい買ってしまうんよ。あの衣装、ちょっとエッチで可愛いな」

「知らない」

カップ麺と沸かした湯を持ち、五月はテントに入る。

相羽は五月が持ってきた日本グランプリの特集号を読んでいた。

「それ、面白いだろ」

相羽は黙ったままだ。

雑誌を取り上げ、五月は片付ける。

「あのな、別に俺のノリに合わせなくてもいいけども！　仲直りってほどじゃないが、楽しくやろうって、こっちが持ちかけてるんだから、お前もちょっとぐらいは乗れさ。タマゴ出して」

ミルクロードで買ってきたタマゴの袋を、黙って相羽が差し出した。

「ありがと。これだってもし口に合わなきゃ、無理して食わなくていいぞ。俺はワシワシ食うし、今日はここで寝るけどな……あっ」

あっ、と相羽も声を上げ、カップ麵の中身を見た。

茶色の乾麵の上に、二つの黄身がのっている。

うわ、と驚きの声が出た。

「初めて見た。黄身が二つ入ってる」

こんなのあるんだ、と言いながら相羽がタマゴにつけられた紙を見た。

「黄身ふたつのタマゴって書いてあるぞ」

「ということはこれ、全部そうなのか」

もうひとつのカップ麵にタマゴを割り入れると、やはり黄身が二つ入っていた。

おお、と漏らした声がそろった。

「大玉って書いてあったから買ったんだけど。なんか得した気分やな。湯を差すぞ」

タマゴの白身の上に熱湯を注ぎ、五月はカップ麺の蓋をする。

小さなテントのなかにチキンスープの香りがじわじわと広がっていく。

三分たったので蓋を開けると、茶色の麺とスープの上に、半熟の黄身が二つ並んでいた。

うまそう、と相羽がつぶやく。

「うち、母親の実家がそうめん作ってるんで、麺はいつもそうめんなんだ。一分半で茹であがるからラーメンより早いって言って」

「大矢知《おおやち》の人なのか。あそこのそうめんもうまいけど、野外で食うカップ麺は格別だよ」

うまい！　と相羽がラーメンをすすった。

「うまいなあ、こんなにうまいんだ」

「あ、そうだ。もう一個、トッピングがあったんだ。カップ、こっちによこせ」

魚肉ソーセージを出し、ナイフで鉛筆を削る要領で、五月は相羽のラーメンに薄切りのソーセージを散らす。

「魚肉ソーセージはスープにちょっと沈めてから食って。濃いめのスープがいい感じに絡むから」

カップの底に魚肉ソーセージを沈めた相羽が、たっぷりとスープを絡めた一切れを口にした。

「うまい！　うまいよ、堀田ぁ！」

「なら、よかった」

タマゴの黄身を突き崩し、五月は麺にからめる。茶色に縮れた麺にタマゴの黄身が絡み、スープの味がまろやかになった。

いつもなら黄身を食べるタイミングに悩むが、二つあると鷹揚《おうよう》な気分で食べられる。

タマゴを突き崩そうとした相羽が手を止めた。

「どうした？　もしかして相羽、半熟苦手？」

「いや好きだけど。……今日の予選、ベルガーがコースレコードを出してただろ」

マクラーレン・ホンダのセナの僚友、ゲルハルト・ベルガーは、今日の予選でこのサーキットの最速記録を出した。

場内アナウンスでそれが告げられたときを思い出し、五月は何度もうなずく。

「あれは興奮したな。明日の予選も楽しみすぎるわ」

「俺さ、なんでだろう、このまま、ベルガーがポールポジションを取る予感がする。で、セナが二番手。そのまんまホンダ勢で一位二位」

相羽が二つの黄身のタマゴを箸で指した。

「ワンツーフィニッシュの予感がする」

「ここ、鈴鹿で？」

相羽が深くうなずいた。

「そう、本田宗一郎氏が亡くなられたこの年、ここ鈴鹿で」

「ドラマチックやな。どっちが一位？」

「そこはセナの信奉者としては、言うまでもなく聞くまでもないことながら」

だよね、と答えながら、五月は調味料をまとめた袋を出す。

「やばい、俺、白と赤でカラーリングしたくなってきた。相羽、ケチャップと七味があるけど黄身にかける？」

「じゃあ俺、七味」

相羽が黄身に赤い七味をたっぷりとかけた。

白身の上に赤く染まった黄身が二つ、どんぶりのなかに並んでいる。黄身を崩した相羽が音高く麺をすすった。

「うまい！　辛くてうまいよ、ワンツーフィニッシュ！」

「タマゴ、もう一個ずつ食わん？　今度はゆでタマゴでワンツーフィニッシュ」

「食うー！」

明日の分も茹でようと考え、五月は手鍋をリュックから出す。リュックに入った大きな紙袋を相羽は指さした。

「堀田のそのでっかい袋は何が入ってるんだ？」

「これ？　俺の秘蔵の雑誌のスクラップ。あとで見る？　俺的には去年のベストショットはこれ。このカメラマン、好きやな」

「これは格好いい……」

相羽が食い入るようにスクラップを眺めたあと、急いでラーメンをすすり始めた。七味がきいたのか、軽くむせている。

水を渡してやりながら、五月は笑う。

仕事を終えた人々が続々とキャンプエリアに集まってきたようだ。テントの外が騒がしくなってきた。


相羽の予感は的中した。金曜と土曜の予選の結果はセナの僚友、ゲルハルト・ベルガーがコースレコードをひっさげてポールポジションに付き、二番手にはセナが続いた。

三日目の決勝の朝。気分は最高に盛り上がっているが、身体は重い。土曜の深夜にピットの裏手にあるプレハブの明かりを相羽とずっと眺めたり、明け方までコースのあちこちを見て回ったりしたせいだ。

帰りに不安を感じ、五月は公衆電話から家に電話をかけてみた。家でくつろいでいた一番上の兄に事情を話し、レースが終わったら渋滞が解消する場所まで走っていくので、迎えに来てくれないかと頼んでみる。

心配した兄が引き受けてくれたので、相羽と相談し、サーキットから十五キロ離れた小山田《おやまだ》記念温泉病院の隣の郵便局で落ち合うことにした。

決勝の日、サーキットに集まった観客は約十五万人。中嶋悟のマシンが現れると、観客の間でウェーブが巻き起こり、地響きのような歓声がした。

レースは年間チャンピオンをセナと争っていたマンセルが途中でリタイアした。その時点で王者は二位を走っていたアイルトン・セナに決まった。

首位を走っていたのはゲルハルト・ベルガー。セナの指定席と言われたポールポジションを奪っただけあり、迫力ある走りを見せていた。

ところが年間チャンピオンが決定したあと、セナが彼に追いつき、さらりと追い越していった。

あとはゆうゆうと首位を独走、優勝はほぼ確定だ。

最終ラップ、スタンドを埋めた大観客は彼の走りに声援を送った。

魂を奮い起こすようなマシンの轟音。十五万人の歓声。

興奮と熱狂が巻き起こす音の振動に身体が震えた。夢中になって五月はセナの名前を叫ぶ。

その瞬間、目の前で彼のマシンが減速した。

「あれ、何？　どうしたん？」

「マシントラブル？」

後続のベルガーがセナのマシンを抜いた瞬間、再び彼のマシンが滑らかに走り出した。

赤と白に塗られた二台のマシンが並んだ。そのままグランドスタンドの熱狂の渦に吸い込まれていく。

チェッカーフラッグが振られ、大歓声が轟いた。

胸のすくようなワンツーフィニッシュだ。右手を上げた相羽が絶叫した。

「タマゴォー！　タマゴ！　ホッタマゴー！」

「えっ、今なんて？　相羽」

「堀田ぁー！　タマゴ、タマゴー！」

ワンツーフィニッシュと言っていることに気付き、五月も両手を上げる。

「ほんとやタマゴやタマゴ、相羽ぁー」

二人でハイタッチをしたあと、空に向かって絶叫した。

「タマ、ゴォー！」

天に拳を突き上げ、相羽が叫ぶ。歓喜のその叫びは英語のように格好良く聞こえた。

頭上を飛び交うヘリコプターと、大勢の人波をあとにして、自転車は進む。

サーキットを出ても興奮は醒《さ》めない。相羽と二人、夢中になってペダルを漕いで、小山田にある郵便局を目指した。

定休日の郵便局にたどりつくと、二人して駐車場に倒れ込んだ。

「相羽ぁ、生きてる？」

「なんとか。でも眠い」

「俺も」

車が駐車場に入ってくる音がした。ドアを閉める音に続いて、兄の声がする。

「おーい、サッちゃん、生きてるか」

「なんか眠いよ、兄やん。寝たら死ぬやろか」

「死にゃあしねえ。ほら、サッちゃんの友だち、お前さんも大丈夫か？」

「もうダメです……」

自動販売機で飲み物を買う音がした。

頬に温かいものが触れ、五月は薄目を開ける。缶コーヒーが一本置かれていた。

「ほれ、飲め。三日間野宿してわあわあ騒いだら、誰でもばてるわ。お前らアホか」

「兄やん、俺はともかく、相羽は八高で一番賢いんやで」

「でもアホや。いいからお前らは寝とれ」

軽々と自転車を持ち上げ、兄は軽トラックの荷台に積んでいく。

汗臭いから後ろに乗れと言われ、五月は相羽と一緒にトラックの荷台に座った。

空は暗くなり、ひんやりした空気が袖口や衿からしのびこんできた。喉をさすり、相羽に笑いかける。

「俺、声、ガラガラや」

俺も、とかすれた声で、相羽も喉を押さえる。

夕空を見上げ、「あれどう思う?」と相羽がたずねた。

「あれって何?」

「セナ……マシントラブルかと思ったけど、あれはベルガーを待っていたのかな。もしかして……勝ちを譲ったんだろうか」

「どうやろ? でも俺、単純に、目の前でホンダがワンツーフィニッシュを決めた、それだけで、今日はもう感激した。最後は叫んでるのか泣いているのか、よくわかんなくなったよ」

俺も、と言うと、相羽が笑った。

「たしかにそうだな」

軽トラックの鳥居に五月はもたれる。

二日前に走った道は夕闇に包まれ、景色はみるみるうちに過去へ流れていく。

空を見上げて、相羽がつぶやいた。

「セナも走ったけど、俺たちも走ったよなあ」

「激走だよ……」

夕闇の朱色が薄れ、星々が瞬き始めていた。


相羽のスリッパに飽きたのか、コーシローが下駄箱の付近でするいたずらが減った。

そのせいか、あれから相羽と顔を合わせることはほとんどなかった。

二月に入り、早々と名古屋の私立大学に入学を決めると、五月は自動車学校に通うことにした。恥ずかしくて誰にも言えないが、免許を取ったらフジテレビのF1中継のテーマ曲「TRUTH《トゥルース》」を大音量でかけながら、高速道路を走るつもりだ。

三月に入ってすぐに迎えた卒業式では、相羽が答辞を読んだ。

そのなかで彼は「学び舎《や》でともに過ごした白い犬」に触れた。この犬を受け入れてくれた学校に謝辞をのべると、場内から温かな拍手が起きた。

思えば新入生の挨拶も相羽だった。

入学試験の時から、この学年のポールポジションは相羽の指定席。東大の合格発表はこれからだが、きっと好成績で入っていく。彼のような男がきっと、日本の政治や外交の将来を担っていくのだ。

式が終わると、校門のそばで後輩たちと並んでコーシローが待っていた。今日は首輪の代わりに、蝶ネクタイのような赤いリボンをつけている。

「コーシロー、可愛くしてもらったな」

コーシローに声をかけてかがむと、誰かが隣に並んだ。

相羽だった。手を伸ばし、コーシローのあごの下をくすぐっている。

あのさ、と小さな声がした。

おう、と答えると「楽しかった」と相羽がコーシローを撫でた。

「あの三日間、一生忘れんよ、サッチャン」

親友が呼ぶアクセントで名前を呼ばれて驚いた。

とっさのことに返事ができずにいるうちに、相羽は去っていった。

＊　＊　＊

そろそろユウカさんの花が咲く――。

コーシロー会の部室で、机に向かっているサツキにコーシローは近づく。

体育館にたくさんの生徒と、彼らとよく似た匂いの大人たちが集まると、学校脇の十四川の桜並木に花が咲く。

背中を丸め、サツキがノートに字を書いている。

卒業式と呼ばれるその集まりのあと、このノートに字を書く生徒はいつも翌日からいなくなる。

寂しさにサツキの脚に身を寄せると、抱き上げられた。

「ほら、この車、かっこいいだろ、コーシロー」

ノートの上には、平べったい車の写真が入った細長い紙が置いてあった。

春の日差しを受け、その紙は一部分がきらきらと光り輝いている。

シャープペンシルの先で、サツキがその光をなぞっていった。

「第一、S字、逆バンク。デグナー、ヘアピン、スプーンカーブ。西ストレートに130R、それからカシオトライアングル……この年一番印象に残ったこと」

大切そうにノートに細長い紙を貼り、サツキは小さな光に触れた。

「俺も忘れんよ、タカヤン」

第3話

明日の行方

平成6年度卒業生

平成6(1994)年4月〜

平成7(1995)年3月

「おお、コーシロー。お前はどうしてコーシローなの？」

夜の餌を食べている最中に名を呼ばれ、上目遣いでコーシローは生徒の顔を見た。

ブラシを手にした丸刈りの男子が目の前にいる。

日焼けした顔が人なつっこく、身体つきもたくましい。野球部のタナカアキヒロだ。

「なんで突然、ジュリエットに？」

タナカの隣に色白の男子が並んだ。毛繕《けづくろ》い用のコームを持った彼は、文芸部のイトウタクミ。

二人ともコーシロー会の二年生だ。

タナカが日に焼けた顔をほころばせた。

「柄にもないってか？　本当にそう思ったんだ。どうしてコーシローって名前なんだろう？」

鶏のササミを嚙みながら、コーシローは幼い日を思い出す。

桜の花が由来の名を持つ女子と、スケッチブックの片隅に彼女の絵を描いては消していた男子。

ユウカとコウシロウ。吠え声が言葉になるのなら、二人のことを話してやりたい。

餌を食べ終え、コーシローは舌で水をすくって飲む。

この学校で暮らし始めて、長い時間がたつ。

子どもの頃はこの世界のことをよく知らなかった。しかし、教室の片隅で毎日授業を聞いているうちに、しだいに人間の言葉や、この世界の仕組みがおぼろげながらわかってきた。

そのおかげだろうか。注意深くて察しの良い生徒との間には、気持ちが通いあうことがある。

タナカを再び見上げ、コーシローは尻尾を振る。

（日誌を見てくださいな）

「何？　満腹になった？　コーシロー、あとで歯磨きしような」

（そうではなくて、日誌！　黒いノート）

「歯磨き、嫌うなよ。歯は大事だぞ」

グローブのように分厚い手で顔をもみくちゃにされ、コーシローは頭を横に振る。

コーシロー会の人々は、三年生になると代表者が日誌を書く。餌の量や体調の変化、そのほか気付いたことをなんでも書くノートだ。それを見れば、名前の話も書いてあるに違いない。

（ちがうんですって、私の名前の由来です！）

部屋の隅にある本棚にイトウが歩いていった。

「コーシローの名前の由来なら、ひとつ前の日誌に書いてあるんじゃないか」

（イトウさんはわかってくださる……）

古びた日誌のページをめくりながら、イトウが戻ってきた。

「コーシロー会の日誌は五年連用日記を使ってるだろ。ちょうど俺たちが入った年に二冊目に入ったんだ」

「どれどれ、見せて」

タナカが運んできた丸椅子に二人は腰掛けた。

「たしか、由来は生徒会長の名前だったような……八高に子犬が迷い込んできたときに、ここで飼えないかって署名運動した人だよ……ほら、これだ。昭和六十三年度の卒業生」

タナカが日誌を受け取り、のぞきこんだ。

「へえ……美術部、早瀬光司郎。名字がいい！」

「ほめるの、そこ？　絵もすごくない？　俺が聞いた話では、子犬のコーシロ―はスリッパをくわえて逃げるのが好きで、それを人の光司郎が毎朝、長髪をなびかせ、追いかけていたらしい」

「なんか変な人だな」

話が少しずつ変わっている。コウシロウは生徒会長ではなかったし、追いかけてきたのは別の生徒たち、長い髪だったのはユウカだ。

ちがいますよ、と言いたい気持ちを抑え、コーシロ―は二人を見上げ、ブラッシングの催促をする。

尻尾も振ってみたが、タナカは気に留めず、日誌のページをめくっている。

「これ、いいな。歴代卒業生たちの『この年一番印象に残ったこと』。平成二年度はプリプリの『Diamonds《ダイアモンド》』を甲子園の地区予選で演奏。……これは今も演奏してるぞ。今年も聞いた」

「初戦で敗退したけどな」

「それも毎度のことだ。平成三年度……F1の日本グランプリチケットが貼ってあるだけ。渋い！　平成四年度は『尾崎豊《おざきゆたか》、逝去』」

タナカがまったく相手にしないので、コーシローはイトウの膝に鼻をすりよせ、ブラッシングの催促をする。

（イトウさん、イトウさん、何か忘れてませんか？）

おざなりにコーシローの頭を撫でると、「そうか」とイトウがうなずいた。

「逝去といえば、去年、セナが亡くなったな」

「チケット貼った人、ショック受けたやろな。ホンダもF1を撤退してるし」

二冊目の日誌にタナカが手を伸ばした。

「ここから新しくなるのか。平成五年度、去年の卒業生はなんだ？　ジャーン！『日本プロサッカーリーグ開幕。愛称、Jリーグ。オーレーオレオレオレー！』。あの歌か。あの人、サッカー部だったもんな」

（それよりブラッシングしてくださいよぅ。ブラッシング！）

今度はタナカの脚にコーシローは鼻先を押しつける。野球で鍛えているせいか、ふくらはぎがたくましい。

タナカが鼻歌まじりにブラッシングを始めてくれた。

「なあ、伊藤っち。今年の卒業生はなんて書くと思う？」

前脚の毛をコームで整え始めたイトウが軽く首をかしげる。

「平成七年は始まったばかりだからな。昨日のセンター試験で三年生はそれどころじゃないだろ。……書くのは鈴木《すずき》先輩か。とりあえず平成六年だったら」

「鈴木つながりで『オリックスのイチロー、二百十本安打達成』」

「でも、あの人、文芸部だから。『大江健三郎《おおえけんざぶろう》、ノーベル文学賞受賞』とか？　あとは『マディソン郡の橋、今年も大人気』とか」

鼻先に落ちてきたふわふわした毛をコーシロー は軽く鼻息で吹き飛ばした。

タナカがブラシにからんだ毛をとりのぞいている。

「俺さ、この間、親父が買ってきた『マディソン郡の橋』を読んでたら、この心境がわかるようになるには、お前はあと二、三十年かかるな、って言われた。そんなにかかるもん？　二十年後で三十七。平成二十七年か……想像つかないけど、その頃、俺たちオッチャンやな」

みごとにオッサンだ、とあいづちを打ったイトウが手を止めた。

「……その頃、コーシローはいないんだな」

「犬の寿命ってどれぐらいだ？」

うっとりと眠りに落ちかけながら、コーシローは耳をそばだてる。

彼はなんと返事をしているのだろう、眠くて聞こえない。

翌朝、早くに目が覚め、コーシローは室内を走り回る。今日はなぜか落ち着かない。身体中がざわめく。

走り疲れて立ち止まったとき、コーシロー会の部室の鍵が開いた。

トレーニングウエアを着た用務員のクラハシが入ってくる。

「おはよう、コーシロー。今日も寒いな」

尻尾を振って挨拶をし、クラハシのあとに続いて、コーシローは外へ出た。

あたりは暗く、吐く息が白い。

用務員のクラハシは毎朝五時半に学校に来て、校舎の鍵を開ける。部室棟の次に向かうのは、隣の図書館だ。

天体観測ドームを屋上に備えた図書館は三階建ての大きな建物で、いつ行っても静かだ。敷地の端にあるせいか、人通りが少ない。この建物の脇で日なたぼっこをしながら十四川の並木を見るのが好きだが、朝日が昇る気配はまだ無い。

突然、地を這うような音を感じ、コーシローは立ち止まる。

空気がびりびりと震えている。

身体が勝手に震え、尻尾が股《また》の間に挟まった。

足裏から奇妙な熱が伝わってくる。

熱と空気と音と――。味わったことのない感覚に、思わず駆け出した。図書館に入ろうとしているクラハシの前に立ちはだかる。

「どうした、コーシロー、そんなにキャンキャン吠えて」

クラハシが立ち止まった。その身体を必死で外へ押し戻す。

（逃げて、逃げて、怖い、クラハシさん！　逃げて！）

「何を吠えてるんだい？　コーシロー、落ち着いて、コーシロー！」

その瞬間、地面が突き上がるようにして揺れた――。

＊　＊　＊

――身体が浮いた感覚のあと、ベッドが激しく揺れた。

地震！　と上田奈津子《うえだなつこ》は身体を強ばらせる。

目を開けたが、室内は黒一色。

部屋中のものがカタカタと音をたてている。目が慣れると、ヘッドボードに置いた目覚まし時計とミニコンポがじりじりと動いて、頭上に迫ってきた。

落ちてきたら顔面直撃。

わかっているのに動けない。金縛《かなしば》りにあっているみたいだ。

必死の思いで手を伸ばしたとき、震動が止《や》んだ。時計を引っつかむと、朝の六時前。

大丈夫？　と一階から母が声を上げた。

大丈夫、と答え、奈津子はドアを開ける。隣の部屋から高校一年生の妹の久美子《くみこ》が顔を出した。

「お母さん、久美も無事」

「お姉ちゃん、私、もうちょっと寝るわ……」

目をこすりながら呑気に言うと、妹がドアを閉めた。

階段を下りると、一階には石油ストーブが消えた匂いがたちこめていた。

エプロンで手を拭きながら、母が台所の壁や天井を見回している。

「ちょうどストーブつけたときに揺れてね。びっくりした」

「お父さんは大丈夫かな？」

「大丈夫でしょ。お父さんのところは地震対策してあるから」

父の職場は市内沿岸部にある石油化学コンビナートだ。パイプラインでつながれた大型プラントは二十四時間稼働しており、休日も年末年始も止めることはできない。父の勤務も三交代制で今日は夜勤だ。

テレビをつけると、「東海地方に強い揺れ」と表示が出ていた。岐阜と四日市は震度4とある。

「お母さん、震度4だって」

「あんなに揺れても4？　怖いねえ」

テレビを消そうとしたとき、「神戸震度6」と速報が出た。

「お母さん、神戸が震度6！　お祖母ちゃん、大丈夫かな」

父方の祖母は神戸で一人暮らしをしている。今年は受験なので行かなかったが、夏休みに祖母の家へ遊びにいくのを毎年楽しみにしてきた。

コードレスの電話の子機を耳に当てながら、母が居間に入ってきた。

何度も繰り返し、電話をかけていたが、とうとう首を横に振った。

「だめだ。お祖母ちゃんち、全然つながらない」

「みんな一斉にかけてるのかも」

テレビの前に突っ立ち、二人で画面を見る。

神戸在住の記者からの電話レポートが流れてきた。停電はしているが、棚が倒れることはなかったらしい。

母が手にしている電話の子機が鳴った。祖母かと思ったが、父からの安否確認の電話のようだ。

話し終えた母がふーっと息を吐いて腕を組んだ。

「お父さんも神戸に電話したけど連絡つかないって。なっちゃんは今日、学校に行くんでしょ」

「自己採点があるから。終わったらすぐ帰ってくるけど」

昨日は月曜日だったが、成人の日の振り替えで休みだった。その前の土日はセンター試験だ。新聞に発表された解答ですでに答え合わせをしてあるが、今日は高校で行われる、大手予備校主催の自己採点用シートを提出する日だ。全国の受験生が提出したこのシートの集計から、志望校における自分の位置がわかり、そこから二次試験の出願先を決めていく。

テレビを見続けたが、新しい情報はまだ入ってこない。

朝食ができたと母に呼ばれたので、奈津子は台所に戻る。再度祖母に電話をかけていたのか、母が、暗い顔で受話器を置いた。

「だめだ、全然、さっきと変わらない。とにかく、なっちゃん、ごはんをまず食べよう」

妹の久美子は最近、朝はヨーグルトしか食べない。テレビの続報が気になるが、母と二人で食卓を囲んだ。

味噌汁をひとくち飲んだ母が、思い出したように聞いた。

「一昨日の試験のこと、まあまあできたって言ってたけど、どれぐらいできてたの？」

「まあまあは、まあまあ。そこそこできてた、予想通り」

「なっちゃんの言うことはよくわからない。そこそこ程度なら東京まで行かなくても地元の大学でいいじゃない」

「行きたい学科がないから」

嘘だよ、と心のなかでつぶやき、奈津子は玉子焼きを嚙む。

文系より理系科目のほうが効率良く点が取れるので理系を選んだ。しかし生物にも機械にも電気にもそれほど興味はない。法学や経済や文学にはもっと関心がないから、向き不向きで言えば、おそらく理系だ。

志望の大学の選択基準は自分が狙えるなかで一番偏差値が高くて知名度があるところ。それが一番つぶしが利き、効率が良い。効率の良さとは、すなわち美だ。

ただし、医学系をのぞく。この学部は卒業までに六年かかる。しかも調べてみると、国家試験に受かっても将来、開業にあたり莫大な費用がかかる。親の病院を継ぐのでもない限り、ずっと金の心配をしなければならないのは、効率が悪い。

朝食を終えると、六時半を過ぎていた。祖母が心配だが、母にせき立てられ、奈津子はテレビの前を離れた。

洗面所に行くと、いつの間に起きたのか久美子が髪を洗っていた。

「久美ちゃん、神戸で地震があったんだよ。震度6。お祖母ちゃんと連絡つかないの」

「えーっ！　マジで？」

濡れ髪のまま、久美子が頭を上げた。

「ちょっと、水、垂れてる、垂れてるよ、髪から」

すぐに洗面台に頭を戻すと、水音とともにくぐもった声が聞こえた。

「大丈夫なのかな」

「わかんない。まだ情報入ってこないし。ねぇ、ちょっとだけ、場所空けて。テレビ見てたら、もうこんな時間」

久美子を押しのけて身支度を整えると、七時五分に出る電車に乗るため、奈津子はあわてて自転車で家を出る。

情報が入らないまま不安な気持ちで校門をくぐると、白いムクムクとした毛の犬が視界に入ってきた。

この高校で飼っている犬、コーシローだ。

いつもは校門の脇に座り、登校してきた生徒に撫でられているのに、今日は落ち着きなく中庭を駆け回っている。

「待て、コーシロー、こら、逃げるな！」

つつじの木の向こうから、男子が走ってきた。同じクラスの鈴木賢人《けんと》だ。

コーシローが目の前に来たので、奈津子は犬の身体を両手で押さえて抱き上げる。腕のなかでコーシローが少し暴れた。背中を撫でると、おとなしくなり、奈津子の右肩にちょこんとあごをのせた。

鈴木が駆け寄ってきた。

「ありがとう、上田さん、助かった。重いだろう」

「そうでもない」

コーシローは成犬だが、わりと小柄で見た目以上に軽い。ムクムクした毛はぬいぐるみのようだ。今までたいして気に留めていなかったが、こうして抱き上げてみると可愛らしい。

「コーシロー、お前は女子の前では行儀がいいなあ」

コーシローの頭を撫でると、鈴木は首輪にリードをつけた。

「珍しいね。リードをつけるの？」

「今日はコーシローがやたら興奮してね。学校から飛び出しそうなんで、念のためリードをつけることにした」

この犬はいつも校内を気ままに歩き、時折、教室のうしろで寝そべっている。その姿は授業に聞きいっているようにも見え、教師たちもとがめることはない。芸術選択科目の美術にいたっては、一年生の最初の課題はコーシローをモデルに絵を描くことだ。

コーシローの背中をひと撫でると、尻尾が左右に揺れた。さらに撫でると、頬の匂いを嗅がれた。

「慣れてるね、上田さん」

中学生の頃、祖母の飼い犬が道に飛び出しそうになったとき、同じように捕まえた。あのときは、妹が鳴らしたクラッカーの音に驚き、犬は逃げたのだった。

「この犬、何か怖がってるみたい」

コーシローの頭を鈴木が優しく撫でた。

「結構揺れたもんな、地震。後輩の姉さんが神戸に住んでるんだけど、さっきもまだ連絡つかないって」

「うちも祖母が神戸にいるけど、電話がつながらない」

登校してくる生徒の流れに逆らい、色白の男子が走ってきた。ボストンバッグの持ち手をリュックの肩紐のようにして背負い、ひどく動揺した顔だ。

ああ、あいつ、と鈴木が走ってくる生徒に手を上げた。

「あれがその後輩。おーい、伊藤っち、どうした?」

「家に、帰ります」

伊藤っちと呼ばれた男子は立ち止まると、肩で息をした。

「何、息切れてるじゃん。どうしたんだよ?」

伊藤が両膝に手を突き、背中を丸めた。その肩が激しく揺れている。

「俺、とにかく学校に行けって、母に言われて来たんだけど、ポケベルに、連絡あって。電話したら、神戸……電車が脱線して、ビルが倒壊してるって。姉ちゃんとは連絡つかないし。うち、今、母親しかいないんで、俺が帰らないと」

「えっ、どこ？　神戸のどこ？」

わからない、と答えた伊藤の顔が泣き出しそうだ。

「用務員室のテレビで見たら、あちこち燃えて、高速道路の高架が落ちてた……。これ、普通の地震じゃない。大地震だよ」

腕のなかでコーシローが暴れ始めた。支えきれずに奈津子は地面に下ろす。鈴木が腕時計を見た。

「お前、徒歩通学だっけ。俺のチャリ貸したる。すぐ持ってきてやるで、ここで息、整えてろ。上田さん」

鈴木が赤いリードを差し出した。

「悪いけど、コーシローを蔵橋さんのところに連れていってくれ」

「用務員室の？」

そうだよ、と鈴木は自転車置き場に向かって走り出した。

「ついでにテレビを見てこい。お祖母ちゃん、心配だろ」

コーシローが走り出した。リードに引かれるようにして、奈津子も中庭を走り抜ける。

用務員室に駆け込むと、畳敷きの部屋で蔵橋と数名の教師たちがテレビを見ていた。

その映像に、奈津子は息を呑む。

高速道路が倒壊していた。崩れた高架の端に、一台のバスが落下寸前で留まっている。

ヘリコプターからの緊迫した声とともに、映像が切り替わった。街のあちこちから大きな煙があがっている。

火災地区の情報がテロップで次々と流れ始めた。その地名を見て、奈津子は立ち尽くす。燃えているのは、祖母が住む町だった。

蔵橋にコーシローを託《たく》し、転がるようにして今度は購買部にある公衆電話に走った。母に電話をすると、父は夜勤を終えて家に向かっており、準備ができしだい、車で祖母のもとに向かうという。

自己採点を終えて急いで家に帰ると、すでに父は出発していた。数時間おきに公衆電話から連絡をよこして、祖母の安否を聞くが、依然として神戸との電話は不通のままだ。

夕方になり、祖母からとりあえず無事だという電話があった。そして、とにかく水がないから、来てくれるのなら、水を持ってきてほしいと弱々しい声で頼まれた。

二日後の夜、疲れきった顔で、父が祖母を連れて戻ってきた。

父は神戸近辺まで行ったが、渋滞で車がなかなか進まなかったらしい。そこでポリタンクに入れた水をかついで線路を歩き、祖母の避難先に行ったそうだ。

半壊した祖母の家は火災にあい、持ち出せた物はほとんどなかった。

「昭子《あきこ》さん、高雄《たかお》や。うちのことは気にしないで、どうぞテレビを見て」

夜の九時半、コーヒーが飲みたくなり、奈津子が一階の台所に下りると、祖母の声が聞こえてきた。

居間をのぞくと、ふすま一枚へだてた両親の部屋に向かって、祖母が声をかけている。黒いセーターにスラックス。祖母が持ち出せた数少ない衣類のひとつだ。

少し間を置いたのち、父の声が聞こえた。

「いいよ。母さん、好きなテレビ見て」

「うちは寝ながらイヤホンでラジオ聴いてるから。気にしないで、お前たちは好きなテレビを見たらいいんやで」

「いいから、寝てて」

「そう……ごめんな、いろいろ」

両親の部屋のふすまの前で祖母がうつむいている。小さく背を丸めた姿に、奈津子は声をかけた。

「お祖母ちゃん、コーヒー飲む?」

祖母が奈津子を見て、弱々しく笑った。

「寝れなくなるから、ばあちゃんはいいわ」

居間の隅に敷かれた布団に祖母がもぐりこんだ。

「お祖母ちゃん、もう寝るの? 電気は……」

「消さんといて」

「わかった、つけておく」

一月十七日の明け方に起きた阪神・淡路大震災は、神戸を中心に一月末の時点で五千人以上の死者を出し、負傷者は四万人以上にのぼった。

被災二日後に祖母はこの家に身を寄せ、それから二週間がたつ。しかし震災の日に起きたことを一切語らない。ただ、夜は寝巻きを着ないで、いつでも外に出られる服を着て眠る。そしてあかりを消さないでほしいと言う。

ふすまが開き、父母が部屋から出てきた。

母が祖母の布団に向かい、声をかけている。

「お義母《かあ》さん、ちょっと枕元を失礼します」

「気にしやんといて」

居間を突っ切り、二人が台所に入ってきた。沈んだ顔をしている。

なっちゃん、と母がコーヒーのポットを見た。

「コーヒーはあとにして。上でちょっと話したいことがあるの」

ペーパーフィルターを畳む手を止め、奈津子は両親を見る。

「大学のこと？　それならここで聞くけど」

「久美子にも話があるんだ」

暗い声で父が言うと、階段を上がっていった。

「進学の話？」

そうね、と母が短く答え、父に続いて二階に向かった。

奈津子が二階に上がると、父が久美子の部屋をノックしていた。

「久美子、入っていいか。お母さんも一緒だ」

えーっ、と久美子の不満そうな声がした。

「突然、何？」

「お姉ちゃんと久美子に話があるんだ」

「それなら下で聞く」

「下では困るんだ」

「私の部屋、散らかってるから、お父さんに入ってこられると困るの」

久美子の部屋には化粧品や派手な色の服が置いてある。母は半ばあきらめ、黙認しているが、父は高校生らしくないと怒りそうだ。

自分の部屋のドアを開け、奈津子は父を手招く。

「お父さん、それなら、私の部屋で話そう。……っていうか、なんで下で話したらダメなの？」

「進学の話じゃないのよ」

部屋に入ってきた母が小声で言った。

その口調から、祖母の話のようだと察して、奈津子は勉強机の椅子に座る。

祖母は一階の居間で寝起きしている。家族の誰が誘っても外出せず、一日中居間でラジオを聴いているか、テレビを見ている生活だ。

この家は小さく、客間がない。二階の二部屋は奈津子と久美子の部屋、一階は父母の寝室と居間、あとは台所などの水回りだ。

たまに親戚が来たときには、祖母のように居間に布団を敷いて寝てもらっていた。数日間の宿泊ならそれでよかった。ところが生活をともにするとなると、不都合が生じてくる。

とりあえず困るのがテレビの問題だ。一台しかないテレビが居間にあるので、両親も妹もこれまでのように番組を見るのをためらっている。

入るぞ、と言って、父が奈津子の部屋に入ってきた。そのあとに、ふくれっ面《つら》をした久美子が続く。

両親が奈津子のベッドに座り、久美子は床に座って脚を投げ出した。

「こら、久美子。行儀が悪いぞ」

「っていうかさ、お父さん、突然すぎ。で、何の話?」

お祖母ちゃんのことなんだけど、と母がためらいがちに言った。

「いつまでもリビングで寝起きするのも、お互いプライバシーが保てないじゃない? だからお父さんと話したの。久美ちゃんの部屋をお祖母ちゃんに譲ってくれない? それで、なっちゃんの部屋をしばらく二人で共同で使うの」

えーっという声が姉妹で重なった。

声が大きいと言いたげに、母が人差し指を口元に当てる。

父が沈んだ顔のまま「たぶん、聞こえない」と首を横に振った。

「耳にラジオのイヤホン入れてるから。ああしてみんなに遠慮してるんだ。本当はテレビの音を聴きたいところを、テレビは他の家族に譲ろうと……」

「私だって遠慮してる」

母が強い口調で言った。

「夜、トイレに行くときも、朝、お勝手に行くときも、お義母さんの枕元を通らなきゃいけないから、そのたびに謝ってる。お父さんと話をするのだって、声をひそめて遠慮してる。お勝手だって、お義母さんの煎《せん》じ薬、いつまでも匂いが残るのに、何も言わずに我慢してるじゃない」

父が腕を組み、目を閉じた。

私、と久美子が手を上げた。

「朝の洗面所がね、困る。朝シャンしたいのに、お祖母ちゃん、入れ歯の手入れが長くて」

「久美ちゃん、それはね、お母さんも言いたいことがある。夜に髪を洗っているのに、どうして朝もあんなに念入りに髪を洗うの？ 最近、水道代もガス代もかさんでるのよ」

「今に限ったことじゃないでしょ。それ、私のせい？」

「その話は今はいい」

父が話に割って入ると、久美子を見た。

「そういうことだから。久美子、部屋を空けてくれ。お姉ちゃんの部屋へ移れ」

「えーっ、でも」

久美子が立ち上がると、勉強机を指差した。

「お姉ちゃんはさ、夜遅くまで勉強するでしょ。明るくて寝られないよ。それにお姉ちゃんの受験勉強の邪魔にもなるし」

「私も困る。久美の服とかごちゃごちゃしたもの、この部屋に入らない。それにこんな狭い部屋に二人でいたら気が散る。勉強できない」

「お祖母ちゃんとの同居がわかっていたら、いろいろ支度もできたのに……」

母がため息をつくと、父が押し殺した声で言った。

「それなら、どうしたらよかったんだ。あのまま避難所にお袋を置いておけばよかったって言うのか」

「そんなこと言ってないでしょ。でも突然すぎて」

「そんなのお袋も一緒だよ！　お袋が一番そう思ってるよ！」

「わかってるから、私たちこうして」

ドアの向こうで、カタン、と小さな音がした。

母が口に手を当て、父が廊下のほうを見た。

椅子から立ち上がり、奈津子はドアを開ける。

廊下に四人分のコーヒーが載ったお盆が置いてある。階段を見ると、祖母がゆっくりと下りていくところだった。

久美子も部屋から出てきた。

「やばい、お祖母ちゃん、聞こえてたかな。お姉ちゃん、どう思う？」

「どうかな……聞こえてたかも……」

お盆を持った母がうなだれ、父が乱暴に頭を掻きむしった。

もう、いい、と、うんざりして、奈津子は部屋に戻る。

「わかった。それなら私がお祖母ちゃんと、この部屋を使う。どう？　受験が無事に終われば、あと二ヶ月で家を出るんだし。そのあと、お祖母ちゃんがここを使えばいいよ」

「勉強はどうするの？」

コーヒーのお盆を持ったまま、母がたずねた。

「高校の図書館でする。元々、そのつもりだったし。夜は台所の食卓で勉強する。着替えや寝るときだけ、ここを使うよ。そうしたらお祖母ちゃんも気が楽でしょ」

しかし……と、父が顔を曇らせた。その顔に語調を強めて「いいよ」と奈津子は言う。

「もう面倒くさい。うだうだ話したって、みんな譲歩する気がないんだから、埒《らち》明かない。お祖母ちゃんと私が同室。これが一番効率いいよ」

東京にある工業系の大学に合格して、三月中旬には上京。そうすれば二ヶ月を切って、祖母にこの部屋を渡せる。

なんて効率が良いのだろう。数学的に言えば、これこそが美しい解法。

効率の良さ、すなわち美だ。

「ごめんな、なっちゃん、ほんとにごめんな」

二月半ばの午前三時。奈津子が二階の部屋に上がると、寝ていた祖母が起き上がった。

祖母の布団を踏まないように気を付けながら、奈津子は自分のベッドに上がる。

「お祖母ちゃん、毎晩言ってるけど、ほんと、謝らなくていいから」

「でも、ばあちゃんのせいで、なっちゃんに迷惑かけて」

「大丈夫だから、布団に入って」

豆球の光が祖母の白髪を淡いオレンジ色に染めている。もともと小柄な人だったが、最近、祖母はさらに小さくなった気がする。

祖母がおずおずと布団に入って、横たわった。それを確認してから、奈津子はベッドに入り、アイマスクを付ける。

居間で寝起きをしていたときは、祖母は毎朝布団をきちんと畳み、それに寄りかかるようにして日がなテレビを見ていた。しかし二階で寝起きをするようになってからは布団を畳まず、ずっと横になってラジオを聴いている。

ごめんな、と再び言った祖母の声がわずかに震えた。

「なっちゃんは大事なときなのに……」

この言葉も毎晩同じだ。どれだけ気を遣って二階に上がってきても、祖母はすぐに目を覚まして起き上がる。そして、そのたびに謝罪の言葉が続く。

「お祖母ちゃん……」

半ば苛立ちながら呼びかけると、思ってもいなかった強い言葉が出た。

「何度も言ってるよね、謝らなくていいって。もしかして、それ、嫌み？　寝てるときに私が入ってくるのいや？　うざい？」

そんなことない、と祖母の声が強くなった。

「なっちゃんは今日も頑張ってるって、いつも感心しとる」

「私が大学行ったら、この部屋空くから。あと少しの辛抱」

「そんなこと言わんといて……」

「それなら、謝る以外のことで声かけてよ」

湊をすする音が聞こえ、奈津子はアイマスクを取る。

「そんなこと、言わんといてや。なっちゃん、おらんようになったら、さみしい……」

豆球のあかりの下で、祖母がすすり泣いている。

泣き声を聞くのがつらくて、奈津子はヘッドボードに置いたミニコンポに手を伸ばす。ヘッドフォンを耳にかけようとすると、祖母の声がした。

「なっちゃんは……音楽が好きなん？」

「好きっていうか……」

「いつも……何、聴いてるん？」

「言っても、お祖母ちゃんは知らないよ」

そうやな、と、祖母が再び湊をすすった。

寂しげな口調に気がとがめ、奈津子はヘッドフォンを元に戻す。

神戸に遊びにいったとき、祖母はもっと強めの関西弁を話していた。家に来てからは方言が控えめだ。

この街の方言には関西弁と名古屋弁が入りまじっている。普段より、関西弁のイントネーションを強めて祖母に語りかけた。

「ミスター・チルドレンってバンドの歌、聴いてる。『innocent《イノセント》 world《ワールド》』とか『Tomorrow《トゥモロー》 never《ネバー》 knows《ノウズ》』って題の歌」

知らんなあ、と祖母が深く息を吐いた。

「トゥモロウなんとかって……どういう意味？」

「明日のことはわからない」

祖母はそれきり、何も言わなくなった。

眠ったのかと思い、奈津子はちらりと横目で見る。

祖母の掛け布団が細かく震えていた。その様子に驚き、あわてて身を起こす。

枕に顔を押しつけ、声を殺して祖母は泣いていた。

「あしたの、こと……ほんとに……わからん」

見てはいけない気がして、奈津子はベッドに横たわり、天井を見る。

チロ、と祖母がつぶやいた。祖母が飼っている犬の名だ。

お祖母ちゃん、とためらいながら奈津子は声をかけた。

「チロはどうしてるん？　誰かに預けてきた？　もし、そうなら、そろそろ迎えに行ってもいいんちゃう？」

チロがいれば祖母の気持ちも晴れる。一緒に散歩をすれば、外出も楽しめるようになるだろう。動物が苦手な父は、きっとチロを連れてくるのを拒んだのだ。

チロ、と祖母が再びつぶやいた。

「チロは死んだんよ……」

「いつ？　まさか震災で？」

「あの朝、チロが小屋でワンワン吠えて。なんでそんなに吠えるのって、叱りに出ていったら、地面が揺れて……。ばあちゃんは助かったけど、チロに瓦《かわら》が……」

チロだけやない、と祖母がくぐもった声で言った。

「お向かいの家の子……。小さな子も……。なんとかみんなで屋根の下から掘り出したけど……みるみるうちに身体、冷とぉなって……」

祖母の背中が激しく震え、布団から肩がのぞいた。

「何もしてやれんで。ただ一生懸命、ばあちゃんたち、さすってやるしかできなくて……」

ベッドを下り、奈津子は祖母の布団の脇に膝をつく。

祖母が枕の端を指でつかんだ。その手も震えている。

「爆発するかもしれんから、避難するようにって言われたけど……すぐには逃げられへん。……瓦礫《がれき》のなかには、まだその子の、お兄ちゃんが……。なのに、火……火が……」

祖母が嗚咽《おえつ》をもらした。震える背中に触れると熱い。その感触に驚き、奈津子は手を引っ込める。真冬なのに、骨張った祖母の背はひどく汗をかいていた。

「ごめん、ごめんな、なっちゃん」

「大丈夫やから。私は全然……謝らんといて。お祖母ちゃんは何も悪いことしてへん」

祖母をいたわりたいが、どうしたらいいのかわからない。おそるおそる、奈津子は祖母の肩に手を置く。

その手に自分の手を重ね、祖母が慟哭《どうこく》した。

「なんで、こんな年寄りが生き残って……あんな若い子ぉらが……。高雄にも昭子さんにも迷惑かけて」

「お祖母ちゃん……み、水、持ってくる」

祖母の手から自分の手を離し、奈津子は階段を駆け下りる。

洗面所のタオルをつかみ、コップに水をくんで部屋に駆け戻ると、祖母がティッシュを顔に当て、涙をぬぐっていた。

豆球の淡いオレンジ色に染まった光景は、まるで映画の回想シーンのなかにいるようだ。触れた祖母の手が濡れていることで、現実だとわかる。

「お祖母ちゃん、水飲んで。大丈夫だから。迷惑だなんて誰も全然思ってない。本当だよ、本当だから」

水を飲み終えた祖母が横になった。その身体に奈津子は布団をかける。

大きく息を吐き、祖母が目を閉じた。

「なっちゃんは……工学部に行くん？」

「えっ……うん、そう」

「もう、何があっても絶対壊れんような、頑丈なもの造ってほしいよ」

「建築系ではないんやけど……」

「なっちゃんは優しい子やから、何を勉強しても、きっと世の中の助けになる」

そうだろうか？

自分はやりたいことも見つからず、偏差値と効率の良さだけを基準にものごとを決める人間だ。

一人でいるのが気楽だから、親しい友だちもいない。

祖母の枕もとに正座をして、奈津子は祖母の顔を見下ろす。

「お祖母ちゃん……寂しい？」

「寂しいのは、みな同じ。ただ……」

チロ、と祖母がつぶやいた。

真っ白な毛のチロを思い出すと、コーシローの姿と重なった。

祖母の気持ちを少しでも紛らわせようと、奈津子は必死で会話をつなぐ。

「うちの学校……高校ね、犬がいるんだ。白くてムクムクした毛の」

祖母は黙って目を閉じた。

「高校は八高って呼ばれてるんだけど、犬の名前はハチコウじゃなく、コーシロー。すごく自由で。教室で寝てたり、野球部のボールを追いかけたり」

祖母は何も言わない。当たり前だ。知らない犬の話を聞いても、何のなぐさめにもならない。

正座をしている足がしびれてきた。そっと足を崩したとき、祖母がたずねた。

「先生方は……何も言わんの？」

「コーシローのこと？　言わんよ。昔からいるし。先生より古いかも」

先輩なんや、とつぶやく祖母に、「そうだね」と奈津子は語りかける。

「コーシロー先輩だ」

見下ろしている祖母の顔がわずかにほころんだ。その顔に奈津子はささやく。

「卒業式に来てよ、お祖母ちゃん。そしたらコーシローに会えるから」

「白い、ムクムクの、ワンちゃん……」

祖母がかすかに微笑み、やがて寝息が聞こえてきた。


この街に来て初めて祖母は外出して服を買い、母と一緒に卒業式に出席してくれた。

第一志望の大学に合格して上京する朝、奈津子はその折に撮った写真を祖母に渡した。コーシローを間に挟んで、祖母と二人で並んでいる写真だ。

祖母が目を細めて写真を眺めた。

「ああ、可愛い、可愛い。チロがなっちゃんと並んでいるみたいや」

祖母が写真のコーシローを撫でている。大切そうにその写真をポケットに入れると、代わりに白い封筒を出した。

「なっちゃん、これ。新幹線のなかで何か食べて」

「いいよ、東京まであっという間。食べてる暇ないから」

祖母に封筒を返すと、思いのほか強い力で押し戻された。

「そう言わんと。食べる暇がないなら、レコードでも買《こ》うて」

「レコードはもう売ってないよ、ＣＤの時代だから」

「シーディ？　シーディってのはこれで買えんの？　もっとするん？」

「買えるけど……。でも、いいって、お祖母ちゃん。それよりテレビを買いなよ。そうしたら二階でのんびりテレビを見られる」

それが五日前のこと――。


あれは、受け取るべきだった。

居間にしつらえた祭壇の前で寝ずの番をしながら、奈津子はぼんやりと考える。

一昨日の朝、祖母は布団のなかで冷たくなっているのが見つかった。眠っているうちに他界したのだ。

東京のアパートから実家に戻ると、祖母は居間に寝かされていた。

穏やかな表情の顔に触れると冷たい。その感触に、あの冬の夜に触れた、祖母の背中の熱と汗を思い出した。

あのとき、祖母は全身で泣いていたのだ。愛しいもの、小さな者に何もしてやれなかった自分を責めて。

そうだとしたら、あのお金は受け取るべきだったのだ。

好物を食べるか、ＣＤを買うかして、祖母にお礼を言えばよかったのだ。

礼服を着た父が居間に入ってきた。隣に座って、あぐらをかく。

「すまんな、奈津子。東京に行って、すぐに戻って、疲れたやろう。なのに寝ずの番までさせて」

父の言葉に我に返り、奈津子はなるべく冷静な顔でろうそくに火を点ける。

「私は夜に強いし。お母さんと久美のほうが大変だ、朝早くて」

母と久美子は通夜振る舞いを片付けたあと、仮眠を取っている。朝の四時に寝ずの番を交代する予定だ。

父が礼服の内ポケットから写真を取りだした。

「これ、奈津子に相談しようと思って。お前がいやなら入れないが、お祖母ちゃんの棺《ひつぎ》に入れてやってもいいか？」

その写真は、卒業式のときに撮ったものだった。コーシローを挟んで、よく見れば似た顔の祖母と自分が笑っている。

こうして見ると、姉妹で共通しているぽってりした唇は、明らかに祖母の遺伝だった。

父が写真をじっと見つめている。

「この写真、『なっちゃんがくれた』って、お祖母ちゃん、ずいぶん大事にしててな……。亡くなったときも枕元に置いてあった。奈津子がいやでなければ一緒に持たせてやりたい」

「いいよ、フィルムはあるから、いつだって写真に焼けるし」

そうか、と言って、父が礼服に写真を戻した。代わりに煙草を出して、マッチで火を点ける。

「お父さん、禁煙したんじゃないの？」

「こんなときぐらい、吸ってもいいだろう」

父がゆったりと煙草を吸い、深く息を吐き出した。

「お祖母ちゃんが死んだ夜は、久美子がアルバイト代でお祖母ちゃんにイチゴを買ってきて……。喜んで食べて、週末はみんなでカートを買いにいこうって話をした。奈津子の卒業式以来、お祖母ちゃんは少しずつ外に出るようになったから。転ばないようにって、お母さんがショッピングカートをプレゼントしようって言って……」

いい夜だった、と父がつぶやき、吐いた煙の行方《ゆくえ》を見上げた。

「だけど悔やまれる。この家に来て、お祖母ちゃんは幸せだったんだろうか」

「だと思う……」

そう思わないと、今にも泣いてしまいそうだ。

父が肩を落とし、背を丸めた。

「友だちも知り合いもいない。……お祖母ちゃんのあの家は、戦後、台湾から引き揚げてきて、死に物狂いで働いてようやく手に入れたものなんや。掘っ立て小屋でもいいから、あそこを離れたくないと言ってた。なのに、お父さんが強引にここに連れてきて……」

フィルターを噛むようにして、父が煙草を吸っている。煙を吐いたとき、独り言のようなつぶやきが漏れた。

「悔しい。何もなければ、まだ生きてた気がして」

父が泣いているようで、奈津子は顔を横に向ける。

こんなとき、どうしたらいいのか。本当に、わからない。


突然のことで、祖母の神戸の知り合いにはなかなか連絡がつかなかった。唯一連絡が取れた人も葬儀に来ることができず、結局身内だけで見送った。

葬儀の三日後の朝、奈津子は再び東京に向かった。

新幹線のなかで眠り続けて東京駅に着くと、上空を数機のヘリコプターが飛んでいる。

そして、地下鉄の全線が止まっていた。カバンの奥に入れたポケットベルを見ると、実家からの呼び出しが何度もある。

電話をかけたいが、公衆電話には列ができていた。ようやく順番が回ってきて電話をかけると、涙ながらに「無事なの？　なっちゃんは無事なの？」と母は何度も繰り返した。

東京の複数の地下鉄に毒物のようなものがまかれ、たくさんの乗客が病院に運ばれているのだという。

動いている路線をなんとか乗り継いでアパートに帰り着いたのは二時間後。急いでテレビをつけると、ヘリコプターからの映像が画面に映っていた。

地下鉄の地上出口に大勢の人々が倒れている。喉や口を押さえ、苦しそうに路上に横たわる姿が上空から、はっきりと見てとれた。

二ヶ月前の、震災の映像を思い出した。

あのときテレビで見た煙の下に祖母はいた。崩壊した街のなかで、必死になって助けを呼び、泣いていたのに。

いつも、ただ見ているだけ。何もできずにいる——。

言葉にならない声が漏れた。不用意に出たその声の大きさに驚く。気付かぬうちに、拳を握っていた。

悔しい。何もできずにいた自分が。

握った拳をゆっくりと広げる。

祖母の背中と手の感触が鮮やかによみがえってきた。


四月上旬の午前十時、犬用のクッキーとおもちゃを持ち、奈津子は八稜高校を訪れた。

コーシローはいつも、朝は用務員の蔵橋と一緒にいる。ところが今日は用務員室にはいなかった。蔵橋によると、ここ数日、図書館の近くにいることが多いそうだ。

教わった場所に足を運ぶと、図書館の脇にコーシローが座っていた。

金網越しに十四川の桜並木を眺めている。

花の時期には人出が多かった川沿いの道も今は静かだ。枝には若葉が茂り、清々《すがすが》しい緑の木立が鈴鹿の山々に向かって延びている。

コーシローと呼びかけ、奈津子は隣にかがむ。

「私のこと、覚えてる？　卒業式の日に、お祖母ちゃんと一緒に写真を撮ったよ」

並木を見ていたコーシローが優しい目で奈津子を見た。続いて頬の匂いを嗅いだ。

「覚えてるって？　お前は賢いね」

愛しくなり、両手で耳の後ろの付け根を撫でてやる。つぶらな茶色の目がじっと見つめてきた。

「お祖母ちゃんは死んじゃったんだ。だけどね、私たちにおいしいもの食べてって、お金を置いていってくれた。だからコーシローにおやつを持ってきた。あとで食べてね」

頬の匂いを嗅いでいたコーシローが奈津子の手を舐めた。

「あのね、私……」

せっかく受かった大学は入学式にも出ないで退学した。東京のアパートも引き払った。

親には強く反対されたが、医学部の再受験を決めた。入学金や前期の授業料、上京にまつわる費用をすべて無駄にしてしまったが、祖母が遺してくれたものが背中を押してくれた。

自分の葬儀代を引いたあと、残りはすべて孫の学資にしてほしいと、祖母は郵便局の通帳が入った袋にメモを挟んでいた。ほかにも成人式の晴れ着を贈りたいと、奈津子と久美子の名義で積み立てていた貯金もあった。

それでもこれから一年の浪人生活、無事に医学部に入れてもあと六年。七年近く、親に負担をかける。だから志望は地元の国立大学医学部だけにしぼった。

上京の日、祖母がくれようとしたあの金封も遺品のなかにあった。中身の半分はコーシローへのプレゼントに、残りの半分はいつか医師になれたとき、おいしいものかCDを買おうと思う。

犬に話したところで、わかってもらえない。それでも、夢中になって話していた。

「大丈夫かな？　私、大丈夫だろうか？　なんで今さら医学部へ。二浪するかもしれないのに。親に負担をめちゃくちゃかけるのに……。効率悪いことしてる、すごくぶざま」

コーシローが奈津子の肩に頭をすり寄せた。その身体を抱きしめると温かい。

「コーシロー、お前はあったかいね」

頬を舐められ、奈津子は笑う。励まされているみたいだ。

真っ白な犬の背を撫で、奈津子はその手を朝日にかざす。

明日がどうなるか、誰にもわからない。だから必死に学んで、これからこの手を変えていく。

生きているもののぬくもりを守る手に。

明日の行方は、この手でつかむのだ。

＊　＊　＊

掲げられた手に頭をすり寄せると、優しく撫でてもらえた。

ナッちゃん、と卒業式のとき、この子はお祖母さんに呼ばれていた。

ナッちゃんの頬はつつじの蜜の匂いがする。

その匂いにさっきまでいやな匂いが混ざっていた。

酸っぱいその匂いのことはよく知っている。怖いときの匂い。何かを恐れているときに出る匂いだ。おそれを舐めとるように頬を舐めると、いやな匂いは薄れていった。今では甘い蜜の香りが心地よく漂っている。

安心して尻尾を振ると、ナッちゃんが笑った。

「ありがとね、コーシロー。会えてよかった。私、そろそろ行くね」

ナッちゃんが立ち上がり、再び頭を撫でてくれた。

「元気でね、コーシロー」

（お別れなんですね……）

元気でね、という言葉を聞くと、長いお別れが来る。この間もたくさんの卒業生に撫でられながらこの言葉を聞いた。

ナッちゃんが背中を向け、ゆっくりと歩いていった。

その姿が遠くなったとき、クラハシの足音が近づいてきた。

「よかった、やっぱりここにいたんだね、コーシロー。可愛がってもらえたかい？」

クラハシに抱き上げられ、コーシローは尻尾を振る。

「彼女、優しい子だ。コーシローだけじゃなく、私のところにもお菓子を持ってきてくれたよ」

小さく一声吠えると、ナッちゃんが振り返った。クラハシが前脚をつかみ、人が手を振るようにして脚を振ってくれた。

「手を振ろう、コーシロー。あの子の幸せを祈って。先生たちはいつか同窓会で会えるが、私たちはおそらく二度と会えないから」
力強い足取りでナッちゃんは進んでいく。彼女の姿を朝の光が包み込んでいた。

第4話

スカーレットの夏

平成9年度卒業生

平成9(1997)年4月～

平成10(1998)年3月

梅雨の晴れ間がのぞいた七月の午後、グラウンドのバックネットの裏で、コーシローはのんびりと寝そべる。

近鉄富田山駅前に隣接した八稜高校は、グラウンドの向こうがすぐに線路だ。バックネットの裏からは駅のホームを眺めることができ、最近、よくこの場所に来ている。

名古屋行きの電車が入るというアナウンスが聞こえてきた。

人々が立ち上がり、ホームに並び始める。

この学校を電車で訪れる人は、必ずこの駅に降り立つ。そして再び、この駅から去っていく。

自分は人間より鼻と耳が利く。少し離れているが、ここにいれば、会いたい人が駅に現れたとき、匂いと音できっとわかる。

ホームに電車が入ってきた。遠くの物音のなかから、コーシローはなつかしい靴の響きを探す。

四ヶ月前の春休みにコーシロー会の部室にユウカが来た。犬用のクッキーを持って、部室で待っていてくれたようだ。帰りがけには、校舎を一周して捜してくれたらしい。

それなのに自分はそのとき図書館の裏にあった段ボール箱のなかで昼寝をしていた。十四川の桜の花びらが箱の底にたまって、甘い香りがしたからだ。部室に戻ると、ユウカは出ていったところだった。

彼女が座っていた席に残っていた香りが狂おしいほど悲しく、室内を走り回った。するとワシオマサシという生徒が、バックネットの裏のこの場所に連れてきてくれた。

最初はどうして校門ではなく、グラウンドに向かうのかわからず、抵抗した。するとワシオに軽々と抱え上げられた。

そのまま運ばれていくと、風に乗ってなつかしい香りがした。そこからは無我夢中だった。ワシオの腕から飛び出し、バックネットの裏に駆け込み、線路の金網に飛びついた。

追いかけてきたワシオが駅に向かい、「塩見さーん！」と叫んだ。すると、なつかしい香りがどんどん濃くなり、「コーシロー！」と声がした。

目の前のホームの端へ、ほっそりとした女の人が走ってくる。昔は長かった髪は肩で切りそろえられ、丸みを帯びていた頰はすっきりとしていた。

以前に見たときより、もっときれいになって彼女は笑っていた。

「コーシロー、会いたかった！　お前は一体どこにいたの？」

（ユウカさんこそ！）

「でもいいよ、会えたから。会えて嬉しい。ありがとう」

電車がホームに入ってきた。その音にまぎれてしまったが、優しいあの人の声はこの耳にはっきり届いた。

「また来るね、コーシロー！」と。それ以来、この場所で待っている。

（ユウカさん、ユウカさん）

歌うように、コーシローはユウカの名前を呼ぶ。

（それはいつなんでしょう、ユウカさん。あなたがまた来てくれる日は）

話しても言葉は吠え声になってしまう。だから最近は、ほとんど吠えない。それでも伝わる生徒には、気持ちが伝わっていくのが不思議だ。

六限目の終了を告げるチャイムが鳴った。

ゆっくりと立ち上がり、コーシロー会がある美術部の部室に向かう。

今日はブラッシングをしてもらう日だ。

昇降口の前を通りかかると、三年生の下駄箱の前でコーシロー会のワシオが靴を履き替えようとしていた。

尻尾を振って、コーシローはワシオのもとに向かう。

ワシオはブラッシングとともに、身体をマッサージしてくれるのだが、それが毎回眠ってしまうほどに上手だ。

「おお、コーシロー。ちょうどいいところに。何だ？　俺のこと、迎えにきてくれたの？」

ワシオが小腰をかがめ、両手で首の周りやあご、背中を撫でてくれた。

「可愛いやつ。でも、ごめんな、今日のブラッシングは別の奴なんだよ」

クッキーのような甘い香りがして、ワシオの隣に、涼やかな目の女子が並んだ。アオヤマシノだ。長い髪の彼女はこの学校で一番美しい子だ。

シノが手を伸ばし、下駄箱上段の靴を取っている。ワシオの匂いが少し濃くなった。

（ワシオさん、この子が好きなんですね）

生徒の匂いを何年も嗅ぎ続けて、気が付いた。人の匂いの変化は心の動きをはっきりと表す。しかし、大半の人はその変化を顔に出さない。今もワシオの表情は変わらぬままだ。

この匂いの変化は、人にはわからない。ワシオの匂いはどんどん濃くなり、シノに猛烈に惹かれていることを告げているが、彼女はまったく気付かない。

シノの足元にかがみ、コーシローは匂いを嗅ぐ。

ユウカがいた頃、女子生徒のスカート丈は長く、靴下は三つ折りだった。それからスカートは年々短くなっていき、昨年にはとうとう膝小僧が見えるようになった。

スカートが短くなる一方で、靴下はどんどん上に伸びていく。あまりに伸びすぎて、今年の春からは女子のほとんどが、ぞろりとした長い靴下をたるませて履いている。

なかでもシノの靴下はたっぷりとした長さで、ふくらはぎから波打ち、かかとのあたりでたるんでいる。

ルーズソックスと呼ばれるこの靴下が流行した頃から、女子の匂いを強く感じるようになった。それまでは長いスカートに隠されていた脚があらわになったことで直接、肌の匂いが鼻に届くからだ。

ワシオがしゃがみ、靴箱の下段にある自分の靴を取った。その拍子にちらりとシノの脚を見て、すぐに視線を前に向ける。

(ワシオさんは、そんなにこの子が好きなんですか)

話しかければいいのに、ワシオは知らぬふりだ。シノに向ける悩ましげな匂いは、今や息苦しいほどあたりに立ちこめている。

シノがスリッパを脱いだ。それをくわえて、コーシローは走り出す。

あっ、という可憐な声のあと、ワシオのよく通る声が追いかけてきた。

「こら、コーシロー、待て！」

あっさり捕まってやると、ワシオがスリッパを持ってシノのもとに駆け戻った。

「青山、これ」

ワシオがぶっきらぼうな口調で、シノにスリッパを差し出している。

「そんなに汚れてないけど。もしいやだったら、新しいスリッパがコーシロー会にあるよ」

「いい。ありがとう」

素っ気なく断り、シノは昇降口を出ていった。ワシオを見上げると、情けなさそうな顔をしている。

(ワシオさん、もっと優しく話しかけないと)

「そんな顔するなよ、コーシロー。ほら、スリッパなら俺の噛ませてやる」

(ちがいます、やめて、やめてぇ)

ワシオのスリッパを鼻に突き付けられ、コーシローは思いきり横を向く。一日中スリッパのなかで蒸れた男子の足の匂いは、鼻にツンとくる。

「あーあ、久しぶりにやらかしましたね、コーシロー」

コーシロー会の女子が二人現れた。一人はショートカットで、もう一人は三つ編みを肩に垂らしている。

三つ編みの子が頭を撫でてくれた。

「昔はしょっちゅうスリッパをくわえて逃げてたみたいだけど。すごーい。鷲尾さん。あっさり捕まえて」

「コーシローもこれで結構なお年だからな。すぐに捕まえられるよ」

(つかまってあげたんですよぅ。話しかけるきっかけに)

抗議の思いをこめ、ワシオを見上げるが伝わらない。ワシオが後輩の二人に手を振った。

「俺、今日は家の手伝いで帰るけど、コーシローのことよろしくな」

「あの日ですね」

ショートカットの子がわかったふうにうなずく。三つ編みの子が拳を握ると、激励するように軽く振った。

「頑張ってくださぁい!　でも私たちのこともお忘れなーく」

「ちゃんと練習しとけよ」

ワシオを見送ると、二人はコーシロー会がある部室棟に向かって歩き出した。

ショートカットの子が昇降口を振り返った。

「あれ、さっきのスリッパ。青山さんのスリッパでしょ」

「コーシローもオスだよねぇ。やっぱ、美人さんのスリッパがいいんだ」

三つ編みの子があたりを見回したあと、声をひそめた。

「でも、美人すぎるのも大変だぁ。あの人、中学の頃、援交しているって噂を立てられてたよ」

「それはちょっと気の毒。青山さんって、真面目なのに。電車のなかでもどこでもいつでも単語カードをめくってる。男なんてあまり興味なさそう」

ふわりとなつかしい香りがした。思わず立ち止まり、地面の匂いを嗅ぐ。

「コーシロー、早くおいで」

三つ編みの子が再び声をひそめた。

「ねえねえ、噂って言えば、あの生徒会長が来てるんだって？　ほら、コーシローの名前のもとになった」

「ロン毛の生徒会長？」

「そうだよ、スリッパくわえたコーシロー追いかけ、裸足《はだし》で駆けてく愉快なコウシロウ」

「よかったね、コーシロー、なつかしいでしょ」

（それ、一体誰ですか……）

三つ編みの子が自分の髪に軽く触れた。

「でも、この学校で男の長髪って珍しくない？　どんな人かなぁ。キムタクや江口洋介《えぐちようすけ》や『犬夜《いぬや》叉《しゃ》』の殺生丸《せっしょうまる》みたいな？」

「さらっと入れたけど、最後の人物は漫画だよね。人間で絞ろうよ。武田《たけだ》鉄矢《てつや》って可能性も」

「鉄矢かあ……」

三つ編みが言うと、ショートカットが真顔で言った。

「武田鉄矢、格好いいって。『刑事物語』のハンガーヌンチャク知ってる？　あの上腕二頭筋の鍛えた感じ、ちょっと、やばい」

「どうやばいのかわからないけどぉ、そんな格好いい人がうちのＯＢにいるはずないよ」

なつかしい匂いが濃くなり、コーシローは走り出す。

（コウシロウさん？　もしかしてコウシロウさん？）

コーシロー会が間借りしている美術部の扉が開いた。久しぶりに嗅ぐ匂いに心沸きたち、コーシローは部室に飛び込む。

背の高い男が振り向いた。背後で女子がざわめいている。

「何あれ、やばい、コウシロウ」

「ロン毛じゃないけど、いいかも！」

「僕は生徒会長ではないし、長髪だったことも一度もないんですけどね」

「まあ、一種の伝言ゲームみたいなものだよ」

イガラシが笑い、コウシロウのカップにコーヒーを注ぎ足した。

コーシロー会にいた人のコウシロウは、会に寄付を届けに来ていたところだった。そのあと美術教師のイガラシがいる美術準備室に移り、コーヒーを飲み始めてしばらくたつ。

　コーヒーを一口飲んで、イガラシが笑った。

「つまり、あれだ。あの会で十年近くかけて伝言ゲームをしたってわけだ。それは多少は変わってくるさ。悪く変わったわけじゃないから、いいじゃないか」

「でもさっき話を聞いたら『コウシロウ、イケメン伝説』とか『愉快な生徒会長説』とか、いろいろあったらしくて。こんな普通の男で申し訳なかったです」

（普通じゃないですよ）

　コウシロウの脚に、コーシローは頭をすり寄せる。

　コーシロー会の生徒たちは、伝説のＯＢの来訪を喜んだ。そのなかの一人がポケットベルと呼ばれる小さな機械にメッセージを流し、都合がつく会員すべてを集めて記念撮影をしたぐらいだ。

　会員のなかでも女子は特に強く反応していた。洩れ聞こえた声によると、「光司郎先輩」は「チョー格好いい」人物で、「あれが美術の先生って反則」「今すぐ転校したい」そうだ。

　何かを思い出したように、イガラシが笑い出した。

「写真部の生徒を連れてきて、記念撮影をしたのには笑ったな。最近の子はちゃっかりしてる」

「ポケベルでさっと連絡回してましたね。僕らの時代にはポケベルやＰＨＳなんて、想像もしなかったし、こんなに普及するとも思わなかった」

「昔は恋人の家に電話すると、たいてい家族が出て緊張したもんだ。父親が出た日には……」

「そういう体験、先生にもあるんですか？」

「ある。待ち合わせも大変で。相手が来るのかどうか、ドキドキしながら待ったもんだ」

そうでしたね、と答え、コウシロウが頭を撫でてくれた。

「思い出します。それだけに会えたときは嬉しくて。嬉しすぎて素っ気なくなったり。……同じ年だと、女子の方が大人びているから、柄にもなくコロンを付けていったら、あっさり背伸びを見破られたり」

「おいおい、やけに生々しいな」

「母校に来ると、思い出がよみがえります。同じ学校でも職場とは違う。でも、教師生活はもう終わり。また学生に戻れるのが嬉しいです」

「いつイタリアに渡るんだ？」

コウシロウが持ってきた写真と書類をイガラシが眺めている。

「今月の終わりです。美術のほうの学校は九月からですけど。まずは語学と生活に慣れたくて」

「思いきった決断をしたな」

コーヒーを飲んでいたコウシロウがカップをテーブルに置き、あらたまった表情になった。

「僕は就職氷河期の採用なので、せっかく得た職を辞めていいものかと悩みました。それでも何かいつも、心に置き忘れたものがあって。その忘れものは何かと考えてみると、十八歳の時の選択にさかのぼる。現状に不満があるわけでもないし、居心地もいい。このままでいいと思う反面、今動かないと、もう二度とその忘れものを取りにいけない。そんな気がして」

青臭いですね、とコウシロウが照れくさそうに笑った。

いいじゃないか、とイガラシがコウシロウの背中をたたいた。

「お前はどこか達観してるところがあったから。青臭いぐらいでちょうどいいんだ。あっちには何年いる予定だ?」

「まずは三年。でも、なんとかして、それから先もずっといるつもりです」

コウシロウがグラウンドに目を向けた。

開け放った窓から、ブラスバンド部のクラリネットの音が流れ込んできた。先月から練習しているこの曲は「キャン ユー セレブレイト」という曲だ。

あと少しで二十八になる、とコウシロウがつぶやいた。

「高校を卒業して約十年。働き出して五年。あっという間でした。三十を前にしたこの時期は、人生の転換期なんだと思います」

「そうかもしれんな。春に、塩見もここに来た」

この部屋に来たときからふわりと漂っていたコウシロウの匂いが一気に濃くなった。

「元気でいますか?」

「結婚するそうだ」

コウシロウの匂いががらりと変わり、さらに強くなった。それなのにワシオと同じく、彼も表情を変えない。

「そろそろ、行かなくては」

コウシロウが立ち上がり、イガラシと握手をした。

「行け、光司郎。忘れものを取りに行ってこい」

別れの挨拶をして、コウシロウが去っていく。イガラシに抱き上げられ、窓から見送った。

コウシロウの匂いが、来たときとすっかり変わっている。狂おしいほどのせつない匂いに遠吠えをすると、彼が振り返った。

ブラスバンド部が吹くメロディに混じって、電車の音が響いてきた。

＊　＊　＊

授業が終わったら、学校のロッカーに入れてある着替えを持って、近鉄富田山駅へ。そこから名古屋駅に出て、トイレで化粧を直し、白シャツに赤いリボン、紺のプリーツのミニスカートに着替えて男と待ち合わせ。八稜高校の制服はスカート丈を短くしても野暮ったい。それにどこの生徒かばれるのも困る。だから男と会うときはいつも、ロッカーに隠した制服風のものに着替えている。

カラオケボックスで男のリクエストに応えて、安室奈美恵《あむろなみえ》のメドレーを。「SWEET《スウィート》 19 BLUES《ブルース》」に続いて、二月に出た「CAN《キャン》 YOU《ユー》 CELEBRATE《セレブレイト》 ?」を歌う。素人《しろうと》が歌うと、どちらも盛り上がらないが、ミニスカと生脚とルーズソックスが好きな三十男に甘えるように歌うと、思った通りに興奮してくれる。

それからホテルで休憩。コトが済んだあとはシャワーで念入りに身体を洗う。男の痕跡をきれいさっぱり洗い流したら、シャネルのアリュールを床に向けてワンプッシュ。香りの霧に足の甲をくぐらせる。

放課後の青山詩乃の姿を同級生も、もちろん先生も知らない。知られては困る。即、退学だ。そうなると、今後の予定が大きく狂う。だから絶対に隠し通す。教室にいる間は目立たぬようにスカートの丈も長めだ。

バスタオルで身体を包んでバスルームを出ると、男がベッドで煙草を吸いながら、タマゴ型の携帯ゲーム機を操作していた。

「たまごっち」という名前のキーチェーン付きのそのゲームは、今年に入ってから女子高生を中心に大ブームとなっている。最近は品薄で、なかなか買えない。

ミネラルウォーターを飲みながら、詩乃は男の手元をのぞきこむ。

「面白い？　それ」

「話のネタに始めてみたんだけど、まあ面白い」

名古屋市内で飲食店を経営しているこの男は資産家の息子だ。中学生のときに家庭教師だった大学生の紹介で、去年からこの男と経済的な援助を受ける関係の交際をしている。

男がたまごっちをベッドに置くと、頬を両手で挟み込んできた。

「それより詩乃ちゃん、今日は無理させたね。何か欲しいものはある？　なんでも買ってあげる」

「欲しいもの？」

予算はいくらだろう？　先にそれを教えてほしい。

もったいぶらずに今夜のお小遣いにその額をのせてくれればいいのに。そうしたらもっとも有意義なものにお金を費やせる。

「詩乃ちゃん、考えといて、欲しいもの」

煙草の火を消し、男はバスルームに入っていった。たまごっちをしばらく眺めたあと、詩乃は枕に放り投げる。

欲しいもの。明るい未来、安定した暮らし、幸せな家庭、無償の愛。

見返りを求めない愛情が欲しい。お金を介在しなくても続く愛が。矛盾しているけれど。

友情はいらない。恋人や夫ができたら、友だちより男を優先する。自分がそうするから、周りもきっと同じだ。自分ができないことを、人には求めない。

ただ、ときどき思う。もし無償の愛を誰かに捧げたら、相手も同じものを返してくれるのではないか。

でも、それはたぶん難しい。離れて暮らす父親は養育費を出しても、娘に面会も連絡も求めない。何の見返りも要求しないから、父の愛は無償だ。でもこちらから父へ返す愛はない。

無償の愛。この言葉を思ったとき、頼まれてもいないのに犬の世話をする人たちのことが浮かんだ。八稜高校のコーシロー会の面々だ。

英語の構文を書いた六十枚の単語カードを出し、詩乃は次々とカードをめくる。地味な方法だが、この勉強の仕方が好きだ。いつでもどこでも、知識を確認できる。

自分にとって単語カードは未来への切り札だ。ひとつ言葉を覚えるたびに、ひとつ世界が広がる。そして新しい場所へ進んでいける。

それなのに今日は集中力が途切れてしまう。油断をすると、スリッパをくわえた白い犬が頭のなかをかけめぐる。

二つ目の、今度はイディオムをまとめた単語カードを手早くめくりながら、詩乃は昇降口で隣り合った鷲尾政志のことを考える。

コーシロー会で活動している鷲尾は、隣の中学出身のもっさりとした前髪の男子だ。

地味で真面目だが部活はしておらず、いつも授業が終わるとロッカーに教科書を突っ込み、犬の世話をしない日は即座に帰る。男と会わない日は自分もすぐに帰るから、同じ沿線に住む彼とは電車で顔を合わせることが多い。

そのうえ男子の名簿の最後、ワ行の生徒と、女子の名簿の最初、ア行の生徒のロッカーはいつも隣り合わせだ。下駄箱の位置も近いうえ、下校のタイミングも似ているので、同じクラスになった今年は始終顔を合わせている。

今日も下駄箱で鷲尾と遭遇し、そのあとコーシローにスリッパを奪われた。

(あの子は「まっさら」なんだろうな……)

鷲尾の額にかかる厚めの髪を思い出しながら、詩乃は単語カードをめくる。

前髪は厚いが、鷲尾の襟足はいつもきれいに整えられ、清潔感がある。

(前髪、上げればいいのに……)

一昨日の水曜日、鷲尾が前髪を上げたところを見た。体育の授業が終わったあと、水道の蛇口の下に頭を突っ込んで、乱暴に汗と埃を洗い流していたときのことだ。顔を上げて濡れた髪をかき上げると、前髪の量感と長さがオールバックになって、たいそう大人びて見えた。いつもは隠れている額が現れると、形のいい眉毛が瞳を引き立て、とても凛々《りり》しく映る。

髪を上げれば、きっと格好良い。それなのに自分の容姿に無頓着なのは、まだ誰とも交際したことがないからだ。もし誰かと付き合っていたら、彼女は普段から額を見せろと言うはずだ。

男がシャワールームから出てきた。

「うわ、何だそれ。ずいぶん小汚い単語カードだね。そういうの見てると、詩乃ちゃんも受験生だって実感する」

「本物の女子高生感あるでしょ」

あるある、と笑ったあと男がぼそっと言った。

「でも、そろそろ卒業だな」

不穏な響きを感じて男に目をやると、ご機嫌を取るような笑顔を浮かべ、今夜は食後に家の近くまで送ると言った。ただ、その前に寄る場所があるという。仕事絡みで、会っておきたい人がいるそうだ。

細く整えた眉の下にハイライトを忍ばせ、詩乃は唇にグロスを塗る。ボストンバッグから、今度は私服の黒のホルターネックと、流行しているチェックのミニスカート、暑くていやだが、厚底ブーツを出して履く。男がうすら笑いを浮かべ、目を細めた。

「いいねぇ、詩乃ちゃん。アムロちゃんみたいだ。欲しいものは決まった？」

本当に欲しいものは金では買えない。だから突き放したように言った。

「何もいらない」

そのあと最高に可愛く見える角度で甘く続ける。

「ずっとそばにいて」

男に強く抱きしめられ、その臭いに息が止まりそうになった。煙草を吸う男の身体は、どうしてこんなに臭いのだろう？


男が立ち寄ったところは、ラブホテルの地下にあるライブハウスだった。東京でも大阪でも、なぜかライブハウスはそうしたホテルの下にあることが多いそうだ。

一階の奥にある事務所で、男がオーナーと話している。

「へえ、彼女、まだ学生なんだ、四日市のほうの。タレントかアイドルのタマゴかと思った」

頭にバンダナを巻いた年配のオーナーが興味深そうに視線をよこした。

「あそこはいいバンドがいるよ。特にパンクは。今日も『セント・エルモス』ってバンドが入ってる」

セント・エルモス、と男が鼻で笑った。

「センチな名前だね。セント・エルモス・ファイアーから取ったのかな？」

「由来は知らないけど、工場街のパンクバンドってのは勢いがあるね。対バンに四日市のバンドが入ると、名古屋勢に気合いが入る」

男が馬鹿にしたように笑った。

「そもそもパンクってなんだっけ？　ピストルズとか？　ノーフューチャー！　とかいうやつ？　ローリング・ストーンズは何なの？　あれはロック？」

「あんた、あんまり音楽に興味がない人？　というかそのあたりは一般常識でしょうよ」

二人の間に険悪な空気が流れ始めた。表に停めた車で待っているようにと男が命じたので、詩乃は部屋を出る。

化粧を直そうと思い、トイレがある地下へ階段を下りると、大きな扉からドラムの音が響いてきた。ライブが行われているはずだが、思ったほど大きな音ではない。

扉の前に置かれた黒板を見ると、今、演奏しているのは、男が鼻で笑ったバンドだ。

セント・エルモス・ファイアーとは、暴風雨のなかを行く船に現れるという炎のことだ。船乗りの守護聖人、聖エルモの火がマストの先にともると、どれほどひどい嵐のなかでも、その船は無事に進んでいけるのだという。

センチだと馬鹿にしたが、男は同名の映画のサウンドトラックを、車のなかでよく聴いている。

そっと会場のドアを開けてみた。身体が揺れるような音の洪水が押し寄せてきた。その先に、もう一枚、ドアがある。

開けた途端、今度は身がすくみ、思わず耳をふさいだ。つんざくような叫び声と轟音が、ふさいだ指の間から耳に入ってくる。

顔を上げると、大勢の男たちが頭を上下に振っていた。

ステージでは、タイトな革パンツを穿いた金髪のボーカルが熱唱していた。素肌に黒いシャツを羽織り、黒い台のようなものに乗って、しきりと客を煽《あお》っている。はだけたシャツの間からのぞく胸板と腹筋はたくましく、スリムな身体とのギャップがセクシーだ。

ぶち犯す！　と金髪のボーカルが叫んだ。逆立てた髪の下に広がる額と、形のいい眉に思わず見入った。

（もしかして……）

ボーカルの男がこちらを見た。その瞬間、男は目を見開き、背を向けた。

きれいに整えられた襟足は、数時間前に下駄箱で見たばかりだ。

（鷲尾君？）

ボーカルが背中を向け、水を飲んでいる。

まだまだ足りねえ！　と今度はギターの男が煽り立てる。さらに激しく観客が頭を振りだした。

戸惑いながらも、もっと前で見てみたくなり、詩乃は一歩、足を踏み出す。踊り狂っていた男たちがなぜか道を空けた。

さらにもう一歩踏み出すと、振り返った男たちが驚いた顔で場所を空けた。歩を進めるごとに、視界がどんどん開けていく。戸惑って足を止めた瞬間、最前列に押し出され、詩乃はあたりを見回した。

「えっ、何、なんで？　背中、押さないで」

「ぶち犯ーす！」

再び叩きつけるように鷲尾が言うと、大歓声が応えた。そのくせ踊っているような手振りで、彼が目立たぬように小さく、何度も詩乃を手招いている。

「えっ、何なの？」

その場に立ち尽くしていると、鷲尾が黒い台から勢いよく飛び降り、詩乃の前に走ってきた。床に落ちていた革ジャンをひっつかみ、素早く詩乃の腰に巻く。そのまま俵《たわら》を運ぶように肩にかつぐと舞台の袖へと走った。

「何、ちょっと！　下ろして！　下ろしてよ！」

思ったより優しく床に下ろされたが、わけがわからず、そのまま詩乃は座り込む。

ステージに戻った鷲尾が再び観客を煽っている。歓声が轟いたとき、腕をつかまれた。

「詩乃ちゃん！　車にいろって言っただろ」

男の隣にオーナーが並び、ステージを見て笑った。

「いやあ元気がいいな、セント・エルモス」

「何、呑気なこと言って。怪我したら、どうするんだ」

「いや、そこらへんはわきまえてるよ。ヘタクソなら、照明も電源も落としてやるところだけど、こいつら上手《うま》い。最後までやりきった」

「もう行くよ。こういうところ、俺、苦手だ。早く！」

男にせきたてられ、詩乃はライブハウスを出る。

男の車に乗り込もうとしたとき、出番が終わったのか、鷲尾が地下から走って出てきた。気付かぬふりをして、詩乃は助手席のドアを閉める。

窓越しに鷲尾と目が合った。彼の衣裳を腰に巻いたままなのに気付いたが、車はすぐに走り出した。


月曜日に学校に行くと、ロッカーの前で鷲尾に会った。もっさりとした黒髪に、シャツのボタンをきちんと留めている。どこから見ても真面目でおとなしそうだ。紙袋に入れた革のジャンパーを渡すと、「どうも」とだけ言って、自分のロッカーに押し込んだ。

六限の授業が終わると、手早く帰り支度をして詩乃は昇降口に向かう。誰よりも早く帰りの電車に乗り、一人になりたい。そして勉強をしたい。

四日市駅から内部《うつべ》線に乗り換え、人影まばらな座席に座る。もう一本あとの電車になると、学校帰りの生徒たちが乗るが、この時間は人が少なめだ。

単語カードをカバンから出したとき、発車のベルとともに、八高の制服を着た男子が飛び込んできた。

鷲尾だ。全力疾走したのか、肩で息をしている。

鷲尾が通路を歩いてきた。息を切らしながら、向かいの席を指差す。

「ここ、いい?」

黙ってうなずくと、倒れ込むように鷲尾が座った。

近鉄内部線はナローゲージと呼ばれる、線路幅が極端に狭い路線だ。車両もバスのようにコンパクトで、向かい合って座ると、足先が触れてしまいそうだ。

「よかった。間に合って。青山、歩くの速いな」

息を整えてから、「ごめん」と鷲尾が続けた。

「教室じゃ話しづらくて。金曜のあれ、怪我はなかった？」

ない、と一言答えると、「よかった」と鷲尾が息を吐いた。

「場違いにきれいなコがいると思ったら、みんな二度見したあと、どんどん道を空けるし。あせった。スカートのなかをしきりと覗こうとしている奴もいるし」

「だから袖へ運んでくれたんだ」

「うまくいってよかった。あとからオーナーにもみんなにもド叱られたけど」

梅雨明けが近いのか、今朝から降っていた雨が止んだ。車内には夏の日差しが差し込み始めている。

「革ジャン……いつもロッカーに入れてるの？」

「あれに限らず、着替えはよく入れてる。そっちも？」

うなずくと、鷲尾が笑った。

「ロッカーの秘密だな。制服しか見たことないから、この間は俺、びっくりした」

電車がカーブにさしかかると、鷲尾に日差しが当たった。制服の白いシャツに光が反射している。

成績も物腰も教室では目立たないのに、このシャツの下には、あの夜、観客を熱狂させた身体が隠れている。

鷲尾が居心地悪そうに「何？」と聞いた。

「髪、金色だったね」

「あれはカラースプレー。なんで、青山はあそこにいたんだ？」

説明しづらく、黙って脚を組んだ。ルーズソックスごしに、アリュールがふわりと香り立つ。夕方になると、このトワレはバニラのように甘くなる。

スカートのなかが見えたのか、鷲尾が目をそらした。

「ぶち犯すって何度も言ってた」

「あれはもののはずみ」

「ぶち犯すと犯すはどう違うの？」

あの、と鷲尾が声をひそめた。

「大きな声で言うなよ、そんなこと」

「違いがあるのかと思って」

いろいろ、と言ったあと、鷲尾が再び声をひそめた。

「人に言えないこと、たくさんするんだよ」

「それって悪いこと？」

「悪くはないけど」

「そのおかげで私たち生まれてきたんでしょ」

鷲尾が居心地悪そうに目を伏せた。

電車が二つ目の駅に近づくと、鷲尾が立ち上がった。

「俺、からかわれるのは好きじゃない。もう降りるから」

「ここで？」

鷲尾の最寄り駅は、もう少し先だ。

「練習するんだ。ギターとか。ここの駅の近くで他のメンバーから教わってる」

「スタジオみたいなところ？」

「興味あるなら来てみたら。ぶち犯されるかもしれんけど」

ふうん、とあいづちを打ち、鷲尾に続いて電車を降りた。

ホームに降りた鷲尾が驚いている。

「えっ、何、本当に来るの？」

「来いって言った」

「言ったけど、なんにもないよ。ってか、本当に来るの？　なんで？」

自分でもわからない。なぜか衝動的に、この子に付いていきたくなった。

鷲尾たちが練習している場所は、駅から十分ほど歩いたところにある、大きなガレージだった。

鷲尾の家は車の整備工場を営んでおり、昔はこの場所でも修理をしていたそうだ。

ガレージではメンバーのうちの二人がすでに集まっていた。黒いタンクトップを着た男はギタリスト、サングラスをかけた一人はベーシストという話で、彼は鷲尾の二番目の兄だった。鷲尾以外のメンバーは全員、市内のコンビナートで働いているそうだ。ここにいる二人は三交代勤務の夜勤が今朝、明けたばかりらしい。

鷲尾の次兄がサングラスをはずすと、感心した顔で言った。

「えれぇ美人さんだな。この間はびっくりした。女神降臨、みたいな感じで、人波がパカーッと割れたもんな」

何事かと思った、とギタリストも笑う。

「で、本当にマー君の同級生だったんだ」

「青山はうちの学校で一番美人……というより、このあたりで知らない奴はいないよ」

ギタリストが腕を組んで、「ああ」とうなずいた。

「噂を聞いたことがある。もしかして、あの店の子？」

幹線道路沿いにある、母が営むスナックの名前をギタリストが挙げた。きっとろくでもない噂を聞いたのだ。

煙草を吸いに、次兄たちが外へ出ていった。

カバンを置いてくると言って、鷲尾がガレージの奥に入っていく。

手持ち無沙汰に何本も置かれているギターを眺めていると、鷲尾が戻ってきた。黒いTシャツとパンツに着替え、前髪を上げている。

黒ずくめのタイトな服装は、制服よりもずっと似合っていた。がらりと変わった印象に目を奪われたのが悔しく、素っ気なく聞いた。

「どのギター弾くの？　これ？」

「それはベース。俺もベースを弾くよ。ときどきだけど」

「ベースって何？」

「えっ？　リズム？　リズムを作って、こう、ベンベン、ボンボン……」

「マー君、ひどい説明だな」

煙草を吸いにいっていたギタリストが戻ってきた。その後ろで次兄が苦笑している。

「お前は本当に八高生か」

「そう言われてもさ、とっさにうまく説明できないよ」

次兄が、コンビニの袋を詩乃に向けて軽く振った。

「飲み物と甘いもん買ってきた。政志は末っ子やからおっとりしてて、気が利かないんだわ。ごめんな。こら政志、お前、しっかりしろ」

「何をしっかりするんだ？　兄ちゃん」

次兄がコンビニの袋を鷲尾に渡した。

「協議の上、俺たちはしばらく旅に出ることにした」

「はあ？　旅って、どこ行くの？」

野暮用だ、とギタリストが言うと、軽く手を上げた。

「じゃあな、マー君。セイフ、セックス！」

「やめて、今、そういうこと言うのは！」

次兄が笑いながら、鷲尾の肩を叩いた。

「ナニするときはー、忘れずに」

「兄ちゃん、そういうことを女子の前で言うなよ！」

「何言ってるんだ、鍵のことだよ、戸締まり。出かけるときは必ずな」

次兄が鷲尾に鍵を投げた。

二人が出ていくと、ガレージは静かになった。

ごめん、と鷲尾がつぶやき、コンビニの袋を開けた。

「がさつな奴ばっかで。座って。ジュース飲む？　りんごとオレンジ、どっちがいい？」

「オレンジ」

ペットボトルの蓋を開け、鷲尾が差し出した。

「何か歌って」

「アカペラは難しいんだよ」

鷲尾が立ち上がり、ガレージの奥に行った。すぐに戻ってくると、その手にはチラシがあった。

「歌なら、今度、ここでライブやるから」

チラシには「セント・エルモス　クラライブ」と書かれていた。当日は来場者にドリンクのサービス付きとある。

「クラライブ？」

「会場が蔵だから。蔵ライブ」

「ダサい……」

「カタカナで書けばわからないだろ。元はお茶工場だったんだよ。ドラムのメンバーの祖父ちゃんち。ちょっと遠いけど、よかったら」

「この間みたいなライブ？」

「あれはどっちかっていうと、一番上の兄の趣味。地元じゃ、まったりやってるよ。このバンド、最初はその兄が作ったんだけど引退して、代わりに俺が入ったんだ。それで名前も今のに変えた」

「前はなんて名前？」

「フレアスタック。たまにさ、コンビナートの煙突から、ものすごく大きな炎が上がってるの見たことない？」

鷲尾がコンビニの袋からチョコレートやクッキーを出すと、次々と箱を開けた。

「めったに見えないんだけど、夜見るときれいなんだ。太陽みたいに丸くて真っ赤な炎が、煙突の上でバクバク点滅する。呼吸しているみたい……生きてるみたいなんだ」

「見たことない」

「あまり意識して見ないもんな。最初は『煙突地帯』って名前にするつもりだったらしいよ。『安全地帯』のコピーバンドから始まったもんでね」

鷲尾が、楽器が置かれた一角に目をやった。

「兄ちゃんたち、あれで当初は女子ウケを狙ってたんだよ。でもルックス的に無理ってわかったから、好きな音楽やることにして、名前も『フレアスタック』、すなわち煙突の火になった」

「今の名前は、煙突の火をマストの火に見立てたんだ」

「そうだよ。煙突もマストも似たようなもん……って、セント・エルモス・ファイアー、知ってるんだ？」

黙ってうなずくと、鷲尾が嬉しそうに笑った。

「青山、賢いもんな。長いから途中で切ったけど、つまり俺たちは『嵐のなかを行く者に勇気を与え、守り導く炎』」

「ダサい……」

「そうだね。口にすると、これ、相当恥ずかしい」

鷲尾がうなだれ、「やばい、忘れて」と顔を手でおおった。

幹線道路のざわめきに混じって、電車の音が響いてきた。遠く聞こえるその音が、室内の静けさをいっそう際立たせている。

顔から手を外し、「お茶に替える？」と鷲尾が聞いた。

「青山は甘いものを飲まないんだな。冷たいお茶があるから持ってくる。水がよければ自販機で買ってくるよ」

「お茶がいい」

鷲尾がガレージの奥から冷茶ポットとグラスを二つ持ってきた。

「冷蔵庫があるんだね」

「シャワーもあるし、仮眠用のベッドもあるよ」

「いわゆるヤリ部屋、ってこと?」

冷たいお茶を手渡しながら、鷲尾は顔をしかめた。

「なんてこと言うんだ。俺、そんなふうに使ってないよ。だいたい彼氏持ちに妙なことしないし」

グラスに唇をつけると、さわやかな香りがした。

「あの人は彼氏じゃないよ。パパ」

お茶を飲もうとした鷲尾が手を止め、ためらいがちに言った。

「ずいぶん若く見えたけど」

「私の噂を聞いてるなら、わかるでしょ。そういうパパ。本物の方は生まれたときからいない。養育費はくれるけど、会いには来ない。本妻さんとそっちの子どもとの家庭があるから」

グラスを置き、詩乃は立ち上がる。のどの渇きが癒えたら心がゆるみ、よけいなことを言ってしまった。

「もう帰る。お邪魔しました。ありがとう」

「お前、一体、何しに来たんだ?」

「興味持っただけ。誘ってくれたから」

駅まで送るよ、と鷲尾が立ち上がった。

「大丈夫、道は覚えてる」

あ、そう、と答え、楽器が置いてある場所に鷲尾は歩いていった。

「なら、送らないけど。……迷ったら戻ってこいよ。これ、道に迷ったときの鉄則な」

「迷わないから」

「それなら結構」

投げやりに言うと、ベースのストラップを鷲尾が肩に掛けた。

ライブハウスで一緒にいた男の話を口止めしようと思い、詩乃はその姿を見つめる。しかし、すぐに考え直し、ガレージをあとにした。

隣り合わせのロッカーに、お互い秘密を隠し持っている。

なぜか、鷲尾はその秘密を守ってくれる気がした。


ガレージに行った翌週から高校は夏休みに入り、ロッカーや登下校の電車で鷲尾と会うことはなくなった。その代わり、男に呼び出される回数が増えた。

八月の最後の土曜の午後、詩乃は男と待ち合わせて、ホテルへ向かった。二時間休憩をしたあと、男がしばらく会うのをやめようと言った。

しばらくっていつまで？　と聞くと、わからない、と言う。そして「詩乃ちゃんは可愛いけど、もう十八。そろそろ卒業だからさ」と薄笑いを浮かべた。

その言葉を聞き、女子高生としての賞味期限はそろそろ切れるのだと気付いた。少女が好きなこの男は、自分にとって新鮮な相手をどこかでまた見つけたのだ。そうだね、と、いつものように、最高にきれいに見える角度で笑ってみせた。

「私もそろそろ限界。おじさんって、ほんとクサいもの」

男が少し傷ついた顔をした。それを見て、わずかに気分が良くなったが、そんな男にあちこち触らせた自分が汚く思えて仕方がない。

名古屋から電車に乗り、家の最寄り駅に戻ると、七時を過ぎていた。

大きな幹線道路にかかった歩道橋を渡ると、海の方角にコンビナートの工場群のあかりが見えた。目を凝らしたが、煙突の炎は見えない。

しばらく幹線道路に沿って歩くと、二階建ての店舗付き共同住宅が見えてくる。ラーメン屋と居酒屋の間にあるスナックの二階が詩乃の家だ。

部屋のベッドに横になると、一階のスナックから母が上がってきた。

「詩乃、帰ってきたなら、少しお店に顔を出してよ」

「そんな気分じゃない」

「そう言わずに。今月はちょっと苦しいの、助けてよ」

一階から「しーのちゃーん」と声がする。その声はどんどん大きくなり、調子に乗った常連たちが割り箸でコップや皿を叩く音が響いてきた。

「ほら、いいじゃない。減るものじゃないんだから。早く下りてきて」

紫のドレスを着た母が一階に下りていった。

中学校に上がった頃から、常連客をつなぎとめるために母は娘に店を手伝わせるようになった。未成年者が働くのは問題があるので、最初のうちは秘密が守れる常連客がいるときだけの手伝いだった。ところがある日、客のリクエストに応え、石川《いしかわ》さゆりの「天城越《あまぎ》え」を歌ったところから、おかしなことになった。

色っぽいと喜ばれて、客が千円のチップをくれたのだが、そこから母と他の客たちが悪乗りを始めた。五千円のチップなら服の胸元に入れさせる、一万円のチップなら、客の膝に座るという取り決めを勝手に作ったのだ。

最初のうちは単なる冗談だった。だから高額なチップを設定したのだ。ところが店に一番お金を落とす常連がそれを実際にやりたいと言いだし、一度やらせたところ、たびたびせがまれるようになった。

それ以来、この店のひそかな目玉は現役女子中学生が膝に乗る「天城越えタイム」。もらったチップは母と折半だ。高校生になってからもそれは続いている。

本当はやりたくない。しかし、この家を出るには資金がいる。

黒いキャミソールにミニスカート、客が喜ぶ厚底ブーツを履き、詩乃は一階の店に下りる。

常連客から拍手が起き、「しのちゃーん」と野太い声がした。

すぐにカラオケのイントロが鳴り出した。マイクを手にして、適度に色っぽく「天城越え」を歌う。

「詩乃ちゃん、座って、座って、おじさんの膝に」

常連客が一万円札を振って、自分の膝を指差す。チップを受け取り、男の膝に軽く座ると、男が下卑《げび》た笑いをした。

「詩乃ちゃん、おじさんの膝にも」

「オッパイにもチップ挟みたい！」

「もう一回歌って！　アンコール」

面倒だな、と思いながらも、三回歌ってチップを回収すると、母が不機嫌そうな顔で煙草を吸っていた。

稼ぎを上げたい母は、そのために娘を利用するのに何のためらいもない。それなのに娘だけに注目が集まると不機嫌になる。気分屋で、自分の欲望に忠実な人だ。

煙草の煙を手で払いのけながら、チップの総額の半分を専用の箱に入れ、詩乃は二階に上がる。汗ばんだキャミソールを脱ぎ、洗濯機に放り込む。黒のホルターネックのトップスに着替えていると、母が二階に上がってきた。

「詩乃、あんた、チップの取り分をくすねてない？　見た感じより少ない気がするんだけど」

「くすねてない。ちゃんと半分にした」

スカートのポケットから札を出し、母に渡す。

ほんとだ、とつぶやきながら五千円札を二枚抜き、母が金を返した。

「八月は苦しいから、ね？　いいよね」

黙って受け取り、再びスカートのポケットに突っ込む。

「最近、チップの額も減ってきたね。詩乃も、もうちょっと笑うとか、愛想良くするとか、営業努力しなよ。なんでそんなにいつも仏頂面？　女の子は笑ってたほうが絶対得するよ」

うんざりした思いで、自分とそっくりな母の顔を見おろした。

このまま何もしないでいると、自分の二十年後はこの人の姿だ。

「何よ、その目。あんた、いつもそんな目で私を見くだすけどさ、あんたのその賢いおつむは私のおかげなんだからね！」

「ありがとう」

反論する気力がなくて小声で礼を言うと、母が言葉に詰まった。そのまま黙って背を向け、足音高らかに、店に戻っていく。

子どもに賢い頭脳を与えたかったから、父親になる男は選んだと母は言う。きっと無意識のうちに、いびつで不器用な自分の生き方を子どもにはさせたくないと願ったのだ。

そう思うと、どうしても母のことを憎めない。

洗濯機を回して自分の部屋に入り、クッキーの空き缶にチップを入れた。それから英英辞典の外箱に隠した貯金通帳を手にする。

男から得たお金はすべて将来の資金にするため、郵便局の口座に入れている。大学卒業までの学費は父が援助してくれるが、それだけでは足りないからだ。

通帳を広げて、詩乃はベッドに寝転がる。

成績は悪くない。進路指導では志望校よりさらに上のランクの大学を勧められている。しかし第一志望は絶対に東京の名門女子大学だ。

進学を機に上京したら、今とはまったく違う自分になりたい。

教養ある裕福な男と結ばれて、穏やかで安定した、愛情に満ちた家庭を作りたい。仕事は家庭に差し障りのない程度で、子どもの手が離れたときに、趣味の延長でできたら最高だ。

そのためには女としての付加価値を最大限に上げておきたい。

裕福な男が伴侶として検討するのは、名門のお嬢様大学卒の女性が多いと聞いた。今の自分はお嬢様とはかけ離れた環境にいるが、東京へ行けば誰も知らない。

大学へは、地方出身の良家の子女として通いたい。今みたいな扱いをされるのはいやだ。それを装うためには資金が必要だ。

下の店から母の歌声が聞こえてくる。十八番《おはこ》の小柳《こやなぎ》ルミ子の「今さらジロー」だ。

母親の、なまめかしい歌声を聴くのはつらい。気が付くとクッキーの缶から数枚の札を出してポケットにねじこみ、家を飛び出していた。

当てもなく歩いているうちに、幹線道路にかかる大きな歩道橋にさしかかった。

階段を上がり、詩乃は橋の中央から道を見下ろす。

四車線のこの道は名古屋に向かっている。ずっと進んでいけば東京にも青森にも、空港を使えば世界の果てまでも行ける。夜になっても大型トラックやタンクローリーが絶えない幹線道路は、地球に張り巡らされた血管のようだ。

だけど今のままでは、どこにも行けない。

車のライトを眺めていると、排気ガスの臭気が混じった潮風が髪をなぶった。たなびく髪をおさえ、詩乃はうつむく。

幹線道路の側道を走ってきた一台のスクーターが、歩道橋の下で止まった。

おーい、とよく通る声が下から響いてくる。

「そんなところで何してんだ?」

スクーターの男がヘルメットを脱ぐと、鷲尾の顔が現れた。

夏休み前に見たときより髪が伸び、その無造作な様子が野性的だ。

返事をする気力がなく、黙って鷲尾を見下ろした。

「おーい、青山、大丈夫か。お前、ちょっと……そこで、じっとしてろ。動くなよ」

大きな音をたてて階段を駆け上がり、長い歩道橋を鷲尾が走ってきた。暑いのにカーキ色のミリタリージャケットを着ている。

「どうしたんだよ」

「何も」

「お前、今にも身投げしそうに見えるぞ。きっと車のドライバーもびびってる。俺もびびった。それに……」

鷲尾がジャケットを脱ぎ、強引に腰に巻き付けると腹の前で袖を結わえた。

「何?　勝手に服巻かないでよ」

「パンツ見えるぞ。この前も思ったけど、お前の私服のスカートって短すぎ」

「マイクロミニだから」

「そこまでミニを追求しなくていいよ」

「普段はここまで短くない」

営業用、と言いかけ、その言葉の生々しさに詩乃は黙る。

腰に巻き付けられた鷲尾のジャケットが温かい。

腿《もも》に触れるそのぬくもりに、上半身は汗ばんでいるのに、下半身がひどく冷えていることに気が付いた。

「なんかあったのか？」

鷲尾の声がわずかに和らいだ。

「別に。どうもしない」

「あ、そう」

鷲尾が背中を向けると、手をひらひらと振った。ジャケットを脱いだ下はメッシュの長袖Tシャツを着ている。

「それなら結構。俺、もう行くわ」

歩道橋の階段を下りようとした鷲尾が立ち止まった。

「これから俺、遊びに行くけど。誘ったら一緒に来る？」

「どこ行くの？」

「水沢《すいざわ》のほう。後輩たちのバンドの助っ人頼まれてて。そいつら今度、コンテストに出るんだよ。これから練習」

「ヤリ部屋で？」

「違うよ。うちのガレージに変な名前付けるな」

来たときとは違い、鷲尾は静かに歩道橋を下りていった。

側道に停めたスクーターの脇で、鷲尾がヘルメットをかぶっている。ベルトをきっちり留め終えると、シートの下の物入れから、もう一つヘルメットを出した。

小脇にヘルメットを抱えた鷲尾がこちらを見上げた。

「来《こ》やんの？」

来いと言われると行きたくない。しかし、来ないのかと方言で聞かれると行きたくなった。

「行ってもいいいん？」

「お前が遠慮するタマか。夕涼みしよう。だからバイクの免許持ってるのは内緒にしてな」

よく通る声に惹かれ、詩乃は階段を下りる。

アスファルトから吹き上がる風に、昼間に蓄えた太陽の熱がこもっている。その熱に、あの夜、鷲尾が巻き起こしたライブハウスの熱狂を思い出した。

鷲尾のスクーターは市街地をあとにして、鈴鹿山麓に向かっていく。

このスクーターのシートは後部座席が少し高くなっていた。そのせいで鷲尾の身体に腕を回すと、上半身が背中に密着してしまう。気恥ずかしくて最初は身を離したが、走り出すと怖くて、つい、しがみついてしまった。

海抜ゼロメートルの街から四十分ほど西に走ると、そこは山のふもとに広がる高台だった。

潮風のかわりに、ここにはうっすらと霧がかかっている。清涼な霧の向こうに、静かな海のように茶畑が広がっていた。

慣れた様子で、鷲尾はスクーターを走らせていく。

いくつか道を曲がると、茶畑の中央に工場らしき建物と倉庫が見えた。

あれが目的地だと鷲尾が言った。

「蔵?」

「そう、クラライブの会場。普段はドラムのメンバーの練習場。どれだけタイコ叩いても苦情が出ないから最高だよ」

敷地の隅にある駐輪場にスクーターを停めると、蔵の扉が開いた。

「鷲尾先輩、遅ーい。遅刻ですぅ」

「お先に来てます」

三つ編みとショートカットの女子が二人出てきた。

この二人には見覚えがある。コーシロー会の二年生だ。

ヘルメットを脱ぎながら、ごめん、と鷲尾が詫びた。

「オーディエンスを拾ってきた」

鷲尾が手を差し出した。ヘルメットを寄こせと言っているようだ。ゆっくりと、詩乃はヘルメットを脱ぐ。

軽く頭を振って乱れた髪を直すと、二人の女子がおおげさな仕草であとずさった。

「うわぁ！　オーディエンスって、青山さん？」

驚いた、とショートカットの子が腕を組む。

「美女と野獣だ。なんで鷲尾先輩が」

「お前ら青山のこと知ってるの？」

「知ってるもなにもぉ。コーシローがこの前、スリッパくわえていったし」

「八高で青山さんを知らなかったらモグリです」

バンドの練習というから、てっきり男友だちのバンドなのだと思っていた。

同性のなかにいるのは苦手だ。

話をするのが面倒になり、詩乃はスクーターのシートに置かれたヘルメットに手を伸ばす。

「帰っていいかな」

女子二人がヘルメットに伸ばした手を握った。

「いやいや、帰んないで！　帰んないでください。せっかく来たんですし」

「聴いていってくださいよぉ、頑張りますから」

「青山が帰るのなら送るよ、お前ら自主練な。でも一曲ぐらい聴いてやってよ、後輩なんだし」

ヘルメットに伸ばした手を、詩乃はポケットに突っ込む。

指先に紙幣が触れた。これだけあればタクシーでも家に帰れる。

「一人で帰れるから平気。タクシー呼んでくれれば」

犬の吠え声がして、真っ白な犬が矢のように駆け寄ってきた。首輪から長いリードをひきずっている。

「待ってー。コーシロー。待ってー！」

長細い、大きな荷物を背負った女子が近づいてくる。赤い縁の眼鏡をかけた、ふっくらとした女子だ。

よしよし、と、興奮しているコーシローをなだめながら、鷲尾がリードをつかんだ。

「あっ、鷲尾先輩！　すみません遅刻して」

眼鏡の女の子が丁寧に頭を下げた。水色のシャツワンピースを着た清楚な雰囲気の女の子だ。

「先輩、あの、隣のその方はもしかして……」

「同級生の青山だよ。オーディエンスがいるとテンション上がるだろ。……青山、彼女がキーボードのマコちゃん。この子は一年生。夏休みの間、ずっとコーシローを預かってくれてるんだ」

メンバーはこれで全員、と鷲尾が笑った。

「ベースが抜けたもんで、『ティーンズ・ミュージック・フェスティバル』までは俺が助っ人の白一点」

「何のフェスティバル？」

ヤマハが主催しているコンテストがあるのだと鷲尾が説明した。音楽を楽しんでいる十代ならば、カラオケでもカバー曲でもオリジナル曲でも参加できるコンテストらしい。

「兄貴世代だと、ポプコンって呼ばれてた『ヤマハポピュラーソングコンテスト』ってのがあってな。それはオリジナル曲だったんだよ。でも今はカバー曲でもOK」

「といってもデビューする人はオリジナル曲が多いよね。うちらもそうだけど」

ショートカットの子の言葉にみんながうなずいた。

「デビューする人もいるんだ」

「たくさんいます、一昨年、グランプリを獲ったaikoさんも、もうラジオに出てるし」

素敵だよね、と三つ編みの子が何度もうなずいた。

「先週、大阪に行ったときにラジオを聴いたぁ。まだデビューしてないけど、私、aikoさんが大好き」

「プロ、目指してるの？」

趣味ですよ、とショートカットの子が笑う。

「でも楽しい。青山さん、ぜひ聴いていってください。嬉しいな。初めてのお客さんだ」

嬉しいです、とマコも弾んだ声を上げた。

「衣装とかお菓子とか、持ってくればよかったですね」

「私……」

帰ると言うつもりだった。しかし、彼女たちの笑顔に目が引き寄せられた。

とても無垢《むく》で、きれいで、幸せそうだ。

腰に巻かれた鷲尾のジャケットの匂いを嗅いでいたコーシローが、服を嚙んで引っ張り始めた。

「こら、コーシロー。俺の服を引っ張るな」

犬の前にかがんだ鷲尾がコーシローを撫でている。

「コーシローも遊んでけって言ってるぞ。受験生だって、たまには息抜きが必要だってさ」

「勝手な解釈」

「でもこいつも青山と遊びたいんだよ。ずっとくっついて離れないだろ。はい」

渡されたリードを受け取ると、コーシローが蔵へと歩いていった。

ついてこいと言われた気がして、自然と足が動いてしまった。


鷲尾たちが使っている蔵のスタジオは、外見は古いが室内は改装されていた。きれいに塗られた白壁に白熱灯の暖かい光が映え、たいそう居心地がいい。

鷲尾と兄たちは夏の間中、涼しいこの蔵でライブのリハーサルをしているそうだ。今日も午後の早い時間にここで練習をしていたという。

コーシローと一緒にソファに座り、詩乃は練習の様子を眺める。

思った以上に三人の女子は演奏が上手だった。

ボーカルはキーボードのマコで、鷲尾は一切歌わず、彼女たちのサポートに徹している。ときおり、曲の進行を止め、三人にアドバイスをしているが、音楽用語が多くて意味はわからない。

ピアノを弾きながら、マコがバラードを歌い始めた。水色のシャツワンピースの裾は長めで、清楚で上品だ。

良家の子女とは、こんな服装をするのだろうか。

マコの歌声を聴きながら、詩乃はもの思いにふける。

来春、希望通りの女子大学に入れたら、通学の時は何を着たらいいのだろう？　地方の「いいところのお嬢様」を演出するには、どれぐらいの費用が必要で、何を購入したらいいのだろう？

きっと最新流行のものより、ほんの少し野暮ったいぐらいが堅実そうに見えるはずだ。海外のブランドより、日本の高級ブランドのほうがお嬢様っぽいだろうか？　母親が買っているブランドの服を、娘にも買い与えるというイメージだ。

しかし、服は脱いでタグを見ないかぎり、どこのブランドなのか、なかなかわからない。しかし小物は何を持っているかが、はっきりとわかる。服よりもまずは上質な小物をそろえるほうが先決だ。

エルメスのスカーフとグッチのバッグは、高級ブランド専門の古着屋で今月手に入れた。ブランド品の小物は古くてもいい。ファッション雑誌の読者モデルがよく言う「母のものを譲ってもらいました」が言える。うんと古かったら、「おばあちゃまの形見です」だ。

成金とは違う、ものを大事にする良家の子女アピールが存分にできる。

普段着は量販品と国内の高級ブランドをミックスし、あとは小物で海外ブランドを取り入れる。

これがベストだろうか。

そして服装だけではない。茶道、華道も習いたい。できれば書道も礼儀作法も。

最初はカルチャーセンターでもいい。とにかく大学卒業前にはある程度のレベルまで身につけたい。そして語学と教養。これは大丈夫だ。勉強すればなんとかなる。

この頭脳と身体、そして戦略こそが自分の武器だ。

だけど圧倒的に外見の装備が不足している。服や化粧品を買う資金が欲しい。だから、何もかも今は我慢だ。

でも、疲れた。これで本当にいいのだろうか——。

鼻の奥がつんと痛み、ほろりと涙がこぼれたとき、マコの歌は終わった。

コーシローを抱きしめ、涙をそっとぬぐう。

演奏を終えた四人が互いに顔を見合わせ、戸惑っている。

あわてて拍手をすると、弾けるようにみんなが笑った。

「なんか、感激しました……青山さん、ありがとうございます」

「私たちの演奏で、そんなに泣いてくれるなんて」

「私も泣きそう……ていうか泣いてますぅ」

その様子を見て、さらに涙がこぼれた。

人前で披露できるほどに楽器が弾ける。それは長年、子どもに音楽を習わせられるほどの余裕がある家で育った証《あかし》。幸せな家庭で育った証だ。

どれほど戦略を練ったところで結局、自分は付け焼き刃。

メッキは、いつか剝《は》がれてしまう。

コーシローが腕からすり抜け、鷲尾のもとに走っていった。軽々と犬を抱き上げ、鷲尾が背中をさすっている。

「これは、ひとつセント・エルモスの鷲尾先輩もいいところを見せなければ！」

「見せたやん。ちゃんと演奏しただろ」

歌わなきゃ、とマコが言い、コーシローは鷲尾の頬を舐めた。

「ほら、バンマスも一曲歌えって。コーシローは鷲尾の頬を舐めた。

涙をぬぐって、うなずく。鷲尾の歌をきちんと聴いてみたい。

ショートカットの子がスティックを掲げて振った。

「じゃあ『TRAIN《トレイン》-TRAIN《トレイン》』やろうよ。ブルーハーツの」

すぐに印象深いピアノの音色が流れ始めた。あわてる様子もなく、マイクスタンドの角度を少し調節して、鷲尾が歌い始める。

力強いその声が心に沁みていく。

栄光に向かって走るあの列車に乗っていこうという歌詞を、鷲尾が繰り返した。

どこに行けば、その列車に乗れるのだろう?

もし、本当にあるのなら、すべてを投げ捨て、今すぐ飛び乗るのに――。

三人の女子とコーシローに見送られ、涼しい山麓から海辺の街へ戻ると、時計は十時を回っていた。

幹線道路のはるか彼方に、数時間前にいた歩道橋が見える。

夕涼みになったかと鷲尾が聞いた。

「なった」

「家まで送るよ。青山んちは店の上？」

「送らなくていい」

きっと母たちはこの時間もカラオケを歌っている。鷲尾に自分の家を見られたくない。

バイクのスピードが急に遅くなった。

「青山、やっぱり何かあっただろ？」

「どうして？」

「お前、上はギャル風なのに下は素足にローファーで。それ、学校用だろ？　お前っぽくない。あわてて家を飛び出してきたみたいだ」

風を切る音のなかで、鷲尾の声は温かく胸に響く。何も言わず、鷲尾の肩に顔を埋めた。

「何か、俺にできることある？」

涙がこみあげてきたが、大きく息を吸い、詩乃はやりすごす。

「ない」

「なら、いいけど。どうする？　このあたりで降りる？」

「帰りたくない」

鷲尾が黙った。スクーターのエンジン音がやけに大きく耳に響く。

それなら、と鷲尾が小さな声で言った。

「あのガレージに泊まる？」

黙ってうなずくと、「わかった」と鷲尾が言った。

「家の人が心配するだろうから、外泊の連絡だけはちゃんとしなよ」

「うちの親は、私のことなんて気にしない」

歩道橋の下をくぐり、鷲尾がスクーターのスピードを上げた。瞬く間に見慣れた景色が背後に流れていく。

その先のコンビニで飲み物とサンドウィッチを買い、ガレージに着くと夜の十一時を回っていた。鷲尾のあとに続き、詩乃は奥の部屋へ足を踏み入れる。

八畳ほどの部屋にはハンガーラックとテレビ、大きなソファがあった。

鷲尾がソファの背を倒し、ベッドの形にすると、シーツをかけた。

「タオルケットは兄貴が使ってたのしかないから、あとで家からきれいなのを持ってきてやる。テレビのリモコンはこれだよ。ゲームでもしてる？」

鷲尾がプレイステーションに手を伸ばした。

何も言わずに、詩乃は照明のスイッチを押す。

部屋のあかりが消え、たちまち暗くなった。

「青山？」

ゲームをセットしていた鷲尾が振り返る。

窓から月の光が差し込んでいた。その下でゆっくりと、ホルターネックのトップスを脱ぐ。

ミニスカートのファスナーを下ろすと、小さな布はあっけなく床に落ちていった。

白い下着一枚で、鷲尾の前に立つ。

鷲尾が息を呑む気配がした。

「今日はありがとう。鷲尾君……こういうことまだ知らないでしょ。お礼に教えてあげる、私でよければ」

たぶん、クラスのほとんどがまだ知らない。

女子の身体にあるロッカーと、その鍵を持つ男子の身体の秘密。

夏なのに、あらわになった胸元が寒い。右手で左の肩紐をつかんでうつむくと、月の光が肌を青白く染めていた。

「鷲尾君になら、いい。……何もいらない」

顔を上げると、鷲尾は身じろぎもせずにこちらを見つめたままだ。

「経験済みの子は、いや？」

「いやじゃない、けど……」

「けど、何？」

「……病気が、怖い」

思わず目を閉じた。まぶたを開けると、静かに涙が落ちていった。涙は止まらず、頬を次々と伝っていく。

ごめん、と鷲尾が叫んで、肩をつかんだ。

「嘘、ごめん、本当にごめん、今の嘘。そんな泣き方せんといて。ごめん。えぐるようなこと言ってやりたかっただけ」

「なんで、えぐる？」

「教えてあげるって言い方がいやで。……青山は、誰にでもそういうこと言うのかと」

「言わないよ」

「ごめん、本当にごめんな。どうしよう、どうしたらいい？」

鷲尾が手を伸ばし、そっと抱きしめてきた。子どもをあやすように背中をさすられ、新たな涙がまたこぼれた。

この人は、幸せな家庭の子だ――。


泣きやむまで抱きしめてくれたが、鷲尾はそれ以上何もしなかった。

そのまま疲れて眠り、目覚めたのが午前四時。鷲尾はガレージでギターの練習をしていた。

軽く街を流そうと誘われ、二人で再びスクーターに乗る。

夜更けと夜明けが混ざるこの時間は、幹線道路を行く車の数も少ない。

ヘルメットをかぶるのを断ったせいだろうか。鷲尾は慎重にバイクを走らせている。

海から吹く風が髪をなびかせていく。顔にかかるのがいやで、鷲尾の背中にぴったりと頬を寄せて景色を眺めた。

相生橋《あいおいばし》を渡ると、漁船が停泊している水辺の向こうに、赤と白に塗り分けられた煙突と石油プラントのまばゆい光が見えた。

オレンジ色に輝く外灯の下で、受験勉強の進み具合を鷲尾がたずねた。志望校を聞かれたので、東京の女子大学の名前を挙げると、進路指導の教師と同じことを言った。

「あの学校がいいの。私のことを知らない人のなかで、まったく違う自分になりたいから」

「それって、どういう自分？」

「うまく言えない。ただ、とにかく、今の自分はいやなんだ」

眠ったら、何かが抜け落ちたみたいだ。今は鷲尾の問いかけに、素直に答えられる。

鷲尾の志望校を聞くと、第一志望は名古屋の私立大学だった。

「俺は家から通える学校しか受けない。東京はたまに遊びに行くので十分。この街が好きだから、きっと死ぬまでここにいる」

幹線道路に入ったスクーターは、四日市ドームの方角へ曲がっていった。海岸沿いの緑地公園にできたこの施設は今月オープンしたばかりだ。

建物の脇を通り過ぎると、スクーターは岸壁に出た。その瞬間、小さな声が出た。

目の前に広々とした運河が横たわっている。対岸には巨大な工場群が建ち並び、そこを照らす光が水面に反射して揺れていた。

緑、水色、白、黄色、オレンジ。暗い海を彩る光の色を、詩乃は眺める。

あっ、と鷲尾が声を上げ、夜空を指差した。

「炎だ、ほら、見て。あの煙突。あれがフレアスタック」

球状のタンクの一群のむこうに、ここにも赤と白に塗られた高い煙突がある。その先で巨大な炎の玉が風船のように広がり、一瞬でしぼんだ。しかし、しぼんでもすぐに炎の玉は大きく輝き、ふくらんでいく。速いテンポで何度も収縮を繰り返すその様子は、太陽のようにも、心臓の拍動のようにも見える。

スクーターを止め、燃え上がるその炎を二人で眺めた。

再び走り出したとき、「大丈夫だよ」と鷲尾が言った。

「何があったか知らんけど、青山、お前は大丈夫。セントエルモの火が現れたから。お前の望みはきっとかなうよ」

返事代わりに、鷲尾の身体を後ろから抱きしめた。

「何か、歌って」

「アカペラは難しいんだって」

しばらく考えていた鷲尾が「スピッツ」は好きかと聞いた。

「バンドの？　たまに聴く」

「あの人たち、最初はパンクバンドだったらしい。それ聞いて以来、親しみ湧いて、ときどき歌ってる」

重ねた身体を通して、鷲尾の固い背中が規則正しく揺れた。

その揺れに合わせて、詩乃もゆったりと呼吸をする。

息を整えた鷲尾が静かに歌い出した。

離さない このまま 時が流れても
ひとつだけ 小さな 赤い灯を
守り続けていくよ

スピッツの「スカーレット」だ。

声に導かれるように、夜明けの光が差してきた。

喜び 悲しみ 心ゆがめても
寒がりな 二人を 暖めて
無邪気なままの熱で

目を閉じて、鷲尾の声を聞いた。この人の歌声は強くて温かい。

フルコーラスを歌い終えると、鷲尾はスクーターを止めた。

「青山、あまり危ないことをするな」

「高校を卒業したら、危なくもなんともない。バイクに乗るのも、恋愛をするのも」

「青山のあれは恋愛なのか?」

「わからない」

鷲尾の肩に、詩乃は再び顔を埋める。

彼の背に重ねた胸が熱く、激しく鼓動を打っている。フレアスタックの炎が胸に宿ったかのようだ。

固い身体に回した腕が、もう離れたくないと叫んでいる。それなのに、その思いがどうしても口に出せない。

嵐のなかを行く者に勇気を与え、守り導く炎。

煙突に上がる炎をセントエルモの火と呼べるなら、この思いはきっと恋——初めての恋。

「泣いてんのか?」

「泣いたら、何かしてくれるん?」

「いいよ、なんでもしてやる」

ささやいた鷲尾が、あらためて言い直した。

「なんでもしてやるよ、青山」

顔を上げると、朝日を受けた雲が薔薇《ばら》色に染まり始めていた。

鷲尾の背に、詩乃はそっと唇を当てる。

裸で抱き合うよりも深く、彼の熱が伝わってきた。

鷲尾といると心から安心できた。しかし、夏以来、彼とは距離を取るようにした。鷲尾のような幸せな家庭の子に、自分のような人間は不釣り合いだ。

東京の名門の女子大学には無事に合格した。ここからまた、新しく始めればいい。

卒業式が終わったあと、ロッカーに貼られた名札を剝がしていると、鷲尾が隣に並んだ。

「お互い、ロッカーに着替えを入れる生活も終わりだな」

そうだね、と答えて、鷲尾を見つめた。胸の奥が、かすかに苦しい。

二人のロッカーの秘密は、誰も知らない。あの夏に見た、セントエルモの火の赤い色《スカーレット》も。

あのさ、と軽く言い、鷲尾が薄い紙袋をよこした。

「この間……蔵のスタジオで作ってみたんだけど」

袋を開けると、ブルーハーツとスピッツの曲をカバーしたCDが入っていた。

そっと包みを胸に当てる。かすかな苦しさは甘く、せつない心地に変わっていった。

「もらっていいの？」

「もちろん。今度、蔵でカバー曲中心のライブをするんだけど、よかったら来ないか」

「『TRAIN-TRAIN《トレイン トレイン》』歌う？」

「青山のリクエストなら絶対歌う」

ただ、ライブのその日は、東京に出発する日だった。

それを告げると、鷲尾が残念そうな顔をした。

「東京に出発か。じゃあ、連絡先……いや、お前は教えてくれなくていい。でも、これが俺の連絡先。何かあったら……迷ったら戻ってこいよ」

鷲尾がライブのチラシの隅にＰＨＳの番号を書いた。

「リクエストの『TRAIN-TRAIN』のあとに『ラブレター』って曲も歌うよ。ブルーハーツの」

「ラブレターは歌うより書いたほうがいいよ、鷲尾君」

そうだな、と鷲尾が笑ったが、すぐに真面目な顔になった。

「元気でな、青山」

＊　＊　＊

三月半ばの土曜日、コーシロー会の窓辺で日なたぼっこをしていると、甘い菓子のような香りが漂ってきた。

尻尾を振って、コーシローは立ち上がる。

丈の長いコートを着たアオヤマシノが、部屋に入ってきた。

コーシローに役立ててほしいと言って、会員に封筒を差し出している。

寄付の礼を言ったあと、ショートカットの女子が親しみを込めた眼差しで言った。

「あの、青山さん。鷲尾先輩が今日、これからここに来るんです」

「鷲尾君は卒業しても、コーシロー会の活動をするの？」

いいえ、とその女子が首を横に振る。

「うちの会、三年生の代表が、この一年で一番印象に残ったことを日誌に書くって伝統があるんです。でも鷲尾さんはまだ進路が決まってなかったんで、とても書く余裕がなくて」

だから今日、書きに来るんだよね、とほかの会員たちが嬉しそうに微笑んだ。

「鷲尾さん、何を書くのかな？」

「私なら安室奈美恵とＳＡＭの結婚」

「俺はジョホールバルの歓喜。フランスのワールドカップに日本初出場やな」

「ダイアナ妃逝去。山一《やまいち》證券の破綻《はたん》、これはないか」

口々に話す会員たちをあとに、シノが歩き出した。耳に入れた赤いイヤフォンから、聞き覚えのある声がこぼれてくる。

（ワシオさんだ……）

「この声が気になるの？」

部室棟を出たシノが、イヤフォンをはずし、耳のそばに置いてくれた。

栄光へ向かって走るあの列車に乗ろうと、ワシオが歌っている。

（夏に、いっしょに聴きましたね）

「鷲尾君の歌を聴くと、勇気が出てくるんだ」

シノが頭を優しく撫でてくれた。

「ありがとうって伝えてね。コーシロー」


いつものバックネット裏に行き、コーシローは電車に乗る人々を眺める。

シノがホームに立っている。電車がホームに入って出ていくと、彼女の姿は消えていた。

グラウンドの方から、足音が聞こえてきた。

ワシオがバックネット裏に来ると、誰もいないホームをじっと見つめている。

その足元に寄り添った。

言葉が話せたら、伝えてやりたい。

あなたの歌声に勇気づけられ、あの子は列車に乗っていったと。

第5話

永遠にする方法

平成11年度卒業生

平成11(1999)年4月～

平成12(2000)年3月

最近、昔ほど鼻が利かなくなった。耳も同じだ。電車が通る音や生徒たちの声は、ふんわりと耳をくすぐるように聞こえてくる。

その感覚はとても心地よく、耳をすましているうちに眠ってしまう。

八稜高校のグラウンド、バックネット裏で寝そべりながら、コーシローは小さなあくびをする。

卒業式に続いて終業式が過ぎ、十四川の桜は満開だ。

風に乗って届く桜の香りに、コーシローはわずかに尻尾を振る。

(ユウカさんの花ですよ……)

柵の向こうにある駅に電車が入ってきた。電車が起こす風に今度は菜の花と木蓮《もくれん》の香りが乗っている。

花の香りは、人が恋したときの匂いに似ている。

教室で誰かが言っていた。植物のおしべとめしべが出会うと実がなり、双方の性質を引き継ぐ次の仲間が増えるそうだ。

草木が恋をすると花が咲く。花と、恋する人々の匂いが似ているのも当然だ。ただ、どちらもかすかで、人間にはわからない。

そのかわり、人は色を見分けることができる。

美術の授業をずっと眺め続けて、気が付いた。イガラシや生徒たちが話している色の違いがわからない。自分の目から見ると同じ色なのに、そこにはたくさんの色があり、人間はそれを見分けて、味わうことができる。

なかでも桜の花は桜色と呼ばれる、たいそう美しい色を持っているそうだ。

（ユウカさんの花は、どんな色なんでしょう？）

薄目を開け、コーシローは十四川の桜並木を見る。

この花はいつも出会いと別れを連れてくる。

桜の花が咲き終わると、新しい制服に身を包んだ生徒がこの学校に現れる。そして三度目の桜が咲く頃、彼らは次の場所へ向かう。

卒業後もときどき顔を出してくれることもあるが、ほとんどの生徒は二度とここには現れない。

この校舎を自由に歩き回れるのは、桜が三回咲く間だけ。おそろいの制服はその証だ。

だからユウカもコウシロウも、おそらくもう来ない。わかっているけれど、ここで待ち続けてしまう。

花のなかに嗅ぎ慣れぬ香りが入り混じり、コーシローは鼻をひくつかせる。

人の匂いがする。ふわりと男の声がした。

「コーシローはたぶん寝てると思う。バックネットの裏で」

この声はコーシロー会のナカハラダイスケだ。

眼鏡をかけている彼は、歴代の八高生男子のなかでいちばん髪が長い。肩まで伸ばした髪にはきれいな艶があり、どうやらブラッシングのブラシ使いに独自の工夫があるらしい。

そのおかげか、ダイスケにブラッシングをしてもらうと、毛に艶が出る。そのうえ彼はじっと見つめてきたり、頭を撫でてくれたりしながら、いつも正確に気持ちを読み取ってくれる。その力も歴代の八高生のなかで一番だ。

「私もさっき見かけました」

今度はコーシロー会の女子の声がした。

「コーシロー、少しよろよろしながらグラウンドを横切ってました。足腰弱ってきたのかなあ」

女子の声と一緒に、かすかに恋の匂いがした。春休みのコーシロー会の当番を、この子はダイスケと一緒にしたかったのだ。

先生、とダイスケが大声で呼んだ。

「こっちです。たぶん、バックネットの裏」

三人目の誰かが歩いてくる。

夢だろうか。なつかしい香りがどんどん濃くなってくる。

「コーシローは、どうしてこんなところにいるのかな?」

なつかしい声に思わず目を見開いた。

ゆっくりと立ち上がり、コーシローはバックネットの裏から出る。

校舎の方角から制服を着た男女とスーツを着た長い髪の女の人が歩いてくる。

（ユウカさん？）

甘くてうっとりする、花にも似た香り――間違いない。

（ユウカさん！）

震える脚に力をこめ、夢中になってグラウンドを駆けた。

「うわ、コーシロー、速っ！」

「どうした？　ハチにでも刺されたか？」

生徒たちの声が聞こえるが、もうユウカしか見えない。

「コーシロー、元気でよかった」

ユウカが立ち止まり、かがんで両手を差し伸べた。

彼女の腕に飛び込み、コーシローはちぎれるほどに尻尾を振る。

これは夢？　花が見せる夢？

＊　＊　＊

背後で犬があくびをする声がした。「ハオーン」とも「フワーン」ともつかぬ声だ。

板書をしていた英語の教師、塩見優花が振り返った。

その姿につられ、前方の席の生徒たちも振り返る。彼らの視線を浴びるのがいやで、最後列に座る中原大輔もうしろを見た。

コーシローが気持ちよさそうに寝返りを打っている。

優花が微笑み、再び黒板に向かった。

十一年前にこの学校で暮らし始めたコーシローは、人間の年でいえば六十代。大輔が入学したときにはすでに老犬で、グラウンドのバックネットの裏や美術室、コーシロー会が置かれている美術部の部室で寝ていることが多かった。

それが新年度が始まってからは、バックネットの裏に行かなくなり、代わりに三年生の教室のうしろで寝そべるようになった。

おとなしくしているし、教師も生徒も見慣れているので追い出すこともなく、この三ヶ月というもの、コーシローは三年生と一緒に授業を聞いたり、眠ったりしている。

振り返った一瞬に見たコーシローの姿を、大輔はノートに描く。

一九九九年、七月。つまり今。

ノストラダムスの大予言によると、恐怖の大王が空から降りてきて、アンゴルモアの大王をよみがえらせるそうだ。

恐怖の大王にはいろいろな説があるが、とにかく地球は未曾有《みぞう》の危機を迎え、人類は滅亡するらしい。ノストラダムスの予言はこれまでにもいろいろ的中しているから、子どもの頃からひそかに世紀末が来るのを恐れていた。

今日、あるいは明日。この地球が滅亡するのなら、英語を勉強して何になるのだろう？

仮に滅亡しなかったとしても、美大志望の自分には、英語より実技のほうがはるかに大切だ。優花はまだ板書をしている。そのすきにコーシローをちらりと振り返り、絵の細部を描きこむ。板書を終えた優花が文法の説明を始めた。

度の入っていない眼鏡越しに、今度は優花を眺める。

今年から八稜高校に赴任してきた塩見優花は二十九歳。この高校のＯＧでコーシロー会の初代のメンバーだ。

毛穴が見えないつるんとした白い肌と黒い髪。いつも優しげな大きな瞳と、艶やかな唇。髪を束ねて、地味な服装で教壇に立っているが、自分にとってこの人は塩見先生というより、塩見パン工房のきれいなお姉さん、優花ちゃんだ。

幼い頃、この人に会ったことがある。

当時は、この人の実家、塩見パン工房の近くで暮らしていた。その店は石窯で焼くパンや、具材豊富なサンドウィッチがおいしく、日曜日の昼は家族で買いにいくのが楽しみだった。

ところが自分が幼稚園の年長組に上がった頃、父母の仲が悪くなってきた。そして小学一年生の秋に離婚が決まった。それを聞いた翌日、塩見パン工房がある田んぼのなかの一本道を、自転車で走っていて転んだ。

怪我はたいしたことはなかったが、脚の痛みと転んだことのショックで、しばらく立ち上がれなかった。

すると、長い髪のお姉さんが目の前に現れ、香ばしいパンの匂いがする店内に入れてくれた。

店員たちから「ユウカちゃん」と呼ばれていた彼女は、足元にかがみ、すりむいた膝を丹念に消毒していった。

伏せた目にかかるまつげがたいそう長くてきれいだ。脚の痛みも忘れ、その顔に見とれた。

手当てを終えた優花が立ち上がった。すると今度は見上げる形になった。

大丈夫？　と上から顔をのぞきこむようにして優花がたずねた。目が合った瞬間、身体が固まるほど緊張し、胸の鼓動が高鳴った。

あれが自分の初恋。一目惚れだ。

いまだにあの衝撃を超える相手に出会ったことがない。

その一ヶ月後、両親の離婚に伴い引っ越したので、あの店にはそれから行っていない。

「次は沢井《さわい》さん、訳して」

はい、と素直な返事をして、二つ前の席の女子が立ち上がった。菓子のマドレーヌに関する英文を読んでいる。

お菓子のマドレーヌとは女性の名前が由来で、その名前は聖書のマグダラのマリアから来ているそうだ。マグダラのマリアをフランス語ではマリー・マドレーヌというらしい。

マリアか……と考えながら、今度は優花の姿をノートに描いてみる。

ただ描くだけではつまらないので、夏休みに美術の宿題で模写をした、ラファエロの「牧場の聖母」に模してみた。

聖書の二大美人は聖母マリアとマグダラのマリアだ。どちらも多くの宗教画のモチーフとなり、名作がある。

自分にとっての二大美人は、聖母マリアが塩見優花。

マグダラのマリアは、この学校の二年上にいた青山詩乃だ。

入学式の日、階段で初めて青山とすれ違ったとき、あまりの色っぽさに振り返ってしまった。

制服のスカートとルーズソックスの間からのぞいた肌の白さは、今も目に焼き付いている。

しかし、それ以上に驚くのは、二十九歳になった「パン屋のお姉さん」が昔と変わらず清楚で優しげであることだ。

眼鏡が邪魔になってきたのではずし、何度も優花を見ながら、大輔は絵を描き続ける。

元々ほっそりとした人だが、ここ一ヶ月で彼女はさらに痩せてしまった。

この教室のなかで自分だけが、その理由を知っている——。

「次、中原君」

「はっ？」

優花に呼ばれ、大輔は絵を描く手を止める。

「はっ、じゃなくて。中原君、続き」

教科書を持ったマリア様が微笑んでいる。

「えっと、どこから？」

小声で言うと、前の席の生徒が「P26の三行目」とつぶやいた。

さっそく立ち上がり、英文を読んで訳す。ところがすぐに文頭の「However」という単語で詰まった。すかさず「永遠にする方法」と訳すと、優花が不思議そうな顔をした。

「それはどこの部分?」

「ハウエヴァーです」

隣の生徒が答えをつぶやいた。しかし声が小さく、語尾が聞き取れない。

「えっ、何だって? しかし……。あれ?」

カリカリと、チョークが黒板に当たる音がして、優花が「However」と板書した。

「そこは『しかしながら』と訳してね。『永遠にする方法』っていい言葉だけど、どこから出たの?」

「『how』が『how to』で方法? 『ever』は『forever』に似てるから永遠? そう思ったら口から勝手に」

「中原君らしいけど、ここはひとまとめにして覚えて」

はい、と答えながら、大輔は思う。

中原君らしいとは、どういう意味だろう?


「おーい、コーシロー。そろそろ部室に戻ろう」

放課後、後ろ脚で頭を掻いているコーシローに大輔は声をかけた。小さなあくびをしたあと、ゆっくりとした足取りで白い老犬はついてきた。

コーシローと並び、大輔は部室棟に向かう。

今年の五月までは、授業が終わると名古屋へ行き、美大専門の予備校で勉強していた。しかしここ二ヶ月は入院中の祖父を見舞うため、日曜日に集中して学ぶ講座に籍を移している。

コーシローを部室に連れていき、念入りにブラッシングをしてから、大輔は一人で学校を出た。

近鉄四日市駅で電車を降り、バスのターミナルに向かう。病院行きのバスの出発まで時間があったので、祖父の好物の鯛焼きを買いにいくことにした。

鈴鹿英数学院という塾の近くにあるこの店の鯛焼きは、一枚、一枚、丁寧に手で焼かれている。通常は二枚の鉄板の型に流し込んだ生地の片方に餡《あん》をのせ、その二つを合わせて複数の鯛焼きを同時に焼いていく。

しかしこの店の金型は一枚につき、一本の取っ手が付いており、鯛を串刺しにした形状になっている。その金型をずらりとコンロの上に並べ、鮎の塩焼きのようにして焼いていく様子はいつ見ても楽しい。

できあがった鯛焼きは皮が薄く、その場で食べるとふちがカリッとして香ばしい。冷めてもおいしく、皮と餡がしっとりとなじんだ感じが好きだといって、猫舌の祖父はいつも家に持ち帰って食べていた。

祖父と自分の分、二枚を買い、大輔は病院行きのバスに乗る。

バスが走り出すと、彼方に鈴鹿の山々が見えた。

あの山麓の斜面を利用して、祖父は乳牛の牧場を営んでいた。母の実家でもあるその牧場は、元は曾《そう》祖父が始めたものだ。そこへ愛知県で酪農を営む家から十八歳の祖父が働きにきたことがきっかけで、祖父母は結婚している。

しかし母の話では酪農家の三男坊の祖父と、牧場の跡取り娘の祖母とは、当人同士も周囲も最初から婿入りの話を念頭に置いていたそうだ。

その祖母は八年前に他界したが、小学校の高学年になるまでは、夏休みになると祖父の家に一ヶ月預けられていた。緑の草地を祖父と散歩したり、しぼりたての牛乳でバターをこしらえたりした日々が今もなつかしい。できたそのバターを、祖父はいつも炊きたての熱いご飯にのせ、醤油を少しかけて食べさせてくれた。

夢中になってかきこんだその味と、散歩をしたときにつないだ祖父の手の大きさを思い出すと、泣きそうになる。

幼い頃に父と別れたこともあり、祖父はことのほか孫の自分を可愛がってくれた。美大の予備校へ通う費用を援助してくれたのも祖父だ。

その祖父は心臓を患っていたうえ、昨年、脚を骨折してから歩けなくなり、保養型の病院で介護を受けている。

牧場は伯父夫婦が継いでいるが、忙しくてなかなか見舞いにいけない。名古屋の会社で働いている母は帰りが遅く、やはり平日は病院に立ち寄れない。そこで代わりに大輔が様子を見にいっているが、最近の祖父は眠っていることが多い。

バスが病院の前に着いた。

足早に病棟に入り、祖父が入院している階を目指す。

四月に体調を崩した祖父は一度危篤状態に陥ったが持ち直した。それでも五月に入ると、大部屋から個室に移った。最近は会話もおぼつかなく、食もあまり進まない。

あの店の鯛焼きなら少しは食べられるだろうか。

入るよ、と声をかけてドアを開けると、祖父のうめき声が聞こえた。

「どうした、お祖父ちゃん！」

あわてて入ると、二人の看護師が枕元に立っていた。二人ともカテーテルと機材を手にしている。

年配の看護師が大輔を見た。

「あっ、お孫さん？　ごめんね、今、お祖父ちゃん、痰《たん》の吸引をしているところ」

祖父が苦しげに、看護師の手を払いのけている。

ごめんね、と看護師が申し訳なさそうに祖父に声をかけた。

「中原さん、苦しいよね、ごめんね、ちょっとだけ辛抱してね」

見ている自分のほうが苦しくなり、大輔は下を向く。吸引器の大きな音がした。

「大丈夫、大丈夫。終わったよ、頑張ったね、中原さん」

「お孫さんが来てるよ」

機材を持ち、看護師が部屋を出ていった。

「お祖父ちゃん……」

祖父の枕元に立つと、目尻に涙がにじんでいた。

大丈夫？　と聞こうとして、大輔は口をつぐむ。聞くまでもない。そして祖父も返事ができそうにない。

祖父が弱々しくつぶやいた。

「ケンジ……」

「伯父さん？　今日は来られるのかな。わかんないけど……何？　俺が代わりに聞いて伝えるよ」

祖父が首を振り、訴えるような目で大輔を見た。

「ミサコ、ミ、サコ」

「お母さんも今日は夜遅くなるって言ってた。何？　ちゃんと伝えるから言って」

「ぼく……じょうに」

祖父の目尻にたまった涙が粒になり、流れていった。

「かえ、り……」

「かえり……帰りたい？　牧場に？」

祖父がうなずき、震える手を伸ばした。

「帰りたいんだね。わかった、ちゃんと伝える、伯父さんとお母さんに」

祖父の涙をティッシュでぬぐうと、再び小さな声がした。

「がっ……、がっこ」

「学校？　ちゃんと行ってるよ」

祖父がドアのほうを指差した。早く行けと言いたげだ。

「予備校のこと？　この間も言ったやん、日曜日のクラスに移ったで大丈夫。週末、ガッツリまとめて実技やってる」

中原さん、と声がして、病院のスタッフが入ってきた。

「おむつの交換しますね。ちょっとの間、お孫さんは外に出ててもらえる？」

あわてて大輔は廊下に出る。

わかってはいるが、祖父がおむつを着けているのを聞くのがつらい。

壁にもたれて大輔はうつむく。

祖母も他界するまでここに入院していたが、その頃はまだ小学生で何もわからなかった。

あのとき大人たちは、こんな思いを抱えていたのだ。

「終わりましたよ、どうぞ」

スタッフに声をかけられ、大輔は顔を上げる。

「すみません。ありがとうございます」

頭を下げると、ふくよかなスタッフが手を横に振った。

「いえいえ、そんな。私たち、これが仕事だから。それより、お祖父ちゃん、脚が少しむくんできてるかな」

「どうしたらいいですか。さすったりするとか？」

「できればね。私たちも気に掛けますけど」

温かい声で言うと、そのスタッフはカートを押して隣の部屋に入っていった。

病室に入り、大輔は祖父の布団の裾をめくる。たしかに足の指が太くなり、すねもふくらんでいる。

「お祖父ちゃん、ちょっと脚をさするよ」

むくみをとろうと、力を込めてさすると、祖父がうめいた。

「ごめん、力が強すぎる？」

さすった手の下から、ぼろぼろと消しゴムのカスのようなものが落ちてきた。皮が剝《む》けたのか、垢《あか》なのかわからず、大輔はうろたえる。

「やばい、ごめん、お祖父ちゃん、力入れすぎた？　痛い？」

枕元に寄ると、祖父が首を振った。その顔がゆがんでいる。

「どうした？　苦しい？　痰？　やばい、どうしよう。看護師さんか。看護師さん、呼ぼう」

祖父が大輔の腕をつかんだ。

「い、やだ」

「いやなのか？　呼んでほしくない？」

祖父がうなずく。

「でも、呼ばないとさ、まずいよ」

腕をつかむ祖父の力が強くなった。必死で呼ぶなと訴えている。

「だめだよ、お祖父ちゃん。何言ってるんだよ、そんな」

ナースコールを押すと看護師が現れ、すぐにまた吸引の準備が始まった。

祖父が大輔を見て、何度も首を横に振っている。

「お祖父ちゃん、すぐ終わるよ」

「中原さん、ごめんね。少しの辛抱だから」

看護師の手を祖父が払いのけているのを見て、大輔は思わず声をかける。

「お祖父ちゃん、我慢！」

祖父のうめき声と一緒に機械の音が大きく鳴った。その音に思わず震え上がり、大輔は目を閉じる。

吸引を終えて看護師が出ていくと、祖父が何かをつぶやいた。

「何？　どうした？　水？」

枕元に近寄ると、「死に、たい」と聞こえた。

「そんなこと言うなよ！」

怒鳴っているような声になってしまい、「ごめん」と大輔はつぶやく。

祖父が目を閉じた。

どうしたらいいのかわからず、大輔は枕元に立ち尽くす。

「おう、ダイちゃん、来てたのか」

病室の扉が開き、伯父が入ってきた。

「いつもありがとな。どうした？」

伯父の声に、大輔はわずかに首を横に振る。

「なんでもない……また、来るよ」

そうか、と伯父は答えると、パイプ椅子を出し、祖父の枕元に座った。

逃げるようにして病室を出て、大輔は廊下で呼吸を整える。

時計を見ると、バスの時間はまだ先だ。何かを飲んで気持ちを落ち着かせようと、自販機とソファがある談話室に向かう。

エレベーターの前に設けられた談話室に行くと、若い女性がソファに座っていた。

塩見優花だ。学校では束ねている髪を下ろし、一人でうつむいている。

彼女の母親は先月からこの階の個室に入院していた。

祖父の見舞いに母と来たとき、廊下で彼女とばったり出会った。そのときの大人同士の会話のなかで優花はそう言っていた。

人の気配に気付いたのか、優花が顔を上げた。

「中原君……」

優花に目礼し、大輔は自販機でペットボトルのお茶を買う。蓋をひねろうとするが、うまく開けられない。手が震えていた。

優花が黙って手を差し出した。

恥ずかしくなり、口調が荒くなった。

「別に、大丈夫だから」

「大丈夫じゃないでしょ。手が震えてる」

ペットボトルを取り上げ、優花が蓋をあけた。返された飲み物を手にして、大輔は優花から離れてソファに座る。

冷たいお茶を一口飲むと、心が落ち着いてきた。

「先生も……大丈夫じゃなさそうな顔してる」

そうかな、と言うと、優花が自分の頬に触れた。

優花が看護師に呼ばれ、病室がある方へ行った。しかし、すぐに戻ってくると、病室から持ってきたのか、空のペットボトルをゴミ箱に捨てた。

「中原君は誰かを待っているの?」

「バスの時間を……」

「おうちはこの近く?」

住んでいる町の名を言うと、「送るよ」と優花が言った。

「いいです、じきにバスも来るし」

「受験生は早く帰らないと。うしろの席でコーシローが寝てるけど、それでもよければ送る」

「コーシローがいるんですか?」

いる、と言って、優花がエレベーターのボタンを押した。

すぐに扉が開いた。先に入った優花がこちらを見る。

優しげなその目に導かれるようにして、エレベーターの箱に入る。

サブバッグを肩にかけ直すと、鯛焼きの甘い香りがした。

優花の車はメルセデス・ベンツの白いステーションワゴンだ。

助手席にバッグを置くと、優花が後部座席の扉を開けた。運転席の後ろには犬用のキャリーケースが置いてある。

どうぞ、と言われ、大輔はコーシロ—のキャリーケースの隣に座った。

四月の始業式の朝、新任の優花がこの車で現れたときは驚いた。ボンネットに屹立《きつりつ》する三つ星のエンブレムは校長の車より威風堂々としているうえ、運転席に座る華奢《きゃしゃ》な優花はフロントガラスに張りついているようだった。

ゆっくりと慎重に、優花が駐車場から道へと車を走らせていく。

初めてだ、とつぶやくと「何が?」と声がした。

「俺、ベンツに乗るの初めてです」

「元は兄の車なの。古いし大きいし、左ハンドルは怖い。でもしょうがなくて。この車じゃないと母を寝かせて通院できなかったから」

たしかに車内は広く、椅子を倒せば、小柄な人なら車中泊もできそうだ。

優花がぽつりと言った。

「もう、送り迎えはしてないけどね」

話題を変えたくなり、コーシローが入っているキャリーケースに大輔は目を移した。毛の匂いなのか、古雑巾のような匂いがかすかにする。

「コーシロー、どうかしたんですか？」

「夕方、突然、苦しそうにしてね。食べた物を戻したの。コーシロー会の生徒があわてて五十嵐先生のところに来て……。今夜は私が預かることにした。知り合いの獣医さんのところに連れていくつもり」

「どこか悪いのかな」

「コーシローも年だしね。犬の寿命は短いから、いつかは見送らなきゃいけないね」

赤信号で車を止めると、優花がラジオをつけた。

男女二人のパーソナリティのトークが楽しげに響いてきた。

「ラジオ、うるさい？　音楽をかけてもいいんだけど、人の声を聞くと気が紛れて」

「先生は普段、家で何聴いてるの？」

「いろいろ。なんでも」

ラジオからもの悲しげなタンゴのメロディが流れてきた。

「だんご３兄弟」という童謡だ。昭和の時代に流行した「およげ！　たいやきくん」の売り上げの記録を超すかもしれないと、女性のパーソナリティが言っている。

その話に鯛焼きを買ってきたことを思いだした。

「鯛焼き食べる？　先生」

今？　と優花が優しくたずねた。

「伊藤商店の鯛焼き買ったんだ。祖父が好きなんで」

「お祖父ちゃんにあげなくてよかったの？」

「それどころじゃなかった」

キャリーケースのなかで、コーシローが動く気配がした。今まで嗅いだことがない異臭が再び立ちのぼる。

「先生、コーシローは……具合が良くなっても、もう元気いっぱいに走り回ることはないんだろうね」

そうだね、と優花は答えると、ラジオの音量を下げた。

「私、自分が高校生の頃に言われた言葉を今さら、かみしめてる。八高でコーシローを飼うとき、当時の校長先生がおっしゃった。命を預かるとはどういうことか身をもって考えるようにって。命を預かる。重い言葉だよね」

祖父の涙が心に浮かんだ。

伯父は祖父の訴えをどう聞くのだろうか――。

「うち……祖父が痰の吸引をいやがる。つらいんだと思う。いやだって、何度も必死に俺に訴えてた。でも、俺、なんにもできなくて。だって、やめたら死んでしまうし。でも祖父は苦しがる。泣いてた……どうしたらいいんだろう」

「勉強は……大丈夫？」

「なんで今、そんなことを」

優花が我に返ったように「ごめん」と言った。

「ごめんなさい、今ね、ひどくぼんやりして……反射的に聞いちゃったの」

優花がため息をついた。

「本当にごめんね。中原君の話に、途中から母のことを考えてた」

同じだ、と優花がつぶやく声がした。

「私も同じ。ほんと、なんにもできないね、私たち……。うちは、口からもう食事ができないから、胃瘻《いろう》っていうんだけど、胃に直接栄養を入れてる。だけど、本当にそれを望んでいたのかな。かえって苦しい状態を続けさせているんじゃないかって思う。兄はこれでいいって言う。でも病院にはまったく来ない。忙しいからって。お前みたいに独り者じゃないんだから、時間の自由が利かないって」

溜め込んだ思いを吐き出すように言うと、優花がため息をついた。

「ごめん、生徒に愚痴っちゃった」

「先生はなんで独りでいるの？」

「そんなこと聞く？」

赤信号で少し乱暴に車を止めると、優花がうなだれた。後部座席から身を乗り出し、大輔は詫びる。

「ごめん、先生、つい……なんか、先生だったら、いくらでも旦那さんに立候補する人がいるだろうにって思って」

信号が青に変わった。今度は慎重に、優花が車を出す。

静かな車内に女性のパーソナリティの声が流れた。

今度は宇多田《うただ》ヒカルの「First Love《ファーストラブ》」を紹介している。この曲は、滝沢秀明《たきざわひであき》が演じる高校生が教師と禁断の恋に落ちるドラマの主題歌だ。

教師役は松嶋菜々子《まつしまななこ》で、この人は今「きれいなお姉さんは、好きですか」というキャッチコピーのCMに出ている。

車は四日市の市街地に入った。ネオンサインの光が車内に流れこむ。

バックミラーに優花の瞳が映っていた。昔と変わらず綺麗な目だが、あの頃よりも悲しげで憂いに満ちている。

「先生は覚えてないだろうけど、俺、子どもの頃に先生に会ったことがある。塩見パン工房の近くで。転んで泣いてたら、先生が出てきて、膝を消毒してくれた」

何かを思い出したような声を優花が漏らした。

「もしかして自転車で転んだ？　オリンピックのころ、ちょうどソウルオリンピックやってたとき」

「それは覚えてないです。まだ七歳だったから」

十一年前だ、と優花がなつかしそうに言った。

「覚えてる。ラジオを聴きながら店番してて、お客さんがいなかったからポスターを描いてた。その絵を見て、『犬？』と言ってくれたのが嬉しくて」

あっ、と今度は大輔が声を漏らす。たしかにそう言った覚えがある。

「なんか変な絵があった、レジのところに」

「変な絵？　なんだ、そう思ってたの？　嬉しかったのに」

「犬か猫かネズミか、わかんなくて聞いた気が……」

「美大志望の人たちの目は厳しいね」

バックミラーに映る瞳が、なつかしそうな色合いを帯びた。

「あれはコーシローがちょうど八高に来たときでね。まだ小さかった。里親募集のポスターだったの」

「あの頃から学校にいるんですか」

コーシローのキャリーケースの扉をそっと撫でてみる。眠っているのか、何の反応もない。

あの当時は、犬が飼いたくてたまらなかった。父はいいと言ったが、母は許してくれない。両親が別れることになったとき、なぜか、犬がほしいと駄々をこねた自分のせいに思えて仕方がなかった。今思えば、そんな理由で大人が別れるはずなどないのに。

「あの小さなボクが中原君か……」

優花が笑うと、軽く目のあたりをぬぐった。

「大きくなったね。身長、越されているし。あの店も自宅も、今は人手に渡って無いの」

「あのあと引っ越したんで、それは知らなかったです」

「今は更地になってる。ところで、おうちはこの近く？」

もう少し話していたくて、遠回りの道を教えた。

道が細くなってきたせいか、優花が車の速度を落とした。

さっきはごめんね、と声がした。

「母のことも頭にあったけど、私の高校時代に中原君と同じ、やっぱり美大志望の人がいてね。その人もお祖父さんが入院していたの。だからその人と重なって、受験勉強のことも気になったんだ」

「もしかしてコウシロウって人？　コーシロー日誌に子犬の絵を描いた人」

「そう、早瀬君。早瀬光司郎君」

「知ってる。五十嵐先生が言ってた。八高の歴代の美大志望者のなかで、一番描けた奴は、コーシローの名前の由来になった生徒だって」

それなのに彼は志望大学に合格しなかった。その話をするたび五十嵐は、試験は水物だと言う。

自分も早瀬と同じ大学を目指しているが、今のままでは現役合格は難しい。

「そうか……早瀬君はやっぱり才能豊かな人だったんだ」

家が近づいてきた。母はまだ帰宅しておらず、家は暗いままだ。

マンションの前で停めてもらい、大輔は車のドアに手をかける。

「先生、俺も、さっきは変なこと言ってすみません」

「忘れてたのに」

優花が笑うと、手を差し出した。

「鯛焼き、ちょうだい」

どうぞ、と紙袋を渡すと、優花が「一匹でいい」と言った。

「中原君も食べなよ」

袋から一枚つまんで、大輔は車を降りる。

優花の車が角を曲がっていく。それを見送ったあと、鯛焼きをかじった。

しっとりとした優しい甘みは、祖父と一緒に食べた昔と変わらなかった。


七月の半ばを過ぎたが梅雨はまだ明けず、雨が降り続いている。天気予報を見ていると、どうやら夏休みに入る頃に梅雨明け宣言が出るようだ。

コーシロー会の部室で大輔が日誌を書いていると、二年生の男子がコーシローの毛にブラシをかけ始めた。

彼が優花の実家があった学区から来ていることを思い出し、大輔は塩見パン工房の話をそれとなく振ってみる。

ブラシについた毛を取りながら、後輩は軽く応えた。

「ああ、塩見パン工房。もう潰れたけど、あのパン屋、英語のシオミンの実家だったんですよ」

一部の生徒が優花のことをアイドルのようにシオミンと呼んでいるのは知っていた。しかし実際に聞くと妙に不愉快で、大輔はぶっきらぼうに答える。

「知ってるよ。昔、あの近くに住んでたから」

へえ、と後輩が興味を引かれたように言った。

「いくつぐらいのときですか？」

「七つかな。あの店のパン、うまかったのに、なんで潰れたのかと思って」

「よく知らないですけど、バブルのときにシオミンの兄貴がカフェバーやら飲み屋やらいろいろな商売に手を出して潰れたって。シオミンも婚約してたけど、兄貴の借金のせいでダメになったって話……」

「えーっ、俺、別の話を聞いた」

部屋の隅で、マンガを読んでいた、隣のクラスの星野《ほしの》大輔が話に入ってきた。

自分の学年の前後にはなぜか「大輔」という名前が多い。母の話では、生まれた頃に甲子園で荒木《あらき》大輔という投手が大活躍して「大ちゃんフィーバー」なるものが起きた影響らしい。

「別の話って、何ですか？」

後輩の質問に星野が頭を掻いた。

「塩見先生、名古屋で働いてた男と婚約してたけど、そいつが東京に行ったか、海外赴任になったかで破局したとか。うちの親戚、いっとき働いてたんだ。パン屋じゃなく兄嫁がやってた飲み屋のほうね。あの人たち、口が軽くて」

コーシローが控えめな声で小さくうなった。

「なんだ、コーシロー、どこか痛いのか？　かゆい？」

後輩の声にコーシローが再びうなる。普段はおとなしいのに珍しいことだ。

コーシローのそばに近寄り、大輔はその顔を両手で挟む。心なしか目が怒っているようだ。

「うーん……お前、噂話はよせって言いたげだな」

「それはないでしょう。かゆいか痛いか、どっちかですよ」

いやいや、と言いながら、星野が大輔の隣に並んだ。

「実は俺も、ときたま思うんだ。コーシローはときどき俺らの会話がわかっているような顔をする」

後輩がコーシローの首にブラシを当てた。

「俺はあんまり感じませんけど。でも、もしそうだとしたら、どんなふうに話すんだろう。もうじいちゃんだから、サザエさんの波平《なみへい》みたいな？」

「『おいおい、ワシはそんな話し方せんぞ』」

星野が波平の声色を真似たあと、コーシローの顔を両手で挟んで揺さぶった。

「お前はもっと可愛らしくしゃべるよな。だって、子犬の頃の絵なんて、超可愛いもん。ほら、『伝説の男、コウシロウ』が描いたやつ……こう言うと、なんか『北斗の拳』っぽくね？」

「そのコウシロウって人、超でかくてハンサムで長髪だったらしいですよ」

「ロンゲって中原ぐらいの？」

星野に髪を触られ、「触るなよ」と大輔は軽く手を払う。

二人が再放送で見ていたという「世紀末救世主伝説」という副題のアニメ「北斗の拳」の話を始めた。話に加われず、大輔は立ち上がる。そのまま本棚に向かい、コーシロー会の初代の日誌を手に取った。

平成元年から始まるこの日誌の最初に、その「伝説の男」が子犬のコーシローを描いている。

たしかに可愛らしくて上手だ。しかし美術教師の五十嵐が、歴代の美大志望者のなかで一番だとほめるほど凄いとも思えない。

なかば嫉妬《しっと》をこめ、力まかせに日誌を閉じる。勢いあまって床に落ちたとき、日誌のカバーがはずれた。

合皮の黒いカバーの下から紙製の表紙がのぞいている。つけなおそうと思い、カバーをすべて外すと表紙一面に絵が描かれていた。

ダッフルコートを着た、長い髪の少女が笑っている。見ているこちらも微笑みたくなるほど明るく、幸せそうな笑顔だ。

塩見優花だ。子どもの頃に見とれた姿、そのままだ。

足元には小さな白い犬がいる。子犬の頃のコーシローだ。絵の下のサインから、早瀬光司郎の作だとわかった。

「何これ……マジか」

その絵の愛らしさは、記憶のなかの優花を上書きしそうなほどに鮮烈だ。心をわしづかみにされ、大輔は立ち尽くす。

膝の裏に何かが当たった。振りむくと、コーシローが身体をすり寄せていた。

「なんだ？　お前もこの絵見たいの？　違うな……ブラッシングの続きしてほしいのか」

星野と後輩の話は「北斗の拳」から「ドラゴンボール」に移り、今度は十月から始まるというアニメ「ワンピース」で盛り上がっている。

後輩に代わってコーシローの毛を整えながら、大輔は少女時代の優花の絵を再び思い出す。

自分が志望している大学は、あんな人でも落とすのか――。

コーシロー会の部室で早瀬の本気の作品を見て以来、思ったように絵が描けなくなった。

夏期講習が始まった八月の土曜日、名古屋の市営地下鉄千種《ちくさ》駅を出て、広小路通《ひろこうじどおり》にかかる長い歩道橋を大輔は渡る。

曇り空の下、同じぐらいの年回りの男女が黙々と同じ方向へ歩いて行く。

千種駅と河合《かわい》塾千種校を結ぶこの歩道橋はビクトリーブリッジと呼ばれている。毎日、大勢の生徒たちが歩くせいか、心なしか端がへこんでいるように感じられる橋だ。

橋を渡りきると、人々の大半は左に曲がって塾の建物に吸い込まれていった。数メートル先に一人だけ、まっすぐに進んでいく生徒がいるが、それは自分と同じ美大の志望者だ。通路の先には河合塾美術研究所のアトリエがある。

画材のオイルの匂いがするエレベーターに乗ると、気持ちが引き締まった。その勢いで、ひたすら今日も課題に向かう。

しかし、最初のうちは夢中になれたが、一息ついてあたりを見回すと、周りの誰もが自分より上手に見えてくる。ここ数日、いつもこのパターンに陥る。

心を落ち着かせようとしたが、手を動かせば動かすほどできばえは悪くなっていく。講師の講評は思った以上に辛辣《しんらつ》で、その場から逃げ出したくなった。

優花を描いたあの絵には呪いがかかっていたのだろうか。

ノストラダムスが予言した危険な七月は、地球規模では無事に過ぎた。しかし個人的には、早瀬のあの絵は、世界の終焉《しゅうえん》を導く恐怖の大王並みの衝撃だ。

もっともノストラダムスのあの予言は昔の話だ。もしかしたら一、二ヶ月の時差があるかもしれない。それなら世紀末の危機襲来は今月だ。

もう、いっそ、この世界など派手に終わってしまえばいい。

苛立ちながら大輔は予備校を出る。

地下鉄の千種駅から名古屋駅に向かい、倒れ込むようにして近鉄名古屋線の席に座る。

電車が地下から地上に出ると、外は雨が降っていた。その雨音を聞いているうちに、苛立ちは不安に変わっていった。

ここのところずっと、自分の腕は上がっていない。それなのに周囲はものすごい勢いで伸びている。その結果、回を重ねるごとに講評での順位が沈み、自分はひどく取り残されている。

何が悪いのだろう？　どうすればいいのだろう？　志望校を変えたほうがいいのだろうか。そもそも美大に進学して明るい未来はあるのだろうか。絵で生活できるのはきっと、ほんのひとにぎりだ。

もっとも今さらこんなことで悩む時点で、他の受験生に負けている。

あの早瀬って男は、こんなクソ弱気なことは考えなかっただろう。

奥歯を嚙みしめているうちに三十数分が過ぎ、電車は四日市駅に着いた。乗り換えのために近鉄内部線のホームに向かっていると、母から電話が来た。

祖父が危篤だという。タクシーで病院に来るようにと言っている。

土砂降りのなか、急いで病院に駆けつけると、病室にはすでに牧場を継いでいる伯父夫婦と母がいた。

「ごめん、遅くなって。お祖父ちゃんは？」

「おお、ダイちゃん」

祖父の枕元に座っていた伯父が軽く手を上げた。

「お祖父ちゃんは持ち直したよ。電話しようと思ったんだけど、ごめんな。取り込んでて」

「いや、いいです。持ち直したならいいけど……」

画材が入った大きなバッグを床に置くと、伯母が「大きな荷物やね」と言った。どこか棘《とげ》のある言い方だ。

「ダイちゃんは塾の帰りか。メシは食ったか？」

「いや、まだ……どうかしたの？」

「まあな」

伯父が言葉を濁し、ベッドの足元付近にいる伯母と母を見た。

短髪にきついパーマをかけた伯母は唇を固く引き結び、じっと一点を見ていた。その隣で母は壁にもたれて立っている。伯母の隣に椅子がひとつあるのに、わざと座らないでいるようだ。

折りたたみ椅子を広げながら、大輔は母に声をかけた。

「どうしたの、お母さん。座りなよ。なんで突っ立ってるんだ？」

母は答えず、座りもしない。

お兄ちゃん、と呼びかけると、母が髪をかきあげた。

「お兄ちゃんはそれでいいわけ？　不人情じゃない？」

「まあ、実佐子《みさこ》。ダイちゃんも言ってるじゃないか、座れよ」

「どうしたの。俺、話がまったく見えないんだけど」

祖父の胃にチューブで栄養を流し込むかどうかで、意見が割れていると伯父が答えた。優花が言っていた「胃瘻」という医療行為だ。

伯父夫婦は自然な状態を望み、母は胃瘻を望んでいる。

声を振り絞るようにして母が言った。

「お父さん、何度も持ち直しているじゃない。今、生きようと必死なのよ」

そうかもしれないが、と言って、伯父が横たわる祖父を見た。

「でもこれ以上のことはかえって身体に負担を強《し》いるって、お医者さんも言ってるわけでさ」

「でも、お父さんは大輔の行く末とか見たいと思うの」

ベッドに近づき、大輔は祖父の様子を見る。身じろぎもせず、祖父は目を閉じている。

頬がこけた祖父の顔を見ていると、痰の吸引の辛さに涙ぐんでいたのを思い出した。

数秒の吸引でもあれほど苦しんでいたのに、胃に穴を開けることを祖父は望むだろうか。

枕元から離れ、大輔は声をひそめる。

「お母さん……お祖父ちゃんは痰の吸引、ひどくつらがっていた。悲鳴……あげてたよ。これ以上、つらい思いをさせるってのは」

伯母が小刻みにうなずいている。それを見た母が小声で言った。

「大輔、先に帰ってて」

「何だよ、来いって言ったり、帰れって言ったり。胃瘻よりも、その前に一回、お祖父ちゃんを家に帰してあげようよ。お祖父ちゃん、ずっと家に帰りたがってた。牧場が見たいんだって」

伯父がため息をついた。

「それはちょっと難しいな、ダイちゃん」

「大輔、話がややこしくなるから、あなたは黙ってて」

「いいだろ、俺だって少しぐらい意見を言ったって。都合の良いときだけ大人扱いして、こういうときは子ども扱いっておかしくない？」

「本当、おかしい」

向かいの壁をずっと見ていた伯母が突然、口を挟んだ。

「実佐子さん、あなたはおかしいよ。いつだって肝心なときに顔を出さない。仕事が忙しいっていうけど、忙しいのはみんなおんなじ。私たちだって牛の世話している間を縫ってきてるのに、どうして実の娘の実佐子さんがいつも来ないの？　この前、危篤状態になったときだって、あなたは来なかったじゃない」

「それは持ち直したって、お兄ちゃんと大輔が電話をくれたから」

祖父は一週間前の夕方にも危篤状態になっていた。大輔が着いたときは、伯父夫婦はすでに病室にいたが、母は出張で大阪にいて、病院に来られなかった。

伯母の口調の強さに母が気の毒になり、あわてて大輔は言い添えた。

「伯母さん、それはちょっと……。母はあのとき大阪にいたから、すぐには飛んで来れないよ。代わりに俺が来てたじゃん」

伯母が鋭い目を向けてきた。

「それはね、大輔君は来なきゃいけないよ、いの一番に。あなた、男の子だからって、お祖父ちゃんにいちばん大事にされてきたんだから。予備校のお金は、お祖父ちゃんが出したんでしょ。うちの子にはそんなことまったくしてくれなかったのに」

そんなことないですよ、と母が間髪を容《い》れずに言い返した。

「千香《ちか》ちゃんの成人式のときに、振袖買ってあげてたじゃない。就職したときは車。結婚したときだって、お祖父ちゃんからお金もらってあんな豪華な式挙げて。出産のときだってそう。うちの子、まだそんなの全然ないですから。予備校ぐらいで何？　その鬼の首でも取ったような言い方」

「大輔君の予備校は高一のときから援助してるんだから、着物だったら二、三枚？　車だって軽なら何台も買えてる。それだけじゃない。千香の入学式のときにはランドセル一個だったけど、大輔君のときは男の子だからって学習机まで買ってあげて！　ことあるごとに、実佐子のところは片親だから助けてやらなきゃってお祖父ちゃんは言ってたけど、いざ、こうなると、何から何まで全部うちに丸投げ」

伯父がぼそりと言う。

「やめろ、二人とも」

壁にもたれていた母が伯母の正面に立った。

「そんなことを言うなら、お義姉《ねえ》さん、私も言わせてもらうけど。父の牧場や家はどうなるの？私は自分の相続分は放棄のつもりでいましたよ。だって、そうしないと牧場を売ってお金にするしかないから。私だって言いたいことはあるのよ！」

「やめろ、親父に聞こえるだろう。実佐子、興奮しないで座れ、な？」

伯父が立ち上がり、二人の間に入った。普段は陽気な伯父の苦渋ぶりを見て、大輔も母に呼びかける。

「お母さん、やめなよ。こんなところでケンカするな。別のところでやりなよ」

「あのね、大輔君」

興奮した伯母が立ち上がった。

「こういうことが話せるのが個室なんだよ。こんな話、談話室でできる？　あなたのお母さんは、うちにまったく寄りつかないし」

「大輔、先に帰ってて。お義姉さん、子どもに八つ当たりするのはやめて」

伯父が立ち上がり、ズボンの尻ポケットから財布を出した。

「ダイちゃん、悪いけど今は席をはずして。これで」

伯父が財布から五千円札を出した。

「電話でタクシーを呼んで。番号は公衆電話のところに貼ってあるから。おつりが出たらそれで何か食べて。タクシーの領収書はもらっといてな」

「いいよ、バスで帰るから」

「お兄ちゃん、いいのよ。返しなさい、大輔」

「いいから、ほら、ダイちゃん」

伯父がポケットに札をねじ込んだ。返そうとしたが、早く行ってくれと言いたげな伯父の顔に、大輔は病室を出る。

こんな話のあとで人の金を遣いたくない。バスで帰ろうと思いながらエレベーターに向かうと、談話室に背中を丸めた女性が座っていた。

優花だった。背中に下ろした長い髪がかすかに揺れている。

泣いているみたいだ。

見ないふりをして行き過ぎ、エレベーターの前に立つと、背後から男の大きな声がした。

「優花、俺たち先に帰るぞ」

よく日焼けした男と、血豆のように赤黒いネイルの女が隣に立った。クロコのポーチを小脇に抱えた男はたくましいが、日焼けマシンとフィットネスジムで作ったような身体つきだ。

優花は挨拶もせず、黙ったきりだ。

エレベーターの扉が開き、二人は乗り込んだ。

「あっ、どうぞ、先に行ってください」

優花の身内を先に行かせ、大輔は談話室に戻る。

ハンカチを渡したいが、デッサンで使った木炭の汚れが付いている。仕方なく、名古屋駅でもらった消費者金融のポケットティッシュを差し出した。

優花がゆっくりと顔を上げ、大輔を見上げた。

髪を下ろした姿に少女時代の面影が重なり、切なくなる。

「先生、あの……もしかして」

亡くなられたという言葉が言えずにいると、察した優花が「そうじゃないの」と答えた。

「ただ……いろいろあって」

ポケットティッシュを二枚出すと、優花は顔をぬぐった。

「ありがとう。ごめんね、みっともないところ見せて……」

黙って首を横に振り、大輔は談話室を出る。

すぐに上がってきたエレベーターに乗り、バス停に向かった。

ところが土曜の夜のせいか、本数が少ない。次に来るバスは一時間半後だ。

タクシーで帰ろうと思い直し、売店横にある公衆電話に向かう。

伯父が言っていたタクシー会社の連絡先は、公衆電話の上の壁に貼ってあった。ＰＨＳを手にしたまま、大輔はその番号を見つめる。

タクシー会社の番号の下に葬儀社の電話番号が数社並んでいる。

ぼんやりとその番号を見ていると、女性の声がした。

「中原君……」

穏やかな優花の声に、大輔は葬儀社の番号から目をそらす。

貼り紙を見た優花が、顔を曇らせた。

「タクシー？　今日は雨だから、なかなか来ないよ」

優花がエントランスの方角を見た。雨は小降りになったが、まだ止《や》まない。

「よかったら、送っていってあげる」

「いいです、大丈夫」

大丈夫といった声がわずかに震えた。

優花が背中をそっと叩いた。

「いいから、行こう。飲み物でも買って」

飲み物などいらない。ただ、その声の優しさにうなずいた。

花柄の傘を広げ、優花が雨のなかへと歩き出した。その背中がにじんで見え、大輔は眼鏡をはずして目をぬぐう。

雨の日でよかった。

こんな雨のなかなら、泣いても目立たない。

優花の車の後部座席には、今日もコーシローのキャリーケースがあった。

コーシローが吐いて以来、週末になると優花はコーシローを自宅に連れ帰っている。今日は獣医に診察してもらった帰りだという。

後部座席のドアを開け、荷物を片付けようとした優花が手を止めた。

「ごめん、中原君。今日は荷物が多すぎて。いい？　助手席で」

涙は拭いたがきまりが悪く、大輔は黙ってうなずく。ほんの少し泣いただけなのに、ひどく疲れた。きっと優花も同じだ。

車はゆっくりと駐車場から道路へ出た。優花の運転はいつも慎重だ。

ペットボトルのお茶を飲みながら、大輔は窓の外を見る。

雨足はすっかり弱まり、あと少しで止みそうだ。

黒々とした闇のなかに、民家のあかりがぽつりぽつりと灯っている。

車外に広がる闇から優花に目を移すと、淡々とした様子で車を運転していた。

ペットボトルの蓋を閉め、大輔は膝に置く。

泣いている優花を見過ごせずに戻ったせいで、動揺しているところを見られてしまった。そのうえ家へ送られ、飲み物まで買ってもらっている。

これではまるで小さな子どもだ。

中原君、と落ち着いた声がした。

「私のお茶も開けて。それからそこのホルダーを使って」

膝に置いたペットボトルをドリンクホルダーに入れたあと、大輔は優花の飲み物の蓋を開けて手渡す。

茉莉花茶《ジャスミン》を飲むと、優花が小声で言った。

「あの公衆電話……私も初めて見たときは動揺した。忘れてしまいがちだけど、病院ってそういうところなんだよね。生と死が混在してるというか」

「わかってるんですけど……なんか……」

祖父が次にあの場所を出るときは、亡くなったとき。そう思うと、やりきれない。それなら、わずかな時間でもいいから、祖父を一度家に帰してやりたい。

車の運転ができたら、大きな車を借りて祖父を乗せ、ほんの少しでもいい、牧場の空気を吸わせてやれるのに。

「なんか、俺……早く大人になりたいです」

「そう？　私は子どもの頃に戻りたい。高校の頃がいいな」

細い指を伸ばして、優花がラジオをつけた。

女性のパーソナリティが一九九〇年代のヒットチャートを紹介している。

チェンバロの印象深い前奏に続いて、女性の歌声が流れた。

ドリームズ・カム・トゥルーの「LOVE LOVE LOVE《ラ　ブ　ラ　ブ　ラ　ブ》」だ。一九九五年のオリコン年間ランキング第一位だったらしい。

なつかしいね、と優花がつぶやく。

「この頃は桑名《くわな》の高校で働いてたな。『愛していると言ってくれ』だっけ。豊川悦司《とよかわえつし》と常盤貴子《ときわたかこ》のドラマを見るのを楽しみにしてた」

「先生もドラマを見るんだ。それも恋愛ものの」

「教師だってドラマも見れば、恋愛もするよ」

後部座席でコーシロ一があくびをした。ラジオからは「愛を叫ぶ」という意味の歌詞をボーカルが歌っている。

その言葉に、コーシロ一日誌のカバーの下に、隠すようにして描かれていた優花の絵を思い出した。

「先生はもしかして高校の頃、人間の光司郎と付き合ってたなんてことは……ないですか？」

「おかしなこと聞くのね」

戸惑っているような口調に、すぐに「すみません」と声が出た。

「なんていうか……学校にいるときみたいに髪を縛ってると先生って気がするんだけど、今みたいに下ろしてると、塩見パン工房のお姉さんって印象のほうが強くて」

「中原君はパン屋のお姉さんにそんな話を聞くの？」

「そうです。人生の先輩として」

正確に言えば人生の先輩ではなく、初恋の人。パン屋のきれいなお姉さんだ。

「人生の先輩ね。まあ、いいか。こういう話って気が紛れるもんね。……早瀬君には、あの頃の八高の女子はみんな憧れてたよ。格好良かったから」

「超でかくて、ごつくて、長髪だったたって噂が」

「それ、誰のこと？　ひとつも合ってない」

「そうなんですか。八高における世紀末コウシロウ伝説ですよ」

世紀末コウシロウ伝説、と繰り返すと、優花が笑った。

「すごい話になってるね。早瀬君はどちらかというと、中原君に雰囲気が似てたな。女子にひそかに好かれてるところも。中原君は絵を描くときに眼鏡を外すでしょう。女の子はみんなそこにドキドキしてるんだって」

そんな話は聞いたことがなく、大輔は首をかしげる。

「なんでそんなところに？」

「本気モードになった気がするんじゃない？　眼鏡って、異性に深く触れるときは外すものだから」

深く触れるとはどういう状況かと考え、大輔は口元に片手を当てる。

「何それ。キスとか？　もっとそれ以上のこととか？　眼鏡をはずすくらいで、そんな妄想する？　女子ってエロいな」

「私は授業中に中原君が眼鏡を外すと、ああ、ノートに絵を描いてるんだなって思ってる。でも、授業には集中してね。その眼鏡は伊達《だて》？」

「そうです。眼鏡がないと落ち着かない。顔が女っぽいから」

「それは顔立ちがきれいってことだから、隠さなくてもいいのに。たしかに昔、うちの前で泣いていたときも可愛い子……」

ああ、と優花が小さな声を上げた。

「そうだ……たしかにあのとき一瞬女の子かと私も思った」

「先生、ナニゲに気にしてるところを突いてくるね」

そっちこそ、といたずらっぽい声がした。

「一度ならずも二度までも、美大を受ける人にあの絵を見られていたとは。早瀬君はあの絵を見て絶句してたな。とんでもないものを見てしまったって顔をしてた。笑ってくれたほうがずっとよかったよ」

「先生って本当に絵心無いんだな」

そうみたい、と優花が恥ずかしそうに笑う。その笑顔に、気持ちが急に軽くなってきた。

ラジオのパーソナリティが一九九七年のミリオンセラーの曲の紹介を始めた。今度はピアノの前奏が流れ始めた。グレイの「HOWEVER《ハウエバー》」だ。

先日の授業を思い出し、大輔は笑う。つられたように優花も再び笑った。

「HOWEVERだね……。高校の頃の恋心って、思えば甘くてフワフワしてたな。HOWEVER、しかしながら」

「それ、ちゃんと覚えたから。もう絶対忘れない」

「うん、忘れないで」

優花が笑うと、ため息をついた。

「教師らしくないことを言うけどね、大人になると恋ってそんなに甘くない。特に社会人になると」

「大学時代は楽しいんだ」

「それは楽しいよ。何の責任もない。恋と勉強が仕事みたいなもの。とはいえ、地方から都会に進学した子は就職のときに悩むんだよね。地元に帰るか、都会で働くか。その結果によっては、あっさり恋が終わるときも」

優花の出身大学は東京の私大のなかでも難関校だ。コーシロー会の星野大輔の姉は同じ大学に進学して、今は東京のラジオ局で働いている。

「先生は東京で就職するとか考えなかったんですか？」

「それは考えたんだけど、その頃に父が倒れてね。家の仕事はしなくてもいいから、とにかく帰ってきてって身内に泣かれた」

優花は故郷に戻ってきたが、実家のパン屋は倒産している。病院で会った遊び人風の男は、噂が正しければ乱脈経営で店を潰した兄だ。

「勝手だね」

思わずつぶやくと、意外にもきっぱりとした声で、優花は答えた。

「ううん、勝手とは思わない」

「どうして？」

「身内にしてみると、やっぱり孫や子どもって近くにいてほしいのよ。その思いを振り切れるほどの何かを東京で見つけられなかっただけ。もし、それがあったら、みんな応援してくれたと思う。……教師にもなりたかったから、この選択でよかったの」

希望通りの大学に進めれば、来年は自分も上京する。

いつか自分も悩むのだろうか。地元に帰るか、東京に残るか。

「東京に住んでる奴はいいな。地元に残るか離れるか、迷わなくていい。入試だって家から行ける。通勤、通学もそうだ」

「ここだって名古屋なら家から通えるよ」

「でも、俺は東京に行きたい」

東京ね、と優花がつぶやいた。

「二十一世紀の日本。中原君がお父さんになる頃には、それが海外に変わるのかもね。私たちが上京で悩んだように、大輔君の子どもたちは日本の大学に行くか、アメリカの大学に行くか悩んだり、就職も日本か海外かで悩んだり」

「そんな先のことどうでもいいよ。もしかしたら明日、地球が滅亡するかもしれないのに」

「ノストラダムスの大予言ね」

さらりと言われて、大輔はまじまじと優花を見る。

「先生も、もしかして気にしてるの？」

「少しはね。私も昔、その本を読んだ。子どもの頃にブームだったの」

「七月は無事に終わったね」

「だけど、八月って太陰暦の七月にも重なるでしょう。太陰暦での予言だったら、もしかしたら今月に何かあったりするのかな、とか」

優花がまったく同じ事を考えていたことに驚き、思わず声が大きくなった。

「えっ、マジ？　先生もそう思ってたの？」

「実は先月からときどき思ってる。もし、この世界が終わるなら自分は何をするだろうって」

「先生は何する？　今、この瞬間に世界が滅亡するなら」

「病院へ戻る」

急に現実に引き戻され、気持ちが沈んだ。眠っている祖父の病室で、母と伯母が言い争っていた姿が心に浮かぶ。

ごめん、と優花があわてたように言った。

「真面目に答えちゃった。中原君はどうするの？」

「えっ？　僕もとりあえず家に帰ります」

気まずい雰囲気のまま、車は市街地に入った。

ラジオからは一九九八年のミリオンセラーが流れてきた。スマップの「夜空ノムコウ」だ。

外を見ると雨はすっかり止み、月が輝いていた。

風がないのか、コンビナートの煙突の煙がまっすぐに昇っている。

赤信号で車を止めた優花が、飲み物を口にした。

「空気が澄んできたね。雨上がりのこんな日は光がはっきり見えるよ。……さっきの質問だけど、世界が終わりそうな『気分』になったときのことなら楽しい答えが言える。夜景を見にいくの」

車は家の近くに近づいてきた。名残惜《なごり》しい思いで、大輔は優花にたずねる。

「どこから見てるんですか？」

「垂坂山《たるさかやま》のほうだったり、港のほうだったり。夜景を見てると、ちっぽけなことは忘れられて、また頑張ろうって思えるんだよね。でも、最近は何度見てもあまり元気になれない」

「ちっぽけなことじゃないから」

「そうだよね……。中原君ちはここを曲がった先だっけ」

車が道を曲がると、後部座席のコーシローが小さく吠えた。

助手席から振り返り、大輔はコーシローの様子を見る。キャリーケースのなかからコーシローが見つめていた。

「どうした、コーシロー。そんな真面目な顔して」

車を進ませながら、優花も優しく声をかける。

「コーシロー、もう少しで出してあげるからね」

コーシローが再び小さく吠えた。大輔がキャリーケースに手を伸ばすと、熱心に指の匂いを嗅ぎ、まっすぐに見つめてきた。

何かをうながしているみたいだ。

姑息《こそく》な提案が心に浮かんだ。コーシローにかこつけ、もう少し優花と一緒にいようとする提案だ。

コーシローをじっと見る。こちらの気のせいではなく、まだ一緒にいたがっている様子だ。

「先生……コーシローが外に出たがっている気がする」

「窮屈なんだね。あと少し待って」

厚かましいと思いながらも、大輔はさらに押してみる。

「あの、ですね、先生。コーシローはみんなで夜景を見にいきたいと言ってる気がするんだけど」

家の前に停車した優花が、こらえきれないという様子で笑った。

「中原君は夜景が見たいの？」

「見たいです」

優花がハザードランプを点けた。カチカチと、停車中を表す音が車内に響いている。

優花がコーシローを振り返り、キャリーケースを撫でた。

「たしかにコーシローは夜のお出かけが好きだもんね。この間、一緒に夜景を見にいったら、熱心にじっと見てた」

「すみません、変なこと言って」

優花がハザードランプを消した。

「いいよ、行こうか。世界が終わる前に、暮らした街を見にいこう」

本当は夜景を口実に、この人をどこかに連れ去りたい。

しかし、今の自分ではこれが精一杯だ。

優花が言った「港のほう」の夜景スポットは、完成したばかりの四日市港ポートビルだった。港の管理組合や関連事務所が入るその建物は、県内一の高層ビルだ。地上九十メートルの最上階には「うみてらす14」という展望室がある。

南国風のヤシの木が並ぶ駐車場を抜けると、風のなかに潮の匂いが混じっていた。

コーシローを入れたキャリーケースを抱え、大輔は優花とともに展望室に足を踏み入れる。

夕方からの雨がひどかったせいか、ガラス張りの広い室内には人がそれほどいない。

優花と並んでガラスの前に立つと、足元のはるか下に、コンビナートの工場群の光が広がっていた。

メタリックな白や薄緑の光の渦のなかから、明滅する赤いランプを点けた煙突が何本も突き出ている。プラントの設備の状態がわかるように明るく灯された光は、目もくらむほどにまばゆい。

夜の闇に、工場群の存在が浮き上がって見える。

その向こうには黄色や橙《だいだい》色の光の粒が、地表いっぱいにちりばめられていた。

人が住む街のあかりは暖かく、工場群の光は冷たく冴えている。そのすべての光を両腕で包み込むようにして、大きな山脈と夜空が広がっていた。

コーシローのキャリーケースを床に置き、その隣に優花が両膝を突いて並んだ。

二人を窓際に残し、大輔は売店でクッキーを買う。

精算している最中に、レジの横にレンズ付きフィルムの「写ルンです」が置かれているのが目に入った。優花とコーシローを撮影しようと思い、その使い捨てカメラも一緒に買う。

カメラを買うと、暗幕を貸してもらえた。展望室から夜景を撮る際には、ガラスの写りこみを防ぐために暗幕のなかから撮るといいそうだ。

暗幕の黒い布はかなりのボリュームがあった。それを見て思いついたことがあり、大輔は小走りで優花のもとに向かう。

「先生、先生、暗幕を使おう」

優花が不思議そうに顔を上げた。

「どうやって使うの？」

「まあ、見てて」

優花の頭上のガラスに、大輔は暗幕の吸盤を付ける。吸盤で固定した大きな黒い幕をベールのように優花の頭にかけると、華奢な身体はすっぽりと黒い布に覆われた。

その隣に同じ要領で吸盤を固定して、コーシローのキャリーケースに布をかける。

優花とコーシローを覆った暗幕のなかに大輔も入った。そうしていると二人と一匹で小さなテントのなかにいるようだ。

「先生、こうすると誰にも見えないから、コーシローをキャリーケースから出してやれるよ」

「たしかにそうだけど……」

優花が暗幕のなかを見回した。

「でもダメよ。ルールはルールなんだから」

「誰にもわかんないよ。それに今日は貸し切り状態だし。何も迷惑かけないって」

今、展望室には、夜景を撮影している人が二人いるだけだ。彼らも自前の暗幕をガラスに貼り付けており、三脚と足しか見えていない。

暗幕から顔を出し、優花がその状況を確認した。

「そうだね、大丈夫かな。出してあげようか」

キャリーケースの扉を開けると、コーシローが出てきた。優花の隣にぴたりと座り、ガラスに鼻先を付けて外を見ている。

コーシローの頭を撫でながら、優花が街の光を見た。

「犬って色が識別できないんだって。景色はほとんどモノクロに見えるらしい。でも光は識別できると思うの」

光のなかに黒々と沈んだ一角を優花が指差した。

「あれが伊勢湾ね。その先の光は知多《ちた》半島」

海の向こうに光の帯が横たわっている。祖父の故郷があるその土地は、牧場の一番高い場所からもよく見えた。

「祖父の牧場も景色が良くて。そこからも伊勢湾が見えるよ。水沢のほう……御在所岳のふもとにあるんだけど」

「あのあたりは標高が高いもんね。水沢はあちら。中原君や私が子どもの頃に住んでたあたりも」

　知多半島とは逆の方角を優花が指差す。

　黒く連なる山々のふもとに、小さな光の粒が集まっていた。

　優花がその光を見つめている。

「昔ね、大晦日の日に夜景を見たことがある。うちの店の近くに一生吹山って里山があったでしょう」

「あんまり覚えてないです」

「あそこも夜景がきれいなの。小道を外れると、鈴鹿や養老山系や伊吹《いぶき》山まで見える。それから夜景が好きになった。横浜も東京も香港も函館も見にいったよ。でも、今はここが一番好き」

「写真撮ろうか、先生」

「写ルンです」を持った手元を、優花が面白そうにのぞいた。

「そのうちね、携帯電話やＰＨＳにもカメラが付くんだって」

「そんなに写真って撮るかな」

「あったら撮るよ。中原君は写真も上手そうだね。いいな、絵心がある人は」

　そうかな、とわざと気のない返事をして、大輔は優花とコーシローの写真を撮る。うまく写るか自信はないが、ガラス窓に押し当て、夜景も撮ってみた。

「この間『However』を『永遠にする方法』って訳してたでしょう。あれは面白かった。中原君らしくて」

「どこが俺らしいのか、さっぱりわかんない」

「絵や写真って一瞬を永遠にする方法だと思うの。私、子犬の頃のコーシローの絵を持ってるんだけど」

優花がコーシローの背中を撫でた。

それは早瀬が描いた絵なのだろうか。

「当時のことはもう思い出せないけど、あの絵のなかで子犬のコーシローの姿は永遠……。もっといろいろな写真を残しておけばよかったな。永遠にする方法を持っている人がうらやましい」

コーシロー日誌のカバーの下に描かれた絵を、この人は知っているのだろうか。

教えたくなったが、ずっと秘めておきたい気もする。

夜空の彼方から明るい光が一つ、二つと近付いてきた。名古屋や東京からの飛行機のあかりだ。

「早瀬君は今、海外にいるんだって。中原君もきっと、この街から遠く、どこかで活躍するんだね」

「そうなればいいけど、とりあえず大学に受かる気がまったくしない」

優花がガラス窓に額を押し当て、目を閉じた。

光の渦に落ちてしまいそうで、その肩に手を伸ばす。

しかし、触れる前に引っ込め、コーシローの背を撫でた。

優花が目を開け、山の方角を手で指し示した。

「山でしょう、それから海。街と港に工場、全部が見える。ここからの景色が一番この街らしいと思うの。私たちはここで暮らして、大きくなったんだ」

忘れないでね、と優花がささやく。その微笑みを光の海が照らしていた。


翌日の日曜は夏期講習が休みだった。昨日の夜遅くに病院から帰ってきた母は不機嫌で、朝食を終えると、予約していた美容院に行った。

四日市駅からバスに乗り、大輔は祖父と伯父が営む牧場へ行く。

牛舎をのぞくと、伯父が牛に餌をやっていた。大輔を見ると手を止め、汗を拭きながら歩いてきた。

「ダイちゃん、昨日は悪かったなあ。どうした？　お母さんが何か言ったか？」

「そうじゃないんだけど、ごめん。仕事の邪魔しないから、ちょっと広場のほうを見ていい？」

「おう、いいよ。あとで家に寄りな。メシでも食ってけ」

バケツを持った伯母が牛舎に入ってきた。挨拶をしたが、おざなりな返事をして、すぐに牛舎を出ていった。

その背中を伯父が見つめる。

「伯母さんのこと、あまり悪く思わんでくれ。普段、おとなしい人は心に溜め込むから、いざ吐き出すと、歯止めがきかなくなるんだ」

大人の事情は、どうせ子どもにはわからない。

そう言いかけたが、やめた。代わりに気にしていないことを伝え、大輔は牛舎を出る。

この牧場では山の斜面を利用して放牧場が作られている。今の時間、牛はいない。汗を拭きながら、急な斜面をゆっくりと登っていく。

緑の草地にさわやかな風が吹き抜けていった。

放牧場を抜けてさらに登り続けると、一番高い草地に祖父が孫のために遊具を手作りした、小さな広場がある。

幼い頃、祖父に手を引かれてやってきた広場に立つ。はるか下に緑の茶畑が広がっていた。右手には御在所岳の山肌が迫り、左手はるか遠方には四日市の市街地が小さく見える。その先には青い海が広がっていた。海の向こうに見える土地は知多半島。祖父のふるさとだ。

牧場を見たいと言った祖父は、どの景色が見たかったのだろう。

長く過ごしたこの地だろうか。それとも、ふるさとの牧場だろうか。

スケッチブックを広げ、大輔は景色を紙に写し取る。

たとえ世界がどうなろうとも――、一瞬を永遠にする方法を、自分はこの腕に持っている。

牧場で描き始めた絵を夢中になってその日のうちに仕上げ、翌日、大輔は祖父のもとに持っていった。

二度の危篤を乗り越えた祖父は痩せこけ、目を閉じていた。それでもベッドのそばに大輔が寄ると、薄目を開けた。

「お祖父ちゃん、具合どう？　俺ね、今日、絵を描いてきた」

描き上げた絵を大輔は祖父の目の前に置く。

「ほら、見える？　これ、広場からの景色。家も牛舎もあるよ」

祖父がかすかに微笑んだ。

「空がきれいでさ、昨日は知多のほうまで見えた。ほら、お祖父ちゃん、ここ」

知多半島の位置を指差すと、祖父がわずかに手を動かした。

「写真も撮ってきたけど、見る？」

祖父がかすかに首を横に振り、絵に手を伸ばした。

絵の中のふるさとに触れている。震えるその手が牛舎と家に移った。

何度も絵を撫でながら祖父が微笑み、泣いている。

なつかしい家と牧場に手を振っているようだ。

そう感じた瞬間、ぼたぼたと涙がこぼれ落ちた。


放牧場の片隅ですすきの穂が揺れ出した頃、祖父は旅立っていった。病室に飾った牧場の絵は一緒に棺に入れた。

自分が描いた絵を人に贈ったのは初めてだ。これほどの思いをこめたことも、寝食を忘れて描いたことも。

年明けの一月、二〇〇〇年の始まりとともに優花が忌引きで学校を休んだ。教室でその話を聞いて、母親のために大きな車を運転する日々も終わったのだと思った。

その年の三月、志望大学の合格発表に自分の受験番号があった。

実技の一次試験を通過して、二次試験に進めた時点で、もしかしたら……、と希望を持った。ところが、いざ実技の二次が始まると、周囲の受験生のあまりのレベルの高さに気持ちをへし折られてしまった。それなのに合格できたのが不思議だ。

三月の終わり、長期出張で母が不在のなか、大輔は一人で引っ越しの荷物を送り出した。ベッドや机などの大型家具は東京で買う予定なので、運ぶ荷物は多くない。

それでも布団袋や使い慣れたオーディオが家から運び出されたとき、おそらく自分は、二度とこの家で暮らすことはないのだと感じた。

祖父がそうであったように、十八で家を出たあと、人生の最期はきっと遠く離れたどこかの街で迎える。

十八の春、どんな思いで、祖父はふるさとをあとにしたのだろう?

明るい日差しのなか、東京行きのトラックを見送りながら、今まで以上に祖父を近しく感じた。

引っ越しは、同じ方面行きの荷物を一台のトラックに複数積み込んで輸送する混載便で頼んだ。東京への到着までに二日かかるが価格が安い。

その間にしておきたいことがあった。

二冊のコーシロー日誌を、大輔は食卓に出す。初代のコーシロー日誌のカバーを外すと、ダックスフントのコートを着た優花と子犬のコーシローが表紙に現れた。

その日誌の裏表紙に軽く鉛筆で下書きをする。教壇で微笑む優花と、足元で寝そべるコーシロー だ。昼過ぎから深夜にかけて一気に描き終えたあと、日誌を広げ、早瀬光司郎の絵と見比べてみる。

やばい、と声が漏れた。

「負けてる……。別に勝ち負けじゃないんだけど」

自分の絵も悪くはないが、伝わってくる思いの密度が違う。早瀬が描いた優花には、見る者に笑みを浮かばせる力があったが、自分の絵にはそれがない。

祖父がしたように、早瀬が描いた絵に触れてみる。迷いのない線に、描き手の思いの強さが伝わってきた。

「……そんなに好きだったのか、光司郎。ふられたのかな。いや、たぶん……」

思いが深すぎて、彼はきっと、それを口にすることすらできなかったに違いない。

そしてまったく同じ時期、幼い自分も彼女に出会って恋に落ちたのだ。

初代のコーシロー日誌に、大輔は丁寧にカバーをかける。

初恋の人に再び出会った。However＝しかしながら、打ち明けることすらできず、その恋は終わった。

でも、これでいいのだ。

どれほど年を重ねても、どれほど遠くへ離れても、絵に秘めたこの思いは、きっと永遠――。

三代目のコーシロー日誌を広げ、一九九九年度の卒業生の言葉を大輔は大きく書いた。

■平成十一年度卒業生　中原大輔

この年一番印象に残ったこと

一九九九年、世紀末到来。「HOWEVER」。ノストラダムスの予言の危機は無事回避。
はやった歌は「First Love」

さよなら二十世紀。ようこそ二十一世紀。

＊　＊　＊

桜の季節がめぐってきた。空気のなかに花の香りが満ちている。
十四川の桜並木の下で、コーシローは目を閉じる。
遠くから足音が聞こえてきた。花の香りに混じって、恋する人の匂いが近づいてくる。
（ダイスケさんだ……）
コーシロー会の三年生、ナカハラダイスケは先日、卒業式を迎えた生徒だ。

彼と一緒に校内を歩いていると、いつでも多くの女子生徒たちから恋の匂いが立ちのぼる。

しかし、ダイスケ自身の恋の匂いはユウカと一緒にいるときだけ香り立つ。狭い車内にいると、それは切ないほどに濃くなるが、ユウカはそれに気付かない。

薄目を開け、コーシロ一はユウカの脚を鼻でつつく。

優しい声が頭上から降ってきた。

「なあに、コーシロー。寒い？」

（さむくはないですけど、ダイスケさんが……）

「おなかすいてる？　一口、食べる？　でも、パンはあまり良くないか」

桜の木の下に敷物を広げ、昼食をとっていたユウカがパンを手にして悩んでいる。

（パンじゃないです、すぐそこに、ほら）

ユウカの脚を再び鼻でつついていると、ダイスケが声をかけてきた。

「先生、そっちにいたんですか」

十四川の対岸でダイスケが手を振っている。

コンクリートで固められたこの川は、三、四人の女子が手をつないで並んだぐらいの幅だ。距離が近いので、たいして声を張らなくても向こう岸との会話ができる。

「桜を見にいったって聞いたから、てっきり散歩しているのかと思って、俺、こっち側の岸を延々と歩いてた」

「コーシローがバテる気がしてね。日なたぼっこに切り替えたのよ」

この川は一方の岸が散歩をする人のため、もう片方の岸は座って花を眺める人のためと、桜の季節は使い方が決められている。

たしかに昨年までは散歩用の岸を歩いていた。

「そっち行ってもいいですか」

いいよ、とユウカが答えると、すぐにダイスケが小さな橋を渡って走ってきた。

「花見にはいい天気ですね。コーシローが嬉しそうだ」

「コーシローはここの並木が好きらしいの」

ユウカが細い指で図書館の裏を指差した。

「昔はあの場所がお気に入りだったんだって。あそこから桜を見て、よく昼寝をしていたって聞いたから」

「俺が入学したときは、バックネット裏がすでに指定席でしたけどね。なのに今年は三年生の教室。どういう基準でお気に入りの場所を決めてるんだろう」

よいしょ、とダイスケの声がして、身体を持ち上げられた。

薄目を開けると、ユウカの隣に座ったダイスケに抱えられていた。

恋の匂いが鼻をくすぐる。花の香りと混じったダイスケのその匂いはたいそう甘い。

ユウカの声が心地よく耳に響いた。

「コーシロー、さっきから眠そうでね。寝たり起きたりしてるの」

「たしかに、むちゃくちゃ気持ち良さそうな顔で寝てる。『願わくば花の下にて春死なん』……

あっ、縁起悪いな、ごめん。コーシロー」

意味はわからないが、謝られたので、尻尾を振った。

気にしていないという意味が伝わったのか、ダイスケが背中を撫でた。

その歌、下の句はなんだっけ、とユウカがつぶやいた。

「……思い出した。『その如月《きさらぎ》の望月の頃』。旧暦だからちょうど今頃だね。西行法師はロマンチックだ」

「下の句までは覚えてなかったです。しかも坊主の歌なんだ」

「坊主呼ばわりしたら国語の先生が泣くよ。それより、合格おめでとう。すごいね、中原君」

あわてたのか、背中を撫でるダイスケの手が少し雑になった。

「自分でもびっくり。五十嵐先生にも奇跡の合格って言われました」

「奇跡でもなんでも扉をこじ開けたんだから、あとは自信を持って進めばいいのよ」

再び身体が浮き、四本の脚が地上に着いた。

地面に下ろされたので、コーシローはユウカの前に座る。桜を見上げると、はらはらと花びらがユウカの肩に落ちていった。

ダイスケが彼女の肩にそっと手を伸ばした。恋の匂いが強くなっていく。

(肩を引き寄せればいいのに)

コーシローはダイスケを見上げる。

ユウカに触れようとしたダイスケの手が止まり、コートのポケットに突っ込まれた。

（頑張って！　ダイスケさん！）

一声小さく吠えると、ダイスケが情けなさそうな顔をした。

「……無理だよ。コーシロー」

ダイスケといると、ユウカからもかすかに甘い香りがする。間違いなく、彼女もこの子を好いている。

（頑張って！　無理じゃないです）

さらに吠えると、ダイスケが頭を撫でてくれた。

「いいんだよ、コーシロー」

これでいいんだ、と人には聞こえないほどの声でダイスケが言った。

ユウカの手が伸び、背中を撫でてくれた。

「珍しいね、コーシローがこんなにワンワン吠えるなんて」

「『頑張れ』って激励してくれたんですよ」

「前から思ってたけど、中原君はコーシローと話ができるみたいだ」

ダイスケが笑っている気配がした。

「昔からそうなんですけどね、犬でも鳥でも牛でも、眉間のあたりを見てると気持ちがわかる気がする」

「感受性が強いと、人には見えないものがわかるのかもね。知り合いのお嬢さんも小さい頃、ずっとサボテンを見つめて話をしてたって聞いた」

眠くなってきたので何度か頭を振り、コーシローは懸命に目を開けた。

ダイスケが興味深そうにユウカにたずねている。

「その子は、今も話ができるんですか？」

「小学校に入ったらやめたって。新しいものが目に入ってくると、それまで見えていたものが見えなくなるのかも……。そんなふうに言ってたな。幼稚園の時代にお別れして、ひとつ大人になったってことかもね」

「俺のはそんな力じゃないよ。自分で勝手にコーシローの気持ちを推測しているだけ。……ところで先生」

先生をセンセと短く言って、ダイスケがカバンから一冊の日誌を出した。

「これのこと知ってる？」

「コーシロー日誌でしょう、初代の」

「あとでカバーを取ってみて」

「今、外してはダメ？」

ダメです、とダイスケが強い口調で言った。

「俺が帰ったら外して。先生は気付いてた？」

何を？　と聞き返したユウカの髪に花びらが何枚も落ちている。

「いいんです。見ればわかるから」

ダイスケの手がこちらの頭に伸びてきた。

優しく撫でるその手から、しびれるほど甘い、恋の匂いが伝わってくる。

さよなら、とダイスケが微笑んだ。

「いつまでもお元気で、塩見先生」

日誌を手渡したダイスケの膝に、コーシローは鼻をすり寄せる。

(行っちゃうんですか、ダイスケさん)

「ん？　頑張れってか？」

いつも正確に気持ちを読みとるダイスケが、初めて間違えた。

(ちがいますよ。行っちゃうんですか？)

「ありがとな、頑張るよ、コーシロー！」

(ダイスケさん、ちがいます！　どうしました、急に)

「元気でやるよ。お前も元気でな」

懸命に伝えれば伝えるほど、ダイスケと気持ちが行き違っていく。

恋の匂いは消え、嗅いだことのない、活気のある匂いがダイスケから立ちのぼり始めた。

見えていたものが見えなくなるとき。それは新しいものが目に映るとき――。

ダイスケの姿が遠ざかっていく。その背を見ながら思った。

ユウカといた時代に別れを告げ、彼はひとつ大人になったのだ。

頭上で紙の擦れる音がした。ユウカがコーシロー日誌のカバーを外している。

ユウカが小さな声を上げた。日誌を手にしたまま立ち上がり、ダイスケが消えた桜並木の向こうを見ている。

ゆっくりとユウカが敷物に座り、日誌を広げた。

「ほら、コーシロー。見て、私たちの絵だ。中原君と」

ユウカの声が途切れた。

「……早瀬君の絵」

日誌が大きく広げられ、表紙と裏表紙に一つずつ絵があった。表紙には出会った頃のユウカがコートを着た姿で笑っている。足元には小さな犬がいた。

裏表紙の絵は黒板の前にいる今のユウカだ。大きくなった自分が、彼女の足元で幸せそうに寝転んでいた。

絵から目を離し、前脚を見た。二枚の絵ではふっくらとした毛に覆われている脚は、毛がところどころ抜けて地肌が透けている。

目も違っている。どちらの絵も大きな目をしているが、最近は目を開けるのが億劫で、眠たくて仕方がない。

見上げると、ユウカの肩に花びらが舞い落ちていた。

「コーシロー、気持ちよさそうだね」

この花にちなんで、この人はユウカという名前をつけられた。

桜色と呼ばれるきれいな色だが、その色がどうしても自分には見えない。

(絵より、あなたの花の色が見たいです……ねえ、ユウカさん)

ユウカの膝に抱き上げられ、コーシローは尻尾を振る。

(犬は次の世も犬に生まれかわるのでしょうか。それとも人に生まれかわれるのでしょうか。でもどちらでもいい)

彼女の膝の温かさに、コーシローは目を閉じる。

(今度生まれかわったときも、あなたに出会えれば)

ユウカの傍らから日誌の匂いがした。紙の間から子どもたちの匂いが立ちのぼる。匂いのなかから、たくさんの生徒の顔と声が浮かんできた。

人のコウシロウとユウカから始まる、大勢の子どもたちだ。

目を開けると、見たこともない色が頭上に広がっていた。花々に、お菓子のように甘く優しい色がついている。

これがこの花の色、桜色。

ユウカが立ち上がった。彼女の腕のなかから、花の色を映した川を見る。

「ほら、コーシロー。花筏《はないかだ》になってる」

水面を覆い尽くすほどの花びらが流れてきた。あたり一面、心浮き立つような色でいっぱいだ。

(見えますよ。これがユウカさんの花の色)

「そんなに尻尾振って。桜、好き?」

ユウカが顔をのぞきこんできた。彼女の顔はかすんで見えないが、その向こうに桜色の空が広がっている。

見えるものが見えなくなり、新しいものが目に映るとき――。
（お別れですね、ユウカさん）
「なあに、コーシロー。眠いの？　笑ってるみたい」
（ありがとう、大好きなあなた。次の一生もその次も）
ユウカの頬をひと舐めして、コーシローはそっと目を閉じる。
（ずっとあなたたちと、いたいです）

最終話

犬がいた季節

令和元（2019）年夏

平成13年（2001年）　アメリカ同時多発テロ発生
平成14年（2002年）　イチロー選手、メジャーリーグで新人王とMVPダブル受賞
サッカー、ワールドカップ日韓大会開催
平成17年（2005年）　中部国際空港開港。愛知万博、愛・地球博開催
平成23年（2011年）　東日本大震災が発生
平成24年（2012年）　ロンドン五輪でレスリングの吉田沙保里《よしださおり》選手が三連覇
平成25年（2013年）　東京オリンピック開催決定。「お・も・て・な・し」が流行語に
平成28年（2016年）　北海道新幹線開業。「ポケモンGO」、映画「君の名は」大ヒット
平成30年（2018年）　平昌《ピョンチャン》五輪でフィギュアの羽生結弦《はにゅうゆづる》選手が二連覇。安室奈美恵引退
平成31年（2019年）　五月から令和に。八稜高校創立百周年　記念式典開催（NOW！）

八稜高校の図書館の壁に飾られた年表を、図書委員会の委員長、神島咲良《かみしまさくら》は見上げる。
平成は四月に終わり、今は令和元年八月。

猛暑が続いているが、新しく改装された図書館の冷房はよく効き、快適だ。

令和に代替わりした今年、この学校は創立百周年を迎えた。八月の今日、来賓を迎えて、記念式典が盛大に行われたばかりだ。あとに続く祝賀会の会場は、百周年を機に同窓生から寄せられた寄付で全面改装されたこの図書館だ。

空調のほかにも最新のパソコン二台と大型モニター、そして今回のようなレセプションなども開催できる多目的な空間をつくったことも今回の改装の目玉だ。

新しい図書館のお披露目でもあるこの日のために、図書委員会の顧問である松保《まつほ》先生の発案で、八稜高校の百年の歴史と日本の歩みを紹介する年表のパネルを作った。

咲良が担当したのは平成十年からの日本の主な出来事と写真のセレクトだ。百年分の展示となるとボリュームがあるが、つい、自分が担当した箇所ばかりを眺めてしまう。

「あっ、咲良、ここにいたんだ」

明るい声に振り返ると、親友の高梨葵《あおい》がいた。手にはビニール袋をさげている。

美術部と写真部を掛け持ちしている彼女は、今日のために油絵と写真を一点ずつこの図書館に展示していた。

「どうした、葵ちゃん？　展示に何かあった？」

「そっちは大丈夫。ちょっと早瀬さんのことで相談が」

葵の視線を追うと、大勢の人々に囲まれた男が目に入った。

長身に黒い礼服がよく似合うその人は、欧州を拠点に活動している画家、早瀬光司郎だ。

彼は美術界の大きな賞をいくつも受賞しており、海外でよく名を知られている日本人の一人だ。今回、百周年を記念して、この学校をモチーフにした絵を寄贈してくれた。

「あの画家さんがどうかした？」

「実は私、すっごいファンで」

自分の言葉に恥ずかしくなったのか、葵が照れ笑いをした。

「ファンっていうのか、憧れっていうのか……うちの父、早瀬さんの美術部の後輩でね、画集とか、いろいろ家にあったから。それで、これ」

葵が左手に提げた袋を咲良の目の前に突き出した。八高の校門の前にあるベーカリーの袋だ。

「そのパンがどうかしたの？」

「さっき、記者さんがインタビューしてるの聞いてたら、早瀬さんが高校時代に好きだったのは『パンと絵』だって。たしかに父も言ってた、早瀬さんはパンが好きって。だからさっき行って買ってきた。八高生が好きなパンと言えば、パッションでしょ」

「それは八高生っていうより、葵ちゃんの好みでは？　……早瀬さんの頃にもあったのかな？」

パッションとは、ふわふわのコッペパンにマーガリンが塗られたパンだ。たしかに食べている人をよく見かけるが、自分のお気に入りはイチゴサンドだ。

ああ、とため息をもらし、葵が額に手を当てた。

「それは考えてなかった。でも、大丈夫、ほかにもおいしそうなの、買ってきたし。でね、あとで一緒に届けにいかない？」

「なんか緊張する」

「だから一緒に行ってよ」

いいよ、と答えたとき、歓声が上がった。

この部屋の隅にあるパソコンのコーナーからだ。葵が嬉しそうにその一角を眺めた。

「あのコーナー、人気だなあ。写真部としては鼻が高いよ」

この祝賀会のために、葵たちは学校に保管されている卒業アルバムの集合写真をすべてスキャンして、図書館のパソコンで閲覧できるようにした。

十八歳の頃の姿がみんなで見られるということで、そのコーナーにはさまざまな年代の同窓生のグループが集まり、楽しげにモニターを眺めている。

再び大きな歓声と拍手があがった。

壁がけのプロジェクタースクリーンに、昭和六十三年度の卒業生のクラス写真が次々と映っている。

あの年、人気だね、と言いながら葵がスマホを操作した。

「早瀬さんが写ってるから、みんな見たがるんだね。制作者の特権で部員はスマホからアクセスできるけど、ほら」

葵のスマホの画面には、黒い学生服の男子と、ブレザーを着た女子が並んでいた。古い時代の制服だが、詰襟の制服は男子が精悍《せいかん》に見える。

写真を拡大すると、凛とした表情の早瀬が画面に広がった。

「葵ちゃん、これ、やばくない？　十八歳の早瀬さん、チョー格好いいんですけど」

「いいよね。さらに驚くのは、このなかに実は英語の松保先生もいる。これも父親情報」

「マジで？　同じクラスだったんだ……あっ、わかった！」

女子に目を移すと、ひときわ清楚で綺麗な顔立ちの生徒がいた。優しげな大きな瞳は、たしかに図書委員会の顧問、英語の松保優花先生だ。

「松保先生、あまり雰囲気変わってないね。でも早瀬さんと同級生なんて言ってなかったよ。それどころか、展示の搬入が遅れた部があったんで、式にも出ないでずっとここで準備してた」

じゃあさ、と葵がいたずらっぽく笑った。

「先生と一緒にパンを差し入れしようか、青春の味」

「いいかも。でも……あれ？」

あたりを見回しながら、咲良はつぶやく。

「先生、どこにいるんだろ」

＊

少年は大人になるにつれ、たくましさが増していく。

過ごした日々が充実していれば、そのたくましさには自信が備わり、年を重ねるごとに魅力が増していく。

しかし少女はどうなのだろう？　年を重ねたことで増す魅力は、女にもあるのだろうか。

八稜高校開校百周年の祝賀会場で、松保優花はもの思いにふける。

午後二時から体育館で始まった式典は無事に終わった。

続いて午後五時から図書館で始まったこの祝賀会は、来賓や同窓生たちを中心にした立食形式の催しだ。普段は生徒が利用している机や椅子を片付けて、会場を設けている。

小さな壇上で、ＯＢがスピーチを始めた。自分と同じく、この高校で教鞭《きょうべん》を執っていた人だ。

二十代の終わりから三年間、母校の八稜高校に赴任し、そのあとは県内の他の高校で英語を教えてきた。昨年、再び母校に赴任してきたので、今回の式典には教職員として参加している。平成元年に卒業したときは、予想もしていなかった未来だ。

同じような感慨を、彼も抱いているかもしれない。

同級生だった早瀬光司郎の姿を、優花は遠目に眺める。

大勢の人のなかで、黒い礼服姿の早瀬が話をしている。高校生の頃は端整な顔立ちが冷ややかに見えたが、四十八歳になった今は冷たさはなく、微笑むと一瞬浮かぶ目尻のしわが優しげだ。

佳《よ》い年齢の重ね方をしている。充実した時間を過ごしてきたのだ。

塩見、と男の声がして、優花は振り返る。

相手の胸にあるピンク色の名札を見ると、藤原貴史とある。高校時代に生徒会長を務め、コーシローをこの学校で飼えるように尽力した同級生だ。

「あっ、藤原君。久しぶりだね」

「何年ぶり？　元気だったか」

長めの前髪がお洒落だった藤原は、頭髪が寂しくなっている。それでも気さくで軽やかな口調は変わらない。

「塩見、お前は変わらんな。すぐにわかった」

「変わったよ、体力も落ちてきたし」

「それはお互い様だ。まあ、塩見……今は松保か。幸せそうでよかった」

松保と書かれた名札を見て、藤原が笑った。

その「幸せ」が結婚生活を指しているのなら、少し違っている。

三十二歳のときに結婚したが、四年後に別れた。子どもがいなかったこともあり、互いの気持ちが冷めると、離婚が決まるのは早かった。

それなのに夫の姓を名乗っているのは、借金の尻拭いを押しつけられたうえ、あやしい商売に何度も手を出そうとする兄と、名前の上だけでも縁を切りたかったからだ。

藤原が軽く背中を叩いた。

「塩見はここの先生なんだろ。なんでこんな隅っこにいるんだ。早瀬のところに行こうぜ」

「生徒たちの作品を見てた。みんな、頑張ったなあと思って」

図書館の壁や腰高の本棚の上には、百周年を祝って文化系の部が制作した作品が飾られている。

藤原が八稜高校と日本の百年の歩みを書いた年表に目をやった。

「それよりあの年表、俺たちの時代がずいぶん昔なのに衝撃を受けたよ」

「昭和と平成の境目だもの。それは昔だよ」

「そのうえ来年はもうオリンピックか。ついこの間、東京に決まったような気がするのに」

大きな紙に書かれた年表は、今年の令和の改元と、この学校の百周年について記されたあとは余白が広がっている。展示の際に、余ったその部分を切ろうと思ったのだが、未来を断ち切る気がして、そのままにしておいた。

何も書かれていない、真っ白な令和の時代を優花は見つめる。

どんな出来事が、これから書かれていくのだろう。そのとき自分は何をしているのだろうか。

美術部の絵画に目を移した藤原が「衝撃と言えば……」と声をひそめた。

「大きな声じゃ言えないけど、美術部の作品、俺らの代の早瀬ほどの衝撃はないな」

「そんな衝撃があったら、第二の早瀬君だよ」

ＯＢのスピーチが終わり、拍手が起きた。藤原が話を止めたので、二人で拍手をする。早瀬を囲んでいる人々も壇に向かって大きな拍手を送った。

この来賓のなかでもっとも注目を浴びているのは、画家の早瀬光司郎だ。

彼は三十代後半までは国内より海外での評価のほうが高かった。それが数年前に東京で開業した豪奢なホテルのエントランスに大壁画を描いたことで、日本でも有名になった。

日本の四季折々の草花を描いたその壁画は、訪れた季節の花の前で記念撮影をするのがＳＮＳで流行した。すべての花の前での写真を集めた米国人女優がたいそう幸せな結婚をしたことから、花の写真を「コンプリート」すると幸せが訪れるという噂が世界中に流れ、現在では東京の名所のひとつとなっている。

二年前、その早瀬光司郎に絵を依頼し、開校百周年の記念に同窓生から八高へ贈ろうという試みが行われた。中心となったのは、かつてこの学校で飼われていた犬、「コーシロー」の世話をしていたコーシロー会のＯＢたちだ。

海外在住の早瀬にその話をしてくれたのは、欧州でオーガニックのエステサロングループを夫とともに率いる女性で、日本の婦人誌で「マダム・シノ」と呼ばれているＯＧだ。

すぐに趣旨に賛同した多くの同窓生から寄付が集まった。すると作品は寄贈するので、集まった寄付は学校の設備拡充に使ってほしいという早瀬からの申し出があった。

そこでまず図書館の設備が補修された。このあとも施設の拡充が予定されている。

人々が歓談を始めた。若いＯＧたちの集団が、早瀬と記念撮影をしている。

「早瀬は若い子からご年配まで人気があるんだな。しかし、みんな、そんなにアートに興味あるのかね」

「芸術のことはよくわからなくても、早瀬君とは話してみたいかも」

まあね、と答えた藤原が笑った。

「おっと、大事なことを忘れてた。このあと早瀬を囲んでお偉方との会があるんだけど、コーシロー会のほうでも二次会をやるんだ。よかったら顔を出して。おっ、早瀬がフリーになるぞ」

早瀬の周りにいた人々が移動して、彼が一人になった。

「行こう、同級生の特権だ。早瀬とタメグチで話そう」

「藤原君、先に行ってて」

藤原が小走りで早瀬に近づき、さっそく声をかけている。早瀬の視線が向けられるのを感じて、優花は本棚の陰に入る。

昔より魅力を増した早瀬の前に出るのが、恥ずかしい。

星を眺めるように、遠くから見つめるぐらいがちょうどいい。

新たな同窓生のスピーチが聞こえてきた。平成六年度卒業の上田奈津子という医師だ。東日本大震災の折に医療スタッフとして現地に入った彼女は、現在も被災地支援のボランティアを行っているという。

明治から始まる日本の近代の歴史のなかで、平成は唯一、戦争がなかった平和な時代だ。

しかし、自然災害は何度も被《こうむ》った。平成七年に阪神・淡路大震災、その十六年後の平成二十三年には東日本大震災が起きている。新潟、熊本、北海道にも大きな地震災害が起きており、集中豪雨による水害も多かった。

時代が二十一世紀になり、科学技術が進んでも、突然の災害で日常生活が断ち切られてしまうことは、いまだ食い止められずにいる。

上田医師のスピーチを、レセプションの準備をした二人の教え子が熱心に聞いている。一人は医学部志望の神島咲良、隣の生徒は美術部で一年下にいた高梨亮の娘、葵だ。

もし子どもに恵まれていたら、自分にもこの年頃の娘や息子がいたのだ。高梨によく似た、丸みを帯びた目の葵を見るたびにそう思う。

東日本大震災の復興支援に関する上田医師のスピーチが終わると、閉会の挨拶があった。

早瀬が他の来賓たちと一緒に次の会場へ移動していく。他の人々も帰り支度を始めた。

「塩見先生！」

髪を短く刈り上げ、細身のスーツを着た男が近づいてくる。オレンジ色の名札を見ると、平成十一年度卒業の中原大輔だ。

「まあ、中原君！　わからなかったわ」

「髪、うんと短くしましたからね」

大学卒業後に大手広告代理店に入った中原は数年前に独立し、広告やロゴデザインなどを手がけるグラフィックデザイナーになったと聞いている。

早瀬の作品を学校に贈るプロジェクトには、中原も発起人として名を連ねていた。煩雑な手続きの多くも、彼がほとんど行ったらしい。

中原が名札を見て、「あっ」と声を上げた。

「先生は今、松保先生っていうんだ。なんか言いにくいな」

「そう？　私は慣れたよ」

「そりゃそうでしょ」

中原が、犬の絵が描かれた洒落たチラシを数枚差し出した。

「先生、コーシロー会の二次会の話はご存じですか？」

「聞いたよ。あとで少し顔を出そうと思ってるけど……」

「じゃあ、これ、どうぞ。もし、他のコーシロー会の人を見かけたら、渡してやってください」

「会の人たちのこと、それほど知らないけど」

「実はこっそり目印をつけてまして。名札の隅に犬のシールが貼ってあるのが目印です」

渡されたチラシは二次会の案内にしては凝ったデザインが施されていた。さらには名札も自分と近い年代の卒業生がすぐにわかるように、創立の年から五年単位で色分けされ、その一覧表が参加者に配られていた。

さすがに創立から三十年までの色の札はなかったが、それ以降の色はちらほらと見かけられ、七十年分、十数色の名札をつけた人々が行き交う様子は華やかだった。

「もしかして、この名札もチラシも中原君が作ったの」

「もちろんですよ。俺、それなりに貫禄もついたのに、コーシロー会の最後の会員だから、周りは先輩だらけ。完全にパシリですよ。名札もカードも、押しの強い先輩に頼まれて、俺がサクッと作りました」

嘆いているわりに楽しそうに言うと、中原が壇上に目をやった。

「あっ、やばい。その先輩が！　先生、またあとで。鷲尾さーん！　ここで歌わないで。次の場所にカラオケありますから」

精悍な顔つきの男がアカペラで校歌を歌い出した。酔っているのに正確な音程で、声量豊かだ。

その声に合わせて、人々が校歌を歌い出したとき、受付の机に紺のジャケットを着た小太りの男が駆け込んできた。

「すみません、もう終わりですか？　あっ、俺の名札だ」

小太りの男が、机に並べられた名札のなかから緑色の札を手に取った。その名札の隅に小さな犬のシールが貼られている。チラシを手にして、優花は声をかけた。

「あの、このあと場所を移しての会があります。その他にコーシロー会の二次会もありまして」

チラシを渡すと、「おお」と男が勢い込んでうなずいた。

「それは嬉しいな。でもこっちの会はもうお開きか……」

「サッチャン！」

受付のそばでずっと一人で立っていた男が小太りの男に声をかけた。銀縁の眼鏡をかけた、スマートな紳士だ。

小太りの男が一瞬目を細めると、手を上げた。

「タカヤン？　もしかして相羽？」

「そうだよ、覚えてる？　俺のこと」

「覚えてるも何も」

小太りの男が、アイバという名の男の背を軽く叩いた。

「飛行機が遅れたもんでさ、もう行くのやめようかと思ったんだけど……。でも俺、タカヤンが来るって聞いてたから。なんか、待っててくれるような気がしたんだよね、ちょっとだけ」

「待ってたよ。最終コーナーで」

噴き出すように、二人が笑った。

「タカヤン、Ｆ1、まだ見てる？」

「一生見るよ」

「俺も。今年はワクワクするよな。ホンダがレッドブルとさ……」

「その話、どこかでじっくりしようじゃないか」

「話そう話そう、そんで飲もう」

二人が肩を並べて歩いていった。楽しそうに話している後ろ姿は少年のようだ。

コーシローがこの学校で暮らしていたのは、百年の間の十二年。

昭和の終わりにこの学校に来て、二十世紀の終わりに去っていった。

そのとき高校生だった生徒たちは三十代後半から四十代となり、それぞれの分野で働き盛りを迎えている。

頼もしい思いで二人を見送っていると、美術教師だった五十嵐に肩を叩かれた。

「おいおい、松保。光司郎の絵を見たか？」

「まだ、ちゃんと見てなくて」

「そりゃいかん、早く見ろ。犬のコーシローが描かれているぞ」

五十嵐は教師を退職したあと、八稜高校の向かいにある同窓会館の館長になった。退職と同時に白髪を伸ばし始め、今では年季の入ったヒッピーのような姿になっているが、本人は仙人を意識しているそうだ。

「コーシローは子犬の頃の絵ですか？」

「あれは成犬だな。ど真ん中にさりげなくいる。それから私も。ちゃんと髭も描かれてるぞ。まずそこを見てくれよ」

「先生、自慢しにきましたね」

「当たり前だ。今日はあちこちで自慢している。ところで、体育館に早瀬が忘れ物をしたらしい。まだ、鍵は開いてるか」

「閉まってますけど、開けますよ。私が取ってきます」

いいよ、と五十嵐が軽く手を振った。

「お前、それより早瀬と話をしたか？　二次会に行ってやれ。ようやく日本に帰ってきたのに、同級生と話もできないんじゃ気の毒だ」

「藤原君が行ってますよ……それより忘れ物は何ですか」

「封筒らしい。舞台の袖に茶封筒があったら、それだよ」

五十嵐を待たせ、優花は体育館へ急ぐ。

正面玄関の前を通り過ぎたとき、数時間前、白布を取って披露されたばかりの早瀬の絵を少し見たくなった。

小走りで引き返し、玄関に向かう。

正面玄関を入ってすぐの壁に、見上げるような大きな絵が飾られていた。

タイトルは「犬がいた季節」。

澄んだ青空のもと、校舎の全景と大勢の生徒たちが描かれている。

少しだけ見るつもりが、楽しげな生徒たちの様子に惹かれ、優花は絵を丁寧に眺め始めた。

校舎の前のグラウンドには、トラックを走っている生徒や、野球部の生徒たちが細やかに描かれていた。右の隅には彼らを応援するかのように、吹奏楽を奏でている生徒の一団がいる。

校舎に目を移すと、たくさんの窓の内側に、机に向かっていたり、友だちと弁当を食べていたりする生徒たちの姿が見えた。

その中心に五十嵐とコーシローが描かれている。

髭をはやした五十嵐に抱かれ、コーシローは三階の窓から外を見ていた。

「コーシロー、こんなところに……」

ムクムクした白い毛の犬を見つめると、鼻の奥がツンと痛んだ。

涙ぐみそうになるのをこらえ、優花はコーシローを見上げる。

昭和から平成、そして令和。

新元号が始まるこの年に、コーシローが絵になって戻ってきた。

コーシローの斜め上、最上階の窓を見ると、長い髪の少女がいた。

窓から紙飛行機を飛ばしている。他の生徒は制服やジャージを着ているのに、彼女だけが白いダッフルコートを着ていた。

背後からかすかに、柑橘系の温かみのある香りがした。

ポーチュガルに似ている。そう思ったとき、穏やかな男の声がした。

「どうしてその子だけが白い服を着ているのかって、何度も聞かれた」

振り返らず、絵を見上げたまま、たずねた。

「なんて答えたんですか?」

「希望の象徴だからと答えた。生徒であって生徒じゃない。今も昔も、彼女は僕の希望」

黒い礼服を着た、背の高い男が隣に並んだ。早瀬光司郎だ。

白いネクタイを軽く緩めて、早瀬が絵を見上げた。

「あの頃は毎日疲れてて。帰り道に見る塩見の家のあかりにいつも励まされてた。あの光を見上げると、寒さも暑さも家の事情も束の間忘れたよ。……名字、変わったね」

「十六年前に」

答えた声がわずかに震えた。

絵を見ていた早瀬がぽつりと聞いた。

「元気だった?」

「おかげさまで。早瀬君は?」

「こちらもなんとか。でも一昨年、身体を壊した。もう大丈夫だけど……。静養中に思い出したのは高校時代のことばかり。美術部の部室とコーシロー」

あかりを落とした夜の校内は静かだ。玄関に灯された蛍光灯の音がジリジリと響いている。

「僕も三十代で一度結婚して、別れて」

しばらく黙っていた早瀬が「塩見は?」と聞いた。

「私も、あの……同じく」

「その話をさっき聞いて。僕らの共通の恩師から……」

五十嵐先生……と抗議をこめた声が漏れた。

「先生ったら、一体何を話してるの！」

言葉の勢いに驚いたのか、早瀬が口ごもった。

「いや、個人情報を話すわけにはいかんと言ったけど、僕の質問の仕方があまりに巧かったから。こういうのを自画自賛っていうのかな」

画家が言う、自画自賛という言葉に思わず笑うと、目を細めるようにして早瀬も笑った。

大勢のなかでは見せなかった、くつろいだ表情に胸が熱くなる。緩めたネクタイと、わずかに乱れたシャツの衿元もなんとなくまぶしい。

埋《うず》み火《び》のような熱を抑えたくて、優花は早瀬から絵に目を移す。

「この絵、早瀬君もどこかにいるの？」

「僕はここ。カルトンを入れたバッグがあるだろ」

早瀬がバックネットの裏を指差した。大きな肩掛けカバンを足元に置いた男子が学校を見上げていた。

「コーシローがよくいたところだ……」

「それを聞いてね。だから、人のコウシロウもバックネットの裏から希望を見上げてるんだ」

白い服を着た少女を、優花も見上げる。

早瀬の穏やかな声が聞こえてきた。

「この作品のことを考えていた頃、僕はまだ半分、静養中で。声を掛けてくれた詩乃さん……マダム・シノにどんなテーマがいいかと相談したんだ。すると『迷ったときに戻る場所』はどうかと言われた」

「いいテーマだね。でも、どこへ戻ればいいのかわからない」

「僕もそうだった」

早瀬が絵の前に一歩踏み出した。

「だけど、真っ白なキャンバスを見ていたら、描きたいものが自然に決まった。それは場所であって場所ではなく、生徒であって生徒ではないもの」

早瀬が、絵のなかの希望を見つめている。彼と肩を並べて、同じものを見上げてみたい。

だけど、その一歩が踏み出せない。

「いいな、早瀬君は。真っ白なものに描きたいものが浮かぶなんて。私……生徒が作った年表の、真っ白なところを見たら、ただただ不安になるばかりだった。どんな時代になるんだろう、とか。そのとき、自分は何をしているんだろう、とか」

「思うように描けるかどうか不安になっても、昨日より今日、今日より明日。佳いものになると信じて描いていくしかない。いつだってそうやって描いてきたよ、塩見もそうだろ？」

早瀬が振り返った。あわてて優花は軽く手を振る。

「早瀬君、私、絵はまったく……」

描けないよ、と言おうとして、彼が絵のことを言っているわけではないのに気が付いた。

「そうだね……」

これまでめぐってきた、いくつもの季節が心に思い浮かぶ。

「私も、一生懸命に描いてきたよ、早瀬君」

一歩を踏み出し、早瀬の隣に並んだ。絵のなかのコーシローがさらに近くなった。

「そうだと思った。教え子たちを見ればわかるよ、塩見」

さて、と早瀬がつぶやいた。

「抜けようか」

「えっ？」

隣を見ると、早瀬が笑っていた。

「抜けよう。昔は誘えなかったけど、今ならできる」

おーい、とのんびりした声とともに、足音が近づいてきた。

暗い廊下を五十嵐が歩いてくる。

「早瀬、こんなとこにいたのか。早く行こう。お前がいないと二次会が盛り上がらないよ」

絵を見ながら、早瀬が腕を組んだ。

「先生、僕らはこれから抜けようと思うんですけど。うまいこと言っといてもらえます？」

「うまいことって、どう言うんだ？」

五十嵐が苦笑している。高校時代のような冷静な口調で早瀬が答えた。

「そこは大人の裁量で」

「お前も立派な大人だろうが」

「早瀬君、そんなこと言わないで早く戻りましょう」

早瀬が腕をほどくと、くすっと笑った。

「先生に叱られてるみたいだ……」

「そうだよ。だって私、これでも教師だもの」

「お前ら、二人で何をじゃれてるんだ？　子どもか」

「僕ら、先生の前に出ると生徒に戻るんですよ」

僕ら、と早瀬に言われたことが、ほんの少し嬉しい。

しかし、早瀬がいないのでは、たしかに会が盛り上がらない。

「ごめんね、早瀬君、忘れ物をしたんだよね。取りに行ってくる。先生と会場に行ってて」

「大丈夫、見つかったから」

早瀬が五十嵐を見た。

なるほど、とうなると、五十嵐は白い髭に手をやった。

「忘れ物が見つかったのか」

はい、と早瀬がうなずいた。

「今度は完璧に」

その途端、五十嵐が笑い出した。

「わかった。行け、光司郎。二人とも、うまいこと言っといてやるよ」

「えっ、先生、待って……」

じゃあな、と言うように軽く手を振り、五十嵐が暗い廊下に戻っていった。

「行こう、塩見」

大きな手を差し出されて戸惑った。この手を振り払う勇気がない。

そっと手を取る。早瀬に強く引き寄せられた。距離の近さに鼓動が速くなる。

顔を上げると、コーシローが絵のなかから見守っていた。

なつかしさに、目を閉じる。

どこからか小さく、犬の吠え声がひとつ聞こえてきた。

謝辞

本作品の上梓にあたり多くの皆様にご協力をたまわり、深く感謝しております。この場を借りて、心よりお礼を申し上げます。（著者）

金子恵
中村文
取材にご協力くださった皆様
株式会社 モビリティランド
株式会社 第一楽器
河合塾美術研究所
四日市港管理組合

（敬称略）

本書は「小説推理」二〇一八年八、九、十一月号、二〇一九年一、二、四、五月号に掲載された「犬がいた日々」を改題し、加筆修正したものです。

フィクションであり、実在の人物、団体などには一切関係ありません。

伊吹有喜◆いぶき ゆき

1969年三重県生まれ。中央大学法学部卒。2008年『風待ちのひと』でポプラ社小説大賞特別賞を受賞しデビュー。主な著書に、ドラマ化・映画化された『四十九日のレシピ』、映画化された『ミッドナイト・バス』、宝塚歌劇で舞台化された『カンパニー』、全国有志の書店員による「乙女の友大賞」を受賞した『彼方の友へ』をはじめ、『今はちょっと、ついてないだけ』『雲を紡ぐ』、「なでし子物語」「BAR追分」シリーズなど。

犬《いぬ》がいた季節《きせつ》

2020年10月18日　第1刷発行
2021年 3月 1日　第6刷発行

著　者――伊吹有喜

発行者――箕浦克史

発行所――株式会社双葉社
東京都新宿区東五軒町3-28　郵便番号162-8540
電話03(5261)4818〔営業〕
03(5261)4831〔編集〕
http://www.futabasha.co.jp/
(双葉社の書籍・コミック・ムックが買えます)

DTP製版――株式会社ビーワークス

印刷所――大日本印刷株式会社

製本所――株式会社若林製本工場

カバー印刷――株式会社大熊整美堂

JASRAC 出 2007687-106　　NexTone PB000050686 号

ISBN978-4-575-24325-3 C0093